商女高嫁

上

風 文創 388

輕舟已過 著

目錄

序

輕舟已過

當理念與現實發生劇烈衝突，一個有勇氣的魅力女人會如何應對？當時就是本著這個念頭構思這本書。

環境上，自由、平等的現代社會與等級分明、男尊女卑的封建社會形成鮮明的衝突；人物設定設上，女主角是商戶女，男主角是出身皇家的一方封疆大吏，所謂士農工商，男女主角在身分上出於社會兩極，對比也十分鮮明。

在兩重衝突下，女主角卻跳出後院妻妾成群的宅門泥淖，尋求到了某個平衡點來奠定自己的地位，在這場別人眼中身分懸殊的婚姻中活得不卑不亢、幸福自在。這是一種睿智，更是一種胸懷。

這樣的女主角，是我最為欣賞、也是在這本書中力爭塑造出來的。

雖然故事的大背景是架空設定，但從構思大綱到正式動筆開始寫之間，還是用了將近三個月的時間查詢資料，從官員體系到物價等等方面，力求能最大限度做到合乎情理。

作為處女作，這本書的完結對我來說具有十分特別的意義，筆力或許尚有青澀，但是以十二分的熱情和精力來完成的，期待諸位讀者能看得愉快！

二〇一五年11月28日

第一章

早春三月的臨西府還殘留著一小截倒春寒的尾巴，今兒清晨，白府和往常沒什麼不同，白二爺昨晚和同行應酬多喝了幾杯，將近子時才回府，這會兒正酣睡著。

作為當家奶奶，白二太太小齊氏天微微擦亮就起身了，拾掇利索後草草用了一小碗燕窩，趕忙動身往福林院給老太太請安。剛出清溪園走了不到百步，就碰上從清風苑方向走近來的白三太太余氏。

兩人一如往常般老生常談地互相寒暄了一番，結伴往老太太的院子走著。

如今的白府雖被譽為臨西「小四象」之一，富甲一方，但實際上白家的崛起前後也不過三、四十年，尤其是白家大爺白明啟接管家業後，傾盡家財涉足鹽業，白家資產迅速累積，僅僅數年後就憑出色的品行和經營手腕贏得江南「八牛」之首許家許老爺子的青睞，招為女婿，有了岳家的強大助力，此後十年間，白家的財富幾乎可以用飛速膨脹來形容，可惜，四年前，白大爺跟著商隊外出途中遇到山匪不幸遇難，白大太太傷心過度，纏綿病榻將近一年後也過世了。

白大爺在世時與太太許氏情意深厚，雖然婚後多年膝下只有一個女兒，卻始終沒有動過納妾的念頭，是以夫妻相繼去世後，大房只留下白三姑娘一人。

白大爺兄弟三人，白三爺科舉入仕，雖沒位列三甲，但在兄長的打點幫助下謀到了臨西府轄內錦陽縣知縣的正七品官職，任上政績良好，又有家世襄助，白三爺也算是躊躇滿志。

白三爺仕途頗順，所以白大爺夫妻相繼離世後，白家偌大的家業就由白二爺接手，二房夫妻倆成為內外院的當家人，一時間風頭無兩，尤其是二太太小齊氏，自嫁入白家以來，處處被拿來同大嫂相比，處處差人家一大截，終於能出了這口悶氣。

三太太余氏並沒隨白三爺去任上，一來是為孩子們讀書考量，二來也存了維繫三房同老太太、二房之間關係的打算。余氏出身官宦之家，出閣時恰逢父親升遷為臨西府同知，其中也不乏白家的關係，自小在明爭暗奪的官家後院耳濡目染長大，余氏自然深諳如何在內院為白三爺籌謀一二。對這樣的三太太來說，大房當家還是二房當家也就不是那麼重要了。

至於白家的大家長白老太太，對於二房當家一事自然是高興的。老太太膝下三個兒子，頂數白大爺臉最冷，從小就同她這個親娘不熱絡，接掌家業後更是三、五天見不著人，後來又死活不聽自己的話，非要娶個精明強悍、娘家背景壓過自家好幾頭的媳婦進府，最後弄得連個繼承香火的兒子都沒有！

而二房就完全不同了，白二爺是最得老太太歡心的兒子，二太太小齊氏更是她娘家的親外甥女，這兩人翻身當家，老太太自然樂見。

不過，這種和諧的平衡感是在大房強勢存在的狀態下經過多年磨合形成下來的，如今前提條件消失，三、四年時間衝擊下，原有的和諧關係已慢慢露出失衡的苗頭。

其中，苗頭最明顯的，就是兩房兒媳對福林院的晨昏定省。

基本上，只有皇親權貴或書香世家為了彰顯端儀才會遵守這個舊禮，一般的官宦之家都不如此，遑論百姓之家。可是這白老太太也不知是怎麼了，大房太太病逝後不到月餘，反倒折騰起兩房的兒媳婦來了。

余氏是個善隱忍的，小齊氏可就不同了。老太太是她的親姨母，想當年拍著胸脯保證促成她和大爺的婚事，為此，她還攛掇著她娘推掉了一樁不錯的提親，結果呢，大爺寧可受罰跪祠堂也不答應成親，弄得她丟盡了臉面，後來沒有選擇，只好嫁給二爺，心想著好歹白家家境好，還是給親姨母當兒媳婦，日子總會過得隨興些，結果，上面一個樣樣好的大嫂壓著，府裡老太太連個說話的底氣都沒有，還得見天看著大房兩口子過得恩恩愛愛，那日子過得，心裡要多憋屈有多憋屈！

大房兩口子沒了之後，小齊氏終於吐出了壓在心頭十幾年的悶氣，想著這回當了家，總算能過幾天好日子了吧，不料想老太太又開始拿喬，弄出個晨昏定省的么蛾子來，這一天天的，想睡個懶覺都難，夭壽啊！

小齊氏雖然只敢在心裡抱怨、抱怨，但臉上的表情卻掩飾得十分不到位。余氏見她如此，曾拐著彎的說自己娘家也沒這個舊禮，但兩人說來說去，也都沒有什麼行之有效的辦法，頂多一個月裡多用兩次身體不適的藉口。基於此種革命友誼，兩人在去福林院請安這段時辰裡相處得算是最融洽的。

「二嫂，大房那邊的事兒，妳覺得老太太心裡是個什麼打算？」離福林院正門還有一小段距離，余氏問道。

小齊氏也不掩飾眼裡的幸災樂禍，輕哼了一聲。「大嫂沒了之前可是留了遺書的，說是三姑娘的婚事由她自已作主，現下人已經好得差不多了，老太太就算是有什麼打算那也是白搭，人家當面把親娘的遺書一拍，咱們都得靠邊站！」

「這……自古以來男女婚嫁都是父母之命、媒妁之言，雖然大哥、大嫂不在了，但上頭還有老太太，中間還有妳這個當家奶奶在呢，總不能真越過妳們讓一個剛及笄的姑娘自己瞎胡鬧吧，這要是真鬧出什麼笑話，咱們兩房的姑娘可都還沒出閣呢……」

是都沒出閣，但我們家大姑娘可是早訂了婚約，怕她鬧呢！小齊氏心裡暗想。

實際上，她是一碰上大房的事兒就頭疼。龍生龍，鳳生鳳，老鼠的兒子會打洞，大房兩口子面相好，腦子靈，心眼快，膽子也壯，性情更是不好惹的，這些個東西，一點兒沒浪費，統統都遺傳給了他家三姑娘，十來歲就跟著大爺跑鋪子，大太太臥床那會兒，手裡的陪嫁產業都是三姑娘一手打理，愣是沒出一點亂子！

小齊氏不是沒想過研磨、研磨那丫頭，可是一對上她那雙跟大太太一個模子刻出來似的眼睛，心裡就直發毛，只好眼不見為淨。

半月前那丫頭說是到莊子上轉轉，沒料想回程路上馬受驚，掙脫韁繩跑了，馬車連裡面的人都翻到橋下，人送回來的時候滿頭、滿臉、滿身的血水，大夫看後說是撞破了頭還浸了水，怕熬不過去。

全府上下都以為她這回要完了，沒想到躺在床上發熱發冷折騰了三、四天，人竟然緩過來了，雖然痊癒要費些工夫，但大夫確診——熬過來了！

你說她熬過來就熬過來了吧，人剛能下地蹦躂就開始鬧退婚，眼下弄得是半個臨西府府城的人都在看熱鬧。

雖頂著當家奶奶的名頭，但小齊氏這回是看透了，反正上面還有老太太立著，反正自家大姑娘婚事也定了，這三姑娘的閒事兒，誰愛操心誰操心，誰愛管誰管，她是當定甩手掌櫃了。

當兩房太太各懷想法邁進福林院的時候，她們談話中的主人公，也就是白家大房三姑娘白素錦，正從容自若地享受著一盅上品金絲燕窩，一雙明亮幽黑的鳳眼微微瞇著，似乎沈浸在唇齒間的淡淡回香裡。

實際上，卻是恍然從一場悠悠大夢中初醒過來，腦子有些發空。

白素錦記得自己分明正跟著霍教授在川西一處高原田野中發掘一座王侯等級的墓葬，廢寢忘食清理了近一個月，終於打開了內室的石門。記憶中最後一幕是石門轟然開啟，只覺得一股無形的力量撲面而來，然後自己就沒有意識了。再醒過來，白素錦還是叫白素錦，可卻不再是文物考古研究所的白博士，而是臨西府白家的三姑娘！

最初那三天冷熱交替折磨、兩個獨立靈魂的記憶強制揉合的時間裡，白素錦簡直度日如年，不能動，不能說，不能聽，意識空前清醒，卻又完全不受控制地在汲取同名卻獨屬於另一個人的龐大記憶，連帶著記憶讀取時衍生的情緒波動。

那些時刻，白素錦是恐慌的，極度害怕陷入這種感覺沒死、卻生不如死的狀態。

幸而，一個十六歲的姑娘，人生經歷再坎坷，記憶也是有限的。三天後的午夜，腦海中連續不斷播放的「影片」在一輛青篷馬車陡然翻下橋落入水中、只聞水聲未見激起的水花後，戛然而止。

整個世界都清淨了。

只剩下極致的累。

白素錦博士自小經受現代科學洗禮，本是堅定的無神論擁護者，奈何從事行業特殊，工作環境總在海平面以下，老話說夜路走多了還能碰上鬼，何況是總從事地下工作的情況。所以，直到昏睡過去再度失去意識之前，她一直以為自己還在困龍山的主墓室發掘現場，還在那幾塊被拆開的烏木棺材板中間，之所以腦海中會強行侵入另一個人的記憶，應該是和那些出現在烏木板上的紅色圖案有關，或許，那是一種玄妙的封存禁術，碰到某種契機就會被啟動，比如人的血。

無論如何，白素錦覺得這應該算是親身體會了一把靈異事件，再睜眼就過去了。

事實上，等白素錦博士再睜開眼的時候，發現事兒的確是過去了，但是自己的魂兒卻沒過去！

靈肉分家……奪舍重生……穿越時空……

當這些出現在熱門小說網站裡的設定和關鍵字統統發生在自己身上時，白素錦博士的心路歷程簡直可以寫成三十萬字的心理分析報告。

而這個報告用一句話概括就是——我覺得我的無神論信仰遭受了空前巨大的打擊，這可能是我沒經過墓主人同意就擅自挖人家墳的報應。

當然，不管你內心如何糾結震撼，心路歷程如何崎嶇顛簸，最後，在現實的五指山面前，你都只能乖乖躺平，認命被壓。

耗費十幾年的時間沒在陸揚身上修煉成龜忍大法，發掘個墓葬的工夫就體驗了一把奪舍這種修煉大咖才具備的金手指，白素錦博士認命的同時也偷偷實驗了一把，結果悲催地發現，除了占用白三姑娘的殼子，再無什麼金手指、銀手指的蹤跡。

而且，醒來後，據寸步不離守在床邊哭得直打嗝的那個叫清曉的小丫鬟說，自己現在身處的是大曆皇朝，元啟三年。另，這是個地地道道的三界五行之內的凡人社會，還是個階級分明的封建社會！更重要的是，這個封建社會自己完全沒聽過！

於是，先知技能完全沒戲。

三天掙扎在生死線，又三天躺在床上挺屍自暴自棄，又又三天緬懷了一下自己的肉身，又又又三天系統整理了一下重組後白素錦面臨的狀況，又又又又三天做最後一次逃避，和自己彼端世界的親人們告別，終於，第十六天，白家三姑娘她又站起來了！

想想現在的日子也挺不錯的，雖然等著處理的人和事兒不少，但高床軟枕一覺到天明，吃穿用度無一不精緻，再也不用窩簡易帳篷、鑽地洞、清淤泥、刨遍墓葬每一個角落，就為找到能證明墓主人身分的一塊銘文或一枚小小印章……

呃，不能想了，想多無用。

把心頭湧上來的那幾絲酸苦用一口軟糯的帶著淡淡蛋白香味的燕窩嚥下去，從今天開始，要像在彼端世界那樣，即使沒有父母的呵護也能自己茁壯成長！

「姑娘，老奴在灶上還溫著一盅雞絲粥呢，我給您端上來？」負責廚房的趙嬤嬤看白素錦一口氣吃光了整盅的燕窩，心裡高興著呢，這人啊，好好吃飯病才能好得快。想到前些日子姑娘躺在床上病懨懨的樣子，趙嬤嬤忍不住扯著帕子抹眼角。

大房所在的院子叫清暉院，白大爺掌管家業，大太太嫁進門就管家，為了出入方便，所以就選了這個西側靠近二門的院子。院裡如今伺候在白素錦近前的有三個嬤嬤、四個丫鬟。三個嬤嬤都是大太太從許家帶來的陪嫁，所嫁的都是陪嫁莊子、鋪子上的管事，四個丫鬟，清曉和清秋是趙嬤嬤的閨女，雨眠是夏嬤嬤的閨女，素尺是宋嬤嬤的閨女，這都是大太太留給三姑娘最可靠的家生子幫手，不說能護得整個清暉院滴水不漏，起碼姑娘屋子裡的風聲是絕對傳不出去的。

這回出事，白三姑娘是從廣蚨祥直接出去的，行色匆匆，還把隨身伺候的清曉給打發回府，幸虧當日趕車的車夫是個老手，馬受驚脫韁的時候閃跳及時，還高喊了一聲讓三姑娘雙手抱頭護住腦袋跳車，隨後又跳下水把她救了起來。

所有人都認為是車夫救了三姑娘，其實三姑娘的香魂早已斷了，不過，白素錦還是要好好感謝那個叫曾二的車夫，如果沒有他，這個身體若是真被困在馬車裡沈進水，怕是自己的魂兒過來了也無所依存。

白素錦醒來後，對外稱事發當日的事情怎麼也想不起來了，看診大夫的診斷很給力，腦補受重創的後遺症，沒傻就不錯了，其他隨緣吧。

於是，這次受傷就被認定為意外事故，純屬白三姑娘倒楣。

白素錦身邊伺候的幾個人都是有眼色的，自然是姑娘說什麼就是什麼，也不多問半句，只是服侍起來更加謹慎用心，尤其是清曉，除了吃飯、睡覺、上廁所，其餘時間幾乎就長在白素錦身邊了，不過是個十二歲的小丫頭，估計這回是嚇慘了。

在床上躺了半個月，身體已經大好，加之想通了，接受現實後心情也跟著豁達，白素錦發現自己胃口特別好，而且，趙嬤嬤的廚藝太棒，於是，不知不覺就把一整盅的雞絲粥吃掉了大半，不得不在屋子裡來回走動消食。

「姑娘，楊嬤嬤來了。」門外傳來夏嬤嬤的聲音。

楊嬤嬤是福林院近身伺候老太太的老人兒，白素錦對她不陌生，臥床小半個月裡，白家主子們一個沒見著，各院打發過來的下人倒是見過幾個，頂數這個楊嬤嬤印象深刻，不因旁的，態度太嘚瑟。

「讓她候著，我換身衣裳。」白素錦向來最討厭這種拎不清自己身分的人。

三姑娘的不好相與在白府人盡皆知，楊嬤嬤仗著老太太的關係敢給清暉院幾個嬤嬤、丫鬟臉色看，卻也不敢明著做出僭越主子的事兒，所以得了夏嬤嬤的回覆後，就只能站在花廳門口的臺階下候著，足足等了近一刻鐘，才看到三姑娘帶著兩個小丫鬟不緊不慢往花廳這邊踱過來。

當年白大爺迎娶大太太之前，仿著江南的亭臺樓榭，費了不少心思重修清暉院，還在院中修建了一道內隔離牆，牆頭用琉璃瓦起頂，牆上鏤空雕刻花窗，隔離牆兩面各栽種了青竹，將清暉院分成內外兩處，中間僅有一處花廳相通，將居住的內院妥帖地掩映在最裡面。

花廳兩側是抄手遊廊，供人前後院穿行，正中是一堂兩室的屋子，靜思堂做客廳用，東側的茶室用來待客，右側是書房。

白素錦腳步沒有一絲停頓徑直越過候在階下的人進了靜思堂，在堂內正位坐好後，抬手接過雨眠遞上來的茶盞，輕呷了一口茶。

三姑娘臉冷，楊嬤嬤是知道的，但卻從來沒這麼給自己下臉色過，想到剛剛看過來的那雙清冷幽深的眼睛，楊嬤嬤竟不由自主後脊梁冒涼風，當即繃緊了神經，連行禮也比往次端正了幾分。

「三姑娘，蘇家大少爺來了，說是想商量一下兩家的婚事，正在前院等著。」

呵，來的還真是時候。

「祖母的意思，是讓我一起去見蘇大少？」

楊嬤嬤頓了一下，垂首回道：「老太太的意思是，大太太臨終前曾留下遺囑，及笄後，您的婚事由自己作主，所以……您自己見蘇大少爺就行。」

終身大事由子女自己作主，在這個社會裡聽來是多麼離經叛道的事，可白家大太太在臨終前卻執意立下這樣的遺囑，白素錦怎麼會不理解她的用心，這是她對自己女兒的信任，也是最後能給予的保護。對於一個年幼失怙、旁無兄弟卻又身家不薄的姑娘來說，在族親不靠譜的狀況下，婚姻這種決定人一生幸福的大事，握在自己手裡總比被別人魚肉強。

將楊嬤嬤急匆匆離去的背影看在眼裡，白素錦冷笑，不過是些欺軟怕硬的慫蛋。

蘇家是臨西府巨富，被稱為「小四象」之首，產業涉足鹽、糧、布疋等，無一不規模大、根基深，蘇、白兩家的婚事，是蘇家大爺還在世時同白大爺定下的，如今兩人都已過世數年。白大太太過世後，白素錦為母親守孝三年，孝期結束前半個月及笄，蘇家本打算出孝期正好著手辦兩家的婚事，沒想到，一出孝期白三姑娘就出了事，險些喪命，好不容易熬過來，就提出要退婚。

蘇平蘇大少爺坐在棣棠軒的團刻紫檀椅上，回想起幾日前胞弟蘇榮的話，眉宇間的鬱色越發濃重。

白大太太臨終前留下遺囑的事，整個臨西府幾乎無人不知，蘇、白兩家訂親數年，兩家大爺尚在時來往又頗多，所以，白家另幾房的行事作風，外人可能所知不詳，但蘇平卻是瞭解的，這會兒看到只有白素錦一個人來見自己，便也沒覺得意外。

對於這個未來五弟媳，蘇平是相當看好的。所謂虎父無犬子，三姑娘雖是女兒身，但十來歲就跟在白大爺身邊進出鋪子、學帳，白大太太病倒後更是一肩挑起個大莊子和兩間鋪子，非但沒出一點亂子，還經營得越來越好，這等悟性和眼界，正是蘇家兒媳婦最需要的。自己的弟弟自己知道，小五是個撐不起事兒的，就該給他找個這樣的媳婦剋著，所以蘇平才打算三姑娘一出孝期就馬上把他們的婚事給辦了，免得夜長夢多。可惜，擔心什麼來什麼，計劃趕不上變化快，三姑娘死裡逃生，醒過來第一件事竟然就是退婚。

不過，蘇平一時也吃不準白素錦到底知道什麼、知道多少？所以這才親自上門探聽、探聽。

「城西鳳凰街帽兒胡同三號院，林瓏，五個半月。」

蘇平開門見山問退婚原因，白素錦不是拐彎抹角的性格，但也懂得給人留三分餘地的道理，就直接報上了一個地址，一個人名，和一個時間。

聽到這句話，蘇平的臉色登時沈了下來，不愧是白家三姑娘，既然出手就不會打沒把握的仗。

「現在的月分，要滑掉是不可能了，但是，我保證，孩子生下來後交給族裡旁系的人家收養，老五和那個女人斷絕關係、再無瓜葛，望三妹妹能看在我們兩家已故父親的面子上，委屈一次。」

不愧是蘇家家主，做事雷厲風行，手段更是夠狠辣，但白素錦絲毫沒有同情林瓏的念頭，不管標榜何種遊戲規則的社會，人都要為自己的行為付出代價，沒有金剛鑽還攬上瓷器活兒，什麼樣的後果都要自負。

一次不忠，百次不容。

這話雖然說得有些苛刻，但結合蘇家五少蘇榮的素行操守，就算蘇平擺的姿態夠低、誠意夠足，白素錦也斷不會拿自己的終身大事冒風險。

不同於白家的暴富，臨西蘇家是真正的百年望族，商場上呼風喚雨不說，人脈關係更是不容小覷。如今的白家對白素錦來說絲毫指望不上，所以，除非萬不得已，否則她不想和蘇平撕破臉。

正醞釀著怎麼委婉一點的推辭，門口傳來一陣急促的敲門聲，然後是夏嬤嬤焦急的聲音。

「姑娘，不好了，門口來了個挺著肚子的婦人，說是……是五少的相好，正跪著邊哭邊求著見您！」

白素錦本來還算舒緩的臉色當下就垮了下來，蘇平聽了夏嬤嬤的話，手一抖，差點將茶盞摔到自己身上。兩人默默相視一眼，同時起身往大門口而去。

棣棠軒本就在外院，沒多會兒兩人就到了白府的大門口，現下看熱鬧的已經圍了裡三層外三層，蘇平一門心思要把這樁醜事壓下來，結果……真是想想就頭疼！

「是妳要見我？」白素錦站在門檻外，微微低頭俯視著跪在石階下的年輕女人。

身形纖纖，眉眼嬌柔，手指絞著絲帕，雙眸垂淚，還真有那麼兩分我見猶憐的味道。

可惜，誰愛憐誰憐，白素錦是半分可憐都不會浪費在她身上，只會更藐視、唾棄，因為眼前這個人，讓她不由自主聯想到了關寧。

白素錦上輩子活得算是沒心沒肺，若說真記恨什麼人，那麼非關寧莫屬。年少時相識，十幾年的閨蜜情誼，她卻在背地裡和陸揚搞在了一起，若不是那次田野作業提前結束，白素錦提前回來當場撞破，不知還要被他們愚弄到什麼時候。陸揚這個男友的劈腿固然讓白素錦心痛，但關寧的背叛卻更讓白素錦心寒。

回想當日撞破他們醜態時的情景，關寧泫然欲泣的臉彷彿和眼前石階下女人的臉重疊在一起。都說會哭、會撒嬌、會嬌弱的女人有人疼，碰到事兒扮扮白蓮花馬上就能博得大把同情扭轉局面，可白素錦不會，也不想會。

「三姑娘，求求您看在榮少爺的情分上，救救奴家，救救榮少爺的骨肉吧！」五個半月的身孕已經明顯顯形，林瓏吃力地跪伏在地上不停地對著白素錦磕頭，周圍旁觀的人群見此議論紛紛，指指點點。

「胡鬧，哪裡來的瘋婦在此胡言亂語！來人，還不把她架走！」蘇平忍無可忍，大聲怒斥道。自從蘇榮和他坦白這件事後，蘇平馬上就派了人去監視林瓏的動靜，沒想到她竟然能鬧到這個地步，是她心機太重，還是另有他人教唆？

「誰也不許動她！」

蘇平的話音剛落，人群外面就突兀地響起一聲大喝。轉眼間，人群裡就擠出來一個人，白素錦看清來人，心下不禁一喜，正愁怎麼駁了蘇平的面子又不撕破臉，過牆梯自己就送上門來了。

這來的不是旁人，正是事件的主人公之一，蘇榮蘇五少。

白素錦看到他高興，蘇平可就完全不同了，簡直是一口老血堵在嗓子眼。成事不足，敗事有餘，說的就是他們蘇家的這位五少爺！

「白三姑娘，妳想退婚也就罷了，為何還要這般為難一個身懷有孕的弱質婦人！」

「你給我閉嘴！」蘇平臉色陰沈地喝止蘇榮，白家雖發跡時間短，但在臨西也是「小四象」之一，家財雄厚不說，這白三姑娘的外祖可是錢塘許家，真要是撕破臉，蘇家絕對討不到好。有時候，蘇平是真想扒開這個親弟弟的腦子看看他到底在想些什麼？愚不可及！

「大哥，她還沒過門呢，就心胸狹隘容不得妾室，絲毫不顧兩家臉面鬧著退婚，現在還這麼欺辱一個身懷有孕的婦人，你倒還幫著她！」

蘇五少將幾乎要趴在地上的林瓏扶起來，微微仰頭看著站在高階上的自家兄長和白素錦，鏗然說道，真真一副捍衛真理、弱者的架勢。

蘇平這回臉都青了。

白素錦卻緊緊咬住下嘴唇才忍住沒笑出來。

但見看熱鬧的人越來越多，看向自己的眼神也複雜了許多，大有情形被蘇五煽動的趨勢，白素錦臉色一正，抬步走下兩級臺階，定定看著蘇五，肅然道：「榮少爺，既然你把話說到這個地步，我也不怕問你幾句。」

周遭圍觀的人群因為白素錦的這句話而寂靜下來。

「第一，你說我欺辱身懷有孕的婦人，我倒是想問問依偎在榮少爺懷裡的這位，是我讓妳來白府的嗎？是我讓妳跪在我家大門口的嗎？

「不是，是妳自己跑來的。所以，既然是妳自取其辱，就別把屎盆子扣到我白素錦的頭上。我——壓根兒就沒想，也沒興趣搭理妳，是妳自己不要臉面往我跟前湊。」

「第二，榮少爺說我心胸狹隘，容不得妾室。」白素錦凜然一笑，緩緩道：「這點你說的還真沒錯，我的確是容不得妾室。可是——榮少爺你恐怕還沒有指責我的立場和資格吧。一來我還沒嫁入你蘇府，容得容不得，跟你還沒關係；二來，你懷裡這位，她是你的妾室嗎？退一萬步講，就算我白素錦今天已經嫁你為妻，對這麼一個懷著庶長子的外室女人，我就是不容她，誰人又能說我的不是?!」

話音未落，白素錦幽黑的鳳眸微瞇著掃過四周寂靜無聲的人群，臉上的神情傲然不羈。

庶長子，對任何階層的人家來說，都是尷尬而不體面的存在，是對正妻的莫大侮辱。

視線從人群中收回，白素錦看著面前臉色鐵青的蘇榮，和依偎在他胸前真的瑟瑟打抖的林瓏，嘲諷地揚了揚嘴角，轉身往府裡走，路過蘇平身邊時，腳步稍作停頓，低聲嘆了口氣，道：「抱歉，恐怕是要辜負蘇大哥的一番苦心了。」

事已至此，這樁退婚，已是塵埃落定。

大門在身後緩緩闔上，白素錦的腳步立刻變得輕快起來，整個人周身的氣氛也變得舒朗閒適。

白府大門口，圍觀人群外一頂轎子再次被抬起來趕路，好一會兒，轎子裡傳出男人低啞渾厚的聲音。「我要盡快知道這個白素錦的全部情況。」

「是。」轎子旁的隨行點頭應道。

第二章

全然不知自己已經被人重點關注的白素錦心情非常好，可惜，好心情還沒持續到走進自己的院子，就被人攔截在院門口。

「三姑娘，老太太請您馬上過去一趟。」這次給老太太傳話的，是大丫鬟香袖。

白素錦挑了挑眉毛，轉身直奔福林院。

一進蝠廳大門，白素錦忍不住眯了眯眼睛，環視一圈，呵，人還真齊全，上首端坐著老太太，左下偏座是二太太小齊氏、大姑娘白語婷、二少爺白語元、二少奶奶蕭氏、三少爺白語年，右下偏座是三太太余氏、大少爺白宛廷、二姑娘白宛靜、四少爺白宛和。

除了現任家主白二爺和任上的白三爺，白家的主子們算是齊活兒了。

不過，眼下的情形，是三堂會審？還是興師問罪？

白素錦給老太太和兩房太太請過安，從容自若地在下首的椅子上坐下，開口問道：「祖母急著喚孫女過來，可是為了退婚一事？」

「三妹妹，妳這不是明知故問嘛，大門口鬧出那麼大的動靜，怕是這會兒整個府城的人都在議論咱們白家的笑話呢！」沒等老太太開口，白三少就跳出來嗆聲。

白素錦輕飄飄的瞄了白語年一眼，不過是個花錢捐出來的秀才，還敢這麼嘚瑟。

毫不掩飾的嘲諷從眼神裡流露出來，白語年讀書不好，但又不是傻子，怎會看不出來，登時就氣得臉色發青。「怎麼，我還說不得妳了?!姑娘家家的，日日出入鋪子也就算了，現下又拋頭露面大庭廣眾之下出言不遜羞辱訂婚對象，白家的臉面算是讓妳丟盡了！」

「三哥如此好口才，怎不見剛才到大門口替白家爭臉？」白素錦輕描淡寫的一句話，不僅堵上了白語年的嘴，更讓在場的人都梗住了喉嚨。「若不是怕讓那些看笑話的以為咱們白家沒人了，可以任意欺負到咱們門上，我也不會拋這個頭露這次面。

「還有，什麼叫我出言不遜羞辱人？人家都騎到我頭頂上拉屎了，我還得笑臉相迎、好言相對嗎?抱歉，我可沒有三哥那麼大的肚量。」

白家雖然是暴發戶，但如此粗鄙的言論從一個姑娘家嘴裡說出來，也著實震到了在場的白家主子們。

「妳……妳說的這是什麼混帳話，若是被外人聽去，不就以為我們白家的姑娘都這麼沒家教！」白老太太氣得臉色脹紅，狠狠拍了下桌子。

「祖母教訓得是，兩位姊姊打小就在孀娘們身邊悉心教養，不像孫女，親娘沒得早，自己也不是個上進的，教養什麼的都就著一日三餐吃到肚子裡去了。」白素錦見老太太動怒，忙起身認錯，可惜，神態舉止雖然端正誠懇，說出來的話卻恨得老太太差點一佛出世，二佛生天。

這……這就是個混不吝（注）的！

不過，大房夫妻倆去世後，也的確是沒人花心思在這三姑娘身上，她本身的性子不討喜是一方面原因，更重要的是大家都刻意選擇忽視，避免麻煩。

因為心虛，所以老太太也不好跟她繼續糾結計較，擺擺手讓她坐回去，呷了口茶壓壓心火，繼續道：「蘇家的這門婚事，妳到底是怎麼想的？既然蘇平敢親自打包票，說會處理掉那個外室和孩子，那就一定能拾掇乾淨，人家做了讓步，妳還執意退婚，難免要生嫌隙，往後在商場上碰面，總是不好。」

白素錦低下頭，嘴角迅速劃過一絲冷笑，音色和緩道：「前頭蘇家大哥和孫女說這話時，孫女也不是沒動心過，怎料隨後就鬧出大門口的事情。這事本就他們蘇家理虧在先，這還沒過門呢，他榮少爺就能當著眾人全然不顧及我的臉面，這樣的夫君，孫女著實不敢託付，所以，還望祖母可憐、可憐我這無父無母的孫女，同蘇家的婚事，就此作罷吧。」

如果沒出大門口那檔子事，這婚事尚且有兩分轉圜的可能，可如今……

罷了，這丫頭以前就臉冷、性子冷，動不動沈默不語，一意孤行，如今磕了腦袋後話變多了，伶牙俐齒的越發不好對付。

老太太的意思明明白白寫在臉上，另兩房的人也就更沒有立場多說什麼，定局已成。

不過，決定雖然是白素錦作的，退婚一事卻事關白、蘇兩家，退還婚書等手續還是需要兩家家主出面，所謂買賣不成仁義在，婚退了，該顧及的臉面還是要顧及，何況兩家在商場

注：混不吝，意指什麼都不怕、什麼都不在乎。

上還往來甚多。

白大少爺白宛廷悠悠說道：「雖說這回蘇家理虧在先，但說出去還是咱們白家的姑娘先提出退婚的，三妹妹剛剛在大門口也著實說話不客氣，咱們白家，怕是要被人在背後指指點點了。」

眾人正要起身離開，忽聽聞白宛廷的話，又都坐了回來。

從福林院回來後，白素錦片刻沒耽擱，讓夏嬤嬤他們分頭行動，開始收拾箱籠，整理小庫房，晌午剛過，白府西側門就駛出一輛大馬車，載著主僕八人直奔西城門而去。

馬車內的氣氛很微妙，同眼角眉梢透露著喜色的主子相比，下人們頭頂的氣壓明顯低沈。

持續沈默後，年紀最小的清曉終於忍不住，委屈地噘起嘴巴小聲道：「姑娘，您明明就沒錯，為什麼還要主動去莊子上避風頭？這樣離開，別人知道了會在背後議論您心虛的……」

白素錦的視線迅速掃了一圈，果然，都不贊同自己的做法。

「蘇家大少爺之前姿態放得低，那是為了保住婚約，如今退婚成定局，就沒什麼可顧忌的了，蘇榮再有錯，那也是他的親弟弟，而我現在對他來說只是個外人。親弟弟被個外人當眾下臉面，他這個做大哥的，心裡難免會越想越惱，這種情況下我和他還是不見面的好。可若是我還在府裡，蘇家來退還婚書，依老太太和二太太的做派，還能讓我清清靜靜的不露面？所以，就算大少爺他不說那風涼話，我也會找藉口出府。況且，妳們真不想去莊子上住？」

白素錦身體微微前傾，湊近清曉她們，壓低聲線明知故問。

清曉盯著自家姑娘近在咫尺的臉有些失神，不知道為什麼，自從小姐病好後，人好像比之前還要漂亮，尤其是被她微微瞇起的眼睛看著的時候，腦子就暈乎乎的。

「怎麼，高興得傻了？」白素錦伸出手，用食指戳戳小丫頭的腦門。傻傻愣愣的小屁孩，逗起來還真好玩兒！

此時的白素錦似乎忘了，她現在這個身體，也就是個剛滿十六歲的小姑娘。

這麼一折騰，車廂內的氣氛總算活了過來，白素錦向後靠在柔軟的圓枕上，眼角眉梢掩飾不住心裡的雀躍，終於可以去見識一下小荷莊了。

說起小荷莊，就不得不先說到白大太太的娘家——錢塘許家。

臨西的巨賈之所以被稱為「小四象」，那是為了區別江南「四象」。大曆民間傳言，天下財富，半數聚在江南。或有誇張成分在，但也從側面反映了江南的富有程度。

江南商界赫赫有名的商賈甚多，翹楚中的翹楚，被譽為「四象」、「八牛」、「十六金狗」，其中，家族繁榮史最短的，也逾百年。

許家雖未躋身入「四象」之列，但在二十八家之中，家族興盛史是最長的，將近四百年，如今的許老太爺已是許家的第十二代家主，其家族財富累積如何，可見一斑。

許容若未出閣前，是許老太爺捧在掌心裡寵愛的唯一嫡女，為了她出嫁，這位素來節儉的老家主，不惜花費近百萬兩白銀在臨西府西郊修建了小荷莊，因許容若酷愛閱書，又在莊內耗銀十二萬兩修建了藏書樓。整個莊子占地七十二畝，十八個院落，二十一座樓房，六百餘間房舍，儼然一個小型城鎮。莊子周邊是近千畝良田，並兩座山。

對於這樣大手筆的莊子，白素錦按捺不住心裡的雀躍，只想盡快去見識、見識。

馬車從正門駛進莊子後，白素錦就讓雨眠、清秋將車簾打開，三月的天氣雖乍暖還寒，晌午時的陽光卻好得很，身上衣裳也穿得暖，正好呼吸一下清新空氣。

小荷莊內的院落多達十八個，除了主人專用的扶雲軒外，其餘的都用數字命名加以區分。例如一號院，前院是辦公區，後院是幾位管事的住處。

扶雲軒距其他院落較遠，四周築有高大的院牆，院門口是兩尊漢白玉雕刻而成的石貔貅，陽光照射下，散發著瑩潤的光澤。

白素錦從馬車上下來時，大管事許寬已經率領一行人候在院門口，此情此景不禁讓她聯想到曾經跟著表哥去他的百貨公司考察，當時的經理也是領著一眾主管站在公司門口這麼候著，還特精神抖擻整齊劃一地喊了句「歡迎蒞臨指導」，奇囧無比。

還好許大管事他們只端正簡潔地問了句「莊主好」。

白素錦簡短的交代了一下明天約見他們的時間，然後就讓人散了各忙各的。

一行人跨過大門進院子，首先映入眼簾的是一面高大的影壁，金色琉璃瓦起簷，牆體竟然是一整塊漢白玉，兩側牆面是貔貅浮雕。金頂白牆相互映襯，白素錦看在眼裡，腦海中只能浮現出兩個大字——土豪！

夏嬤嬤提前打發夥計過來送消息，所以這會兒午膳早已經備好了，白素錦被伺候著簡單洗漱後，坐到飯桌前打量了一下菜式——素拌鮮筍、山藥櫻桃肉、香菇菜心、水晶肘片，都用骨瓷小碟盛著，一人份的量，此外還有一小盅火腿鮮筍湯。

今兒這一上午，鬥完蘇家鬥白家，接著又收拾行李搬家，腦力、體力雙勞動，白素錦這會兒還真是餓了，就著兩小碗米飯把四小碟菜都吃光了不說，連口湯也沒剩。一直坐著沒感覺，等站起來才發現，撐到了。

白素錦藉著消食的「正當理由」，將扶雲軒前前後後逛了個大概，然後就一頭扎進書房裡，直到吃晚飯了才出來。

一夜休整無話，第二天一用過早飯，白素錦就直奔一號院的議事廳，進門的時候，要見的人早就等著呢。

白三姑娘從她娘親許氏手裡接過來的陪嫁，除了小荷莊外，還有一間布莊，一間糧行。這一莊兩鋪的大管事、大掌櫃都是當年許老太爺親自安排的，跟著許氏不遠千里從錢塘來到臨西，在他們心裡，向來是只認莊主，不認白家人。大太太許氏也回以他們足夠的信任，在經營上放權不說，更把身邊最倚重的三個陪嫁許配給他們。小荷莊大管事許寬家的，是夏嬤嬤，廣蚨祥布莊大掌櫃閻明家的，是宋嬤嬤，豐泰糧行江海家的，是趙嬤嬤。

白素錦這回出事，幾度掙扎在生死線上，整個臨西府都在風言白家三姑娘就要不行了，但小荷莊和兩個鋪子卻絲毫未亂，待到昨晚看到書房裡擺放得整整齊齊的帳冊時，白素錦對這幾位「高管」的評價又高了好幾分。

這次把三大主事一起找過來碰面，一來是讓他們見見自己，安他們的心，二來是有些事的確需要提前開始準備。

「莊主的意思是……蘇家要動手？」聽完白素錦的話，廣蚨祥布莊閻大掌櫃的臉色相當不好看，不是畏懼蘇家的動作，他們都是從許家出來的，蘇家雖然被稱為「小四象」，那也不過是在臨西地界上而已，在許家面前根本不夠看。閻大掌櫃臉色不豫那是氣的，如今半個府城的人都知道了上午白家大門口的那場鬧劇，婚約在身還豢養外室搞出個庶長子出來，蘇家這事辦得忒不地道，自家姑娘退婚理所應當，沒想到他們還想搞別的動作，簡直欺人太甚！

閻大掌櫃雖是地地道道的錢塘人，但身高體闊，臉皮略黑，五官粗獷，現下陰沈著臉的模樣還真有些煞人，可白素錦看著卻覺得特別順眼。

「我覺得莊主的猜測極有可能。」許大管事也眉峰微蹙。「眼下咱們的進項，八成在布，糧行的盈利雖說也不錯，可一旦布行這邊受損面大，靠糧行怕是補不了虧空。」

「放眼臨西，蘇家在布業的影響僅次於鹽業，這兩年廣蚨祥的生意擴展這麼快，主要靠咱們自己不假，但也不得不承認，還和外祖家、蘇家的關照脫不了關係。當然，蘇家大少爺也不會明著為難廣蚨祥，只要退婚的消息一坐實，某些『關係戶』就會動搖，這時候蘇家佯表中立，這部分訂單，勢必就要流失掉了。這種情況，怕是豐泰那邊也要出現。」

退婚的念頭，其實早在白三姑娘沒出事之前就萌生了，白素錦甚至在她書房裡看到過一份很詳細的應對方案，放在落了鎖的木匣裡。白素錦認真研讀了兩遍，又增加不少自己的想法，但終歸對這邊的形勢瞭解不甚深，方案適用與否，難以決斷，這也是她急著召見三大主事的原因。

「莊主可是想到了應對的法子？」豐泰糧行的江大掌櫃最擅察言觀色，見白素錦說起將要面臨的變數時眉宇間絲毫沒有焦灼之色，心裡便有了猜測。

白素錦可以看懂繁體字，也寫得一手好毛筆字，但不巧的是，她自小習的是顏楷，和白三小姐的字跡完全不同。要在神不知鬼不覺的情況下臨摹出白三小姐的筆跡，最少也要半年的時間。所以，修改後的那篇計劃只能繼續鎖在匣子裡，內容嘛，口述。

「目前，廣蚨祥掛售的布疋都是咱們莊子上自己織造的，貨源方面沒有問題，變數在於銷路。閻大掌櫃，你心裡可有約數，受蘇家影響的訂單大概有多少？」

「客源方面，鋪子裡每個月都會統計，這點我心裡還是有數，成品布的買家從蘇家轉介紹來的，頂多一成。可我擔心的，是原麻和紗，最大的兩戶買家都是蘇大少爺介紹的，而且，採買契書到這個月月底才是續訂期。」

閻大掌櫃擔心的這點，恰好也是許大管事憂慮的。小荷莊近千畝田地，其中七百畝種植苧麻，稻穀、各類豆科作物總計不到三百畝。受織造廠規模和人工的限制，每年織出來的布疋僅供給廣蚨祥掛售，餘下的苧麻只能紡成紗這種半成品賣給其他布坊。而豐泰糧行的貨源僅靠小荷莊供給是遠遠不夠的，還需要從外採購，其中不乏蘇家的莊子。

「糧源方面，莊主暫可放心，去年秋上採買時，咱們周邊的價錢漲了不少，我就提前和劉大掌櫃打過招呼，半月前二爺特意來了回信，讓咱們可以跟著許家的漕船在沿江貨棧上採買。」

江大掌櫃口中所說的二爺，可不是白家二爺，而是錢塘許家的許二爺許紹通，如今掌管許家的商行和漕運。

「如果月底那兩家不續訂，囤積的紗也可以借助二爺的漕船運出去，尤其是到北方，咱們的苧麻紗總不會賣不出去。」

以許家的能力，就算小荷莊的苧麻都壓在手裡，只要白素錦開口，許家輕鬆就能幫她消化掉，白三姑娘不是沒想到這點，但她還是自己想辦法應對，這不是硬撐，也不是信不過外祖家，而是自小接受白大爺和白大太太的言傳身教，深諳自強方是永強的道理。

「我也有此想法，不過，這是最後一步退路，在此之前，我還有兩個想法，說出來還請三位參詳、參詳。」

「這第一呢，待到月底契書到期，咱們就不續簽了，庫房裡囤積的苧麻和紗都自己留著，用來織成花練。第二呢，今春莊子裡的田地，只劃出三百畝種植苧麻，剩下的四百畝暫時空著，我另有打算。除此之外，我怕是要出趟遠門，到百越聚居地走一趟，探探他們的桐華布。」

白三小姐的原計劃裡，是要調整小荷莊的種植比例，苧麻種植縮減成三百畝，水稻、豆科作物種植擴大成七百畝，還要在周邊再購買三百畝水田。臨西瀕臨西陲重鎮，是軍糧採購的重要目標地，手裡有再多的糧也不愁銷路。從白三小姐的計劃裡看，她是想要將經營重心往糧行方面轉。

白素錦則不同，她終於發現了自己在這個世界的最大優勢——技術，尤其是紡織方面的。在彼端世界紛繁複雜的大學專業裡，有兩個專業的學生是最具「百科全書」特質的，一個是新聞學，一個就是考古學。他們的區別在於，新聞學的學生更像是百科全書的目錄——博而籠統，考古學的學生更像是百科全書的內頁——博而專業。

所以，每個考古學專業的學生最大的願望就是能實現腦內植入晶片！

白素錦碩博連讀師從霍教授主攻墓葬禮制，自己偷空還輔修了一個絲織品鑑定的課程，沒想到現在起了大作用。

白三小姐原計劃裡的經營重心轉移，面對現實，行之有效，但其中也不乏無奈之舉，但對白素錦來說，情況就有很大的不同。

據她這些日子以來的瞭解，大曆皇朝的布業現狀——原料主要是麻和蠶絲，木棉只在蜀南百越族聚居地才被採用，織成桐華布。棉花，根本沒有！絲織技術上，績麻使用的是雙錠腳踏紡車，織布使用的是踏躡提綜織機，提花機也有，但數量卻很少，只有大型的布坊才會使用。成品方面，最普通常見的是苧麻、大麻紡紗織成的布，品級高的是蠶絲織成的絲綢，但價格非常昂貴，即便小富之家也不是能常買的，至於錦，幾乎是權貴世族的專用品。這時的錦，完全用蠶絲織成，採用的是經線起花，也就是經錦。

經錦中最負盛名的，就是許家織造廠織造的「月錦」，皇室專用。

臨西一帶不適合養蠶，所以，白素錦盯上的，是棉花。不過，在引進之前，還需要靠精加工麻布來緩衝資金壓力。

花練的織造，就成了扭轉當下局面的關鍵！

白素錦研二的時候，曾跟隨霍教授在陝豫交界處一個偏僻山區發掘一座漢代諸侯王等級的墓葬，陪葬品中就有用苧麻紡紗織成的花練，其中一疋保存完整，長四丈，重量卻不足三兩，捲起來塞入竹筒中空間也綽綽有餘，讓人不得不驚嘆其精緻程度，可惜，棉花引入種植後，迅速對麻紡織造成了取代性的衝擊，漢後墓葬中再難發現花練的蹤跡。

白素錦將花練的基本情況和三大主事介紹了一遍，作為從百年絲織之家出來的人，即便是江大掌櫃，對紡織一行也知之不少，就更不要說許大管事和闔大掌櫃了，片刻愣怔後臉上難以抑制地湧上驚喜。

許家之所以能傳承四百餘年的富貴而不衰，靠的就是獨步天下的頂尖織錦工藝，這才是頂峰之作，名利雙收盡在掌握。

靠手藝發家之人最大的財富。白素錦剛剛所說的花練，一旦織造成功，那必將是麻織工藝的

「莊主可有十足把握？」閻大掌櫃覺得喉嚨直發乾，暗暗嘆道，不愧是身上流著一半許家血脈的人物，對絲織的悟性不是尋常人能比擬的。

白素錦點了點頭。「還要煩勞許大管事從織造坊臨時抽調出二十個手藝好又信得過的織工出來，先趕製出一疋花練看看效果，後續的事就要交給三位安排了，我要盡快動身到百越走一趟。」

許大管事聽了當即起身著手去辦。

江海從衣襟內掏出一封信遞給白素錦。「這是今日商行劉大掌櫃打發小夥計送過來的，囑咐一定要親自交到您手裡。」

白素錦接過封面蓋有許家萬通商行加急印章的信，拆開封蠟，抽出的信紙只有薄薄一張，短短一行字，字體蒼勁，力透紙背——

不日將至，勿怕。

信角落款處，赫然一個狂勁的「安」字。

這封信，居然是許家老太爺許宏安的親筆信。

白素錦捧著信有些恍惚，如果沒理解錯的話，老太爺這句話的意思是——他親自趕來了?!

錢塘到臨西，少說也有兩千公里，這年頭沒火車、沒飛機，只能舟車趕路，許老太爺如今已年逾六十，這不是要把半條命扔路上玩嗎?!

吃驚、意外、憂慮的同時，白素錦心底也湧上一團溫熱，彼端世界，表哥也是處處維護自己，把自己的一點小事也當成大事來對待。不知道表哥得到自己出事的消息時，要發瘋成什麼樣……

白素錦臉上動容的表情著實讓江海和閻明嚇了一跳，他們都是看著白素錦長大的，瞭解她素來情緒不喜外露，如今這副模樣，莫非出了什麼事？

「莊主，可是出了什麼事？」

白素錦一時沈浸在自己的思緒裡，猛聽到閻大掌櫃的聲音回過神，見兩人面帶焦慮看著自己，忙將手裡的信紙遞給他們。

這下子就輪到兩個大掌櫃傻眼了。

第三章

織造坊就在莊內，許大管事辦事向來是個乾脆俐落的，不到半個時辰，就在織造坊西院單獨闢出了一個織室，挑選出來的二十個織工都是簽了死契的夥計，手藝也是織工中的翹楚。

返回議事堂，聽聞許老太爺正在趕往臨西的路上，一向沈穩的許大管事也難得面部表情活躍了一回。

因為許老太爺的關係，前往百越的計劃暫時往後推遲，督造花練的時間就寬鬆不少，許大管事也偷偷鬆了口氣，想著可以仔細挑選幾個手腳功夫好的隨役跟著去百越。

百越族人口規模不大，居住集中，對外界排斥心理極強，桐華布是百越特有的精品布料，多年來一直未打破這種「獨有」局面，一來是織造桐華布所需要的原材料木棉，採自百越特有的桐華樹，這種樹木集中生長在百越族聚居地內，外界甚少見到。二來，是百越族世代相傳下來的織造桐華布的工藝極為傳統，加之人力資源不足，故而生產能力相當有限。三來，是外界布商刻意壓價，百越實際所得利潤並沒有足夠的吸引力，故而桐華布除了每年進奉皇宮的貢品外，流入外界的數量非常少，常常是有價無市。

為了這次百越之行，白素錦特意準備了一件殺手鐧，本打算從百越回來後再投入自己織造坊使用，但出行日期押後，白素錦決定織造花練時試用一番。

素尺奉命回扶雲軒的書房取來一個紫檀描金木匣，放到白素錦手邊的桌子上後即刻退了出去，守在議事廳門外。

白素錦將木匣上那把小巧的鎖打開，取出一張疊得整整齊齊的紙，放在桌子上平展開來，足有兩尺見方。

三位主事聚首看過來，只見一架流暢線條勾勒而出的紡車躍然紙上，緊緊抓住人目光的，是這架腳踏紡車竟然是四錠的，而現在織造坊使用的雙錠腳踏紡車是去年託許家的關係從錢塘不遠千里採買回來的，現如今在臨西府的地界上也是緊俏貨、稀罕貨，一般織造坊、布坊還在使用雙錠手搖紡車，甚至是單錠紡車。

可想而知，桌上這張圖紙流傳出去，將會造成整個布業多大的震撼！

「百越之行，莊主的殺手鐧，便是這個？」許大管事在敬佩讚嘆白素錦頭腦過人的同時，也不得不感慨自家主子的大手筆。

白素錦黛眉微揚，嘴角噙起一抹淡淡笑意，清聲道：「一張圖，換十年桐華布獨家供貨，大管事以為如何？」

三大主事聽聞俱一愣，片刻後搖頭啞然失笑。也是，這麼多年來，何時見這位小莊主吃過虧。

全手工打造一架這樣的四錠腳踏紡車工序十分複雜，好在江海江大掌櫃對織具頗有研究，幾個人幾經商討，最後決定將紡車拆分成幾部分，交給不同的匠坊加工製造，最後一道組裝程式由江大掌櫃親自動手。

白素錦端著茶盞坐在旁邊，看著頭頂頭聚在一起熱烈討論的三個中年男人，默默感慨——千萬不要小看古人，看，喝盞茶的工夫，人家已經把流水線生產的雛形給弄出來了！

織造花練，僅僅改良紡車還遠遠不夠，它所解決的，是最大限度提高紡紗的效率，如今市面上流通的布，在織造時使用的紗大部分是績紡一次所得，高端的特細布所使用的紗，績紡兩次，而改造後的四錠腳踏紡車足可以實現同等時間段內績紡三次、甚至四次的效果。織造花練所需的紗，必須纖輕、強韌、光滑，只有這樣，當一千兩百對經線同時緊密鋪排在織機上時，才不會糾纏起來，同時又能保證成品最大程度的輕柔。

紡車改造的同時，織機的離扣和繒也需要加大密度。離扣是將經線分組，在織布的過程中拉緊緯線，而繒，則是提拉緯線，將緯線分組交叉。織造花練鋪排的經線數量過大，相應的，對控制經緯線的離扣和繒的密度也要求更大。

自從出了議事廳後，許大管事和閣大掌櫃馬不停蹄著手改進織具和織造花練，江大掌櫃責無旁貸，將豐泰和廣蚨祥的日常經營一肩挑，三人分工明確，白素錦倒是一時清閒下來。

不過白素錦也沒真的閒著，這幾天早睡早起，吃過早飯就帶著清曉和雨眠去察看莊子上的田地。

小荷莊轄下的所有田地都歸管事趙士程負責。當日許大管事從議事廳出來後，就按照白素錦的意思，將今年的耕種變動告訴了他，白素錦來實地考察的時候，趙管事已經把調整過的耕種分配圖繪好，全程陪同白素錦把每種作物的種植區都走了一遍。

對於那預留出來用處不詳的四百畝地，趙管事並未多問，只請示該如何初耕。

時值三月初，地氣已通，莊子裡的田工已經開始燒荒、翻土，潑撒第一次草木灰，待到三月底、四月初，就是播種正忙的時候。趙管事農把式出身，督管小荷莊田地耕作多年，真正的行家裡手，幾天接觸下來，白素錦自愧不如，趕緊擠出時間跑了一趟萬通商行。

許家的萬通商行經過十餘年時間的發展，分號幾乎覆蓋了整個大曆皇朝的府城。臨西分號是萬通商行的商隊西行踏上絲瓷古道進入藩國前的最後一個駐腳點，大掌櫃姓劉，年近四十，身形高大，濃眉深目，看著似乎有外族血統。

在白素錦的記憶裡，和這位劉大掌櫃是很熟悉的，每年，錢塘那邊都要時不時不遠千里送來家書和各種吃穿用度的好東西，次次俱是劉大掌櫃親自送到清暉院。

看到白素錦，劉大掌櫃還以為她是為了那封加急書信，沒想到一開口就是要通過商隊大量訂購白疊子種子。

劉大掌櫃是見過白疊子的，三年前大宛國進奉的貢品裡就有白疊子，其中兩株聖上御賜給了許家，劉大掌櫃回錢塘述職，有幸得見。那白疊子的花的確是神奇，一日之中，花瓣竟然會變色，清晨剛開放時，花是白色的，不久就會變成淡黃色，午後轉為粉紅或大紅，至次日，顏色更紅，甚至呈紫色。是以，可以在一株白疊子上同時看到數種不同顏色的花朵，美妙至極。

可是，再美妙也只能做園中觀賞之物，劉大掌櫃實在想不通表小姐購買如此多的白疊子種子幹什麼？

儘管納悶，恪守本分的道理劉大掌櫃是深諳的，絲毫不敢怠慢，表示一定會將此事辦好。

心裡最大一塊石頭落地，白素錦頓時身心輕鬆不少。

劉大掌櫃這邊好物不少，尤其是茶，這些年來沒少給清暉院送。白素錦出事後，劉大掌櫃這還是第一次看到她，家主爺那邊耳提面命照看好表小姐，如今看她恢復大好，劉大掌櫃心裡著實高興，自然要留她品一壺好茶。

可惜，這茶才品了一半，就被打斷了。

白素錦看著因為急於趕路而氣息不勻的夏嬤嬤，不確定地又問了一句：「妳剛才說，老太太喊我回府，商量蘇榮和二姑娘的婚事？」

夏嬤嬤氣息不穩，一半是累的，另一半是氣的。白家這辦的是什麼事兒啊！

白素錦醒來後對外託辭因為頭部受傷，事發當日的事記不清了。實際上並不全是藉口。她記得事發前幾日，白三小姐在廣蚨祥收到了一封沒有署名的密信，信中簡要說明了蘇榮豢養外室，並且那女子已經身懷有孕的事，信末尾還附上了城西帽兒胡同的地址。白三小姐隨後私下查證了此事，卻一直忍而未發。

過了幾天，也就是事發當日，白三小姐再次在廣蚨祥收到了一封匿名信，信上約她單獨在小荷莊附近不遠的普濟寺見面，另有要事相告。白三小姐將清曉打發回府，自己前往，結果馬車就在趕往普濟寺的路上出了事。

那個約她相見的人，身分是誰，是敵是友，白素錦不得而知，只好對外宣稱記不得了，以不變應未知。

但有一件事白素錦可以確信，所有事情的結點就在於和蘇家的這門婚事。

如今她退婚在前，沒幾天，蘇家就要和白家三房的二姑娘白宛靜提親，其中到底打著怎樣的算盤，白素錦還真是一時搞不清。

老太太傳話找，白素錦也不方便耽擱，起身就告辭。劉大掌櫃一路送她到後院東門，臨上車前，神色鄭重地跟白素錦低聲說道：「表小姐放寬心，老太爺提前遞了話來，說萬事有他。」

「多謝大掌櫃，這次意外，也累得大掌櫃跟著費神了。放心，我既然已經和蘇家退了婚，就不會再為這種事耗神。」白素錦說這番話時眉目清明，氣定神閒，劉大掌櫃遂穩下心來，目送她乘坐著馬車緩緩駛進人群中。

白素錦帶著夏嬤嬤進府後直奔福林院，待小丫鬟通傳過後才邁步進了蝠廳。一進門，就看到二姑娘白宛靜竟然跪在廳裡。

視線迅速掃視一圈，這次連白二爺和白三爺也在，白家的主子們算是聚全了，不過，這氣氛可比當日自己退婚時的凝重多了。

白素錦從容大方地走上前給老太太和兩房長輩問過禮，然後神色自若地尋了個位子坐下，眼神不曾在白宛靜身上多停留一秒。

過了好一會兒，白老太太重重嘆了口氣，神色疲憊地看向白三爺，氣虛乏力道：「老三，靜姊兒是你的閨女，出了這等事，還是你親自給大房、給錦姊兒一個交代吧。」

白三爺應下老太太的話，轉頭橫眉冷目掃了眼跪在地中央的白宛靜，只輕哼了一聲，白宛靜就身體微微發抖，頭低低垂下，連聲嗚咽都不敢洩漏出來。

那日白府大門口的鬧劇過後，蘇平回到家如何處置蘇榮和林瓏的外人無從得知，不過第二天上午，蘇平就帶著蘇榮親自登門道歉，並送回了婚書，兩家的婚約正式解除。

婚約雖解除了，但兩家在生意上的往來還在，何況今年還是川中地區三年一次的鹽運總商推選，蘇家雖連任把握很大，但卻是在白家支持的基礎上。這個關鍵時刻，自然不會為了兒女私事影響大局。

或許是蘇家有意緩和同白家的關係，昨日蘇家四姑娘弄了個品茶會，白家二姑娘素來與蘇四姑娘交好，自然早早就收到了請帖。

當日來的都是些臨西府富商家的小姐們，品茶會不過是個雅致的噱頭，實際上蘇四姑娘去年釀了不少桃花釀，埋在桃樹下藏了一年，如今開罈啟封，酒色澄澈剔透，甘冽清香，再適合小酌不過。

白宛靜和蘇四姑娘私交甚好，兩人同好小酌，酒量也很不錯。這桃花釀入口綿潤，醇中藏甘，一邊小酌一邊同幾個閨中密友打趣說笑，不知不覺就多飲了幾杯，等發現時，人已經微醺。這般模樣回府，少不了要被三太太斥責，看天色尚早，蘇四姑娘就命人領了她去客房休息。

待到聚會結束，蘇四姑娘將一眾好友送出府後，就去看看白宛靜是否酒醒，不料一推開客房的房門，竟看到自家五弟和白宛靜躺在一張床上，俱是衣衫不整，渾身透著酒氣。

蘇四姑娘站在門口一時措手不及愣住，還是伺候在白宛靜身邊的大丫鬟燕雙端著醒酒湯過來，看到屋內的情形驚喊出聲，才把蘇四姑娘喊回神，臉色陰沈地掃了身邊兩個丫鬟一眼，命她們閉緊嘴，然後進屋關門，將床上兩人弄醒。

隨後就是兵荒馬亂的收場。

世上沒有不透風的牆，茲事體大，白宛靜也不敢隱瞞，戰戰兢兢回府後直接到母親余氏跟前據實坦白，余氏聽了一時氣急，竟生生暈了過去，醒來後顧不得教訓白宛靜，讓人快馬加鞭前往白三爺任上送信。

白家送信的人沒走多久，蘇平就再次領著蘇榮登門，開口便是向白二姑娘提親。

余氏一時沒有主意，只得硬著頭皮將白宛靜押到福林院。

白素錦進門的時候，白宛靜已經在蝠廳裡跪了整整一夜。

這……這劇情未免也太狗血了吧，是在挑戰人的智商嗎？白素錦心想，咱也是看過《金枝欲孽》、《後宮甄嬛傳》的人，儘管槽點（注）一大堆，但這種梗一聽就是人為的，什麼酒後失德、酒後亂性，把責任都推到酒身上，你們就沒考慮過酒的感受嗎?!

儘管心裡不受控制地想吐槽，但白素錦還是很配合白明軒的講述，臉上露出吃驚的表情，然後謹慎隱藏起情緒。

果然，白三爺的臉色越發陰沈了。

不久前，蘇五少爺才在白家大門口指責白三姑娘沒有容妾之量，結果退婚沒幾天，就和白二姑娘提親。儘管蘇榮豢養外室弄出庶長子有愧在先，但蘇、白兩家再次結親的消息一傳出去，在外人眼裡，白素錦心胸狹隘的名聲恐怕就要坐實了。

白素錦旁觀老太太和白家兩位爺的臉色，心下判斷兩家昨天該是已經把婚事給定下了，今兒找自己來，無非就是走個戲場。既能保住白宛靜的名聲，又能再次將蘇、白兩家綁在一起，一舉兩得之事，豈有不同意的道理？

白素錦恍然，原來自己這是被炮灰了啊……

「二嬸，退回來的婚書可在您手上？」炮灰什麼的白素錦這回還真不在乎，先把事關自己的東西拿到手裡才是正事。

二太太忙命人回清溪園取來裝著婚書的木匣子交與白素錦。

注：槽點，意指能夠吐槽的點。

當著眾人的面，白素錦取出婚書看了一眼，然後讓人取來火盆，當場燒了個乾淨。

「三叔，我既與榮少爺解除了婚約，以後便是一別兩寬，各生歡喜。所謂姻緣命定，想來二姊和榮少爺才是彼此的有緣人，作為妹妹，我自是滿心祝福，您全然沒必要覺得委屈於我。」

白素錦把話說到這個地步，很顯然是順了老太太和白家兩位爺的意，臨走前都關懷了一下她的近況，白素錦自是恭恭敬敬回了句「尚好」。

「三妹，這件事是我對不住妳，可我也沒有辦法……」

眾人陸續離開蝠廳，白素錦剛要邁步，就被白宛靜扯住衣袖，話還沒說完，就抑制不住自己的情緒，低低哭泣起來。

白素錦生平最討厭兩件事——

一是沒說完話就只知道哭。這都是把眼淚當武器，哭給人看的，真要排解情緒的話，就找個沒人的地方自己哭了。

二是說「對不起」。明知道對不起幹麼還做？做了對不起人的事，說句對不起能改變什麼？你說句對不起，人家就得回你句沒關係、讓你心安釋懷嗎？呵呵！

「二妹，三妹剛剛不是說了嗎，她和榮少爺從此一別兩寬各生歡喜，還說妳和榮少爺才是有緣人呢，又怎會怪妳？不過，三妹，妳還真是好肚量呢！」白大姑娘白語婷晚走一步，此時蝠廳裡只剩下她們三人，故而說起話來放肆許多。

白素錦眉峰微蹙，藉著整理衣袖的動作掙開白宛靜的手，不鹹不淡地掃了白語婷一眼。「大姊謬讚，不過是實話實說而已。小妹就不耽誤兩位姊姊了，先行告辭。」說完，不理會白宛靜的欲言又止和白語婷的冷哼，白素錦轉身離開。

白明軒好不容易從任上回來，當晚自然要全家一起吃頓飯。蘇家按照約定，第二天一早就請了媒人上門，納采、問名、納吉、納徵、請期，三天後，竟然就將大婚時間定了下來，就在一個月後。

蘇平原計劃著就是一個月後讓蘇榮娶親，所以大婚的準備早就都做好了，現下正好，連親家都沒變，只不過是白三姑娘換成了白二姑娘。

蘇、白兩家的這樁婚事幾經波折，劇情跌宕起伏，一時鬧到退婚，一時又再結親家，關於兩位白家姑娘和蘇家五少爺之間的傳言是眾說紛紜、版本多樣，其中的主流聲音無非是——蘇、白兩家是一定要結成親家的，白三姑娘性子剛烈，不若白二姑娘隱忍、識時務。

任是外面議論紛紛，白素錦依舊氣定神閒地該吃吃、該喝喝、該忙忙。白宛靜的婚期一定，白素錦打算即刻動身回小荷莊。

可主僕一行人剛走到院門口，就被迎面跑上來的門房小夥計截住。

「三……三姑娘，撫西大將軍的拜帖，說是要見您，現正在門口呢！」

第四章

撫西大將軍，姓周，名慕寒，二十有二。周姓乃大曆國姓，周慕寒乃先高祖皇帝第九子榮親王的嫡子，是當今聖上的親姪子，外祖一脈是大曆赫赫有名的簪纓世家——鎮國大將軍府林家。

周慕寒十三歲投入林老將軍麾下，排兵布陣、調兵遣將深得老將軍真傳，加之個人性格殺伐決斷，實戰不拘泥於常法，衝鋒陷陣勇狠無雙，很快便在軍中嶄露頭角。十六歲時率領三千騎兵，深入草原腹地截斷鶻軍糧草供給。十八歲、十九歲，兩次率領驍騎長途奔襲，深入敵境數百里，將數支駐守鶻兵殺得四處逃竄。兩次西征，周慕寒率輕騎軍打破突厥防線，尖刀般插入敵人內部，配合三線大軍圍剿突厥主力，生擒敵軍主帥。漠西之戰大捷後，周慕寒獲封撫西大將軍，統帥西軍，並兼任川省總督，成為名副其實手握軍政大權的封疆大吏。

白素錦的記憶裡對這位年輕的撫西大將軍印象很深刻，倒不是說白三姑娘以前多關注他，而是大將軍的「威名」，放眼整個大曆，除了還在娘胎裡的及尚且聽不懂人話的，幾乎無人不知、無人不曉。

能擁有如此廣闊的群眾基礎，除了赫赫戰功，還要「歸功」於大將軍的另外兩項「盛名」——狠戾、天煞。

外族將士「談寒色變」，不僅因為周慕寒用兵如神，更因為他的戰場上——沒有俘虜。和周慕寒兩軍對決，要麼逃、要麼死，絕對沒有「降」這第三條路。漠西之戰，當勝負已分情勢一邊倒的狀況下，直到大曆士兵殺盡最後一名敵軍後才鳴金收兵。漠西大捷的戰報送抵宮中，周慕寒獲封殊榮的同時，也遭到了數位御史大人的聯名彈劾，狠戾之名傳遍天下。

周慕寒出生時難產，母妃林氏執意保子，導致產後身體極度虛弱，小心將養近六年，最後還是歿了。十四歲，周慕寒與翰林院掌院秦大人的嫡次女訂親，不足半年，秦二姑娘身染風寒，歿了。十八歲獲封驍騎參將時，與理藩院左侍郎石大人的嫡女訂親，不足三個月，石姑娘春遊落水，歿了。二十一歲榮封撫西大將軍，聖上親自賜婚，與兵部尚書陸大人家的三姑娘訂親，結果還沒到一個月，陸三姑娘就出天花，歿了。從此，京中凡有適婚女兒的富貴人家，皆提及撫西大將軍色變，據說太后娘娘有意將都察院右都御史家的四姑娘指給大將軍，結果右都御史聞風後跪在太后娘娘跟前哭了好一通，這樁指婚最後不了了之。

是以，提及周慕寒的名字，常常被貼上明晃晃的三個標籤——戰神、索命閻王、天煞孤星。

如今，這位威名滿天下的撫西大將軍，竟然就坐在自家花廳的茶室。

白素錦第一眼看到周慕寒，還是挺意外的。

一身錦衣常服，腰間墜著一方鏤空雕刻的玲瓏玉珮，長身負手而立，抬眸間凝望過來，宛如牆角那株玉蘭，挺拔靜謐，花開無聲。很難想像，這樣一個周身氣息平和的人，竟然就是外夷人眼中的「索命閻王」。

白素錦親手泡了一壺茶，這是許家大爺去年特意讓人給送過來的頂級紅袍，統共得了不到半斤，就給她分了二兩過來，白三姑娘一直捨不得喝，白素錦於茶道是個外行，如今倒是便宜了周慕寒。

屏退隨侍，茶室內只有兩人，白素錦將七分滿的茶盞遞與周慕寒，近距離打量這位身分尊貴的不速之客。

他的臉很瘦，但天庭飽滿，眉眼清俊，舉手投足從容有禮，配上一襲月白錦袍，儼然富貴人家的謙謙公子，飽讀詩書，芝蘭玉樹。

在白素錦悄然打量周慕寒的同時，周慕寒也在觀察著她。不若困在內院長大的深閨女子，待人落落大方，坦然不怯，即便是面對他，也能不卑不亢，從容有度。顏色嘛，雖不是傾國傾城，但五官柔和，雙眸清透，看著極為悅目。

不動聲色地喝完兩盞茶，周慕寒直接開口道明來意。

提親?!

從見到周慕寒開始，白素錦就在心裡猜想了數種他造訪的可能——為了布疋？為了納糧？為了通過自己和許家對話？

可是，再多的猜測，也斷沒有「被大將軍看上了」這一種可能！

不管怎麼說，白素錦還是很有自知之明的。

皇親貴胄，股肱之臣，封疆大吏……就算名聲再不堪，如此榮耀加身之人上人，怎麼也輪不到一個商戶女頭上，尤其是自己這種還退過婚的。

白素錦也不是貶低自己，門當戶對在擇偶一事上還是很有道理的，彼此落差不大，一起生活更容易磨合，生活起來也更自在些。儘管生存於這個可以三妻四妾的封建男權社會，白素錦還是想為自己好好謀福利，畢竟，這世界上還有錢塘許家那種「不得納妾」的人家存在。

這種人家，可能是清流寒門，可能是財勢相當的商賈之家，也可能是地方官宦府第……不管哪一種，都絕對不會是眼前這位皇親權貴。

周慕寒說起提親一事從容淡定，白素錦也索性不和他打太極。

「冒昧一問，將軍如何想到向民女提親？」

周慕寒輕輕轉動指間的茶盞，看向白素錦的雙眼中泛上淡淡笑意。「數日前，偶然經過令府門前，有幸一睹姑娘風采，再難思遷。」

這是……一見鍾情？

不作他想，周慕寒口中所說的數日前，應該就是家門口發生鬧劇的那天。想到當日自己眾目睽睽之下對蘇榮毫不客氣的反駁，在當下世風看來，即便有理，也有違婦德，難免被那些封建衛道士們詬病。

白素錦自然是不在乎的，但聽周慕寒這麼一說，心裡不禁暗道——這大將軍口味還挺重！

「既然將軍當日在場，自然也知曉民女的性情一二，相信將軍此行之前，定是做了一番準備，坦白講，民女在外的名聲……不甚好，將來也不會為了博取所謂的好名聲而蝸居後院，如尋常婦人那般相夫教子、足不出戶。更重要的是，民女那日當眾也說了，此生容不得妾室。故而，民女福薄，怕是要辜負將軍的錯愛了。」

茶室內陷入短暫的沈默。

周慕寒並未馬上做出回應，神色間沒有絲毫的意外，似乎白素錦的反應完全在他的預料之內。

「三姑娘對在下可有耳聞？」一盞茶盡，周慕寒再度開口。

白素錦誠實頷首。「將軍威名遠播，大曆百姓何人不知。」

周慕寒聞之輕輕一笑。「是嗎？如此看來，我的名聲較三姑娘相比，不堪之程度怕是要更甚百倍吧……」

白素錦一聽，還真是這麼回事。

將白素錦臉上一閃而逝的「深以為是」看在眼裡，周慕寒眼底的笑意越發明顯。

「在下雖出身皇族，然身處行伍，一年中大半時間在軍中，每次出征，皆是吉凶難料，許多年來，雖蒙皇恩厚愛，獲得了不少封賞，然軍耗龐大，幾乎盡數貼補其中，府內尚不如姑娘日常所用。而且，在下雖是父王嫡子，但側王妃杜氏扶正多年，其膝下庶長兄頗受父王喜愛，榮親王世子至今尚未賜封。是以，在下身處之境，更傾心於出得廳堂的內子。」
呃，這大將軍的意思概括起來就是——工作危險係數高，獎金雖多但一毛沒攢下，爹不親、娘已逝，小媽鳩占鵲巢，同父異母的大哥對世子之位虎視眈眈。
名聲比自己差，家底沒自己厚，家裡糟心事比自己多……呃，這麼看來，還真說不好是誰高攀誰。
「在下自知，與姑娘之事若能圓成，必會虧欠許多，故特向聖上討來一物，以表誠意。」說完，周慕寒將進屋之時隨身攜帶後又放在茶桌一邊的鑲金木匣推到白素錦面前。
木匣上有一枚精緻小巧的金鎖，白素錦接過周慕寒遞過來的鑰匙打開。
當木匣蓋子被掀開，看清裡面東西的那一剎那，白素錦呆愣在當場。
那是塊打磨精緻的鐵片，形狀宛如瓦，寬約三寸，長約一尺，換算成二十一世紀通用量度，差不多是寬十釐米、長三十釐米大小。
鐵片表面打磨光滑，上面的題字雕刻後以鎏金灌注，筆風遒勁，字體蒼健，行文大意是——周氏子孫周慕寒以金書鐵券為聘，立誓此生與白氏素錦生同衾、死同穴，死生一雙人，永不背棄，有違誓言，憑此金書為證，處以剮刑。立證人乃當今聖上及聖母皇太后！
從呆愣中回過神來，白素錦猶覺腦袋嗡嗡作響，立刻雙膝跪地，恭恭敬敬地行了大禮。
發掘了那麼多年的古墓，丹書鐵券這等免死金牌白素錦不是沒見過，但用金書鐵券為聘，她還是聞所未聞。

有違誓言，憑此金書為證，處以剮刑。

白素錦的腦子裡反反覆覆滾動著這句話。

如果說丹書鐵券是免死金牌，那麼這塊金書鐵券，對周慕寒來說，簡直就是懸在頭上的一把刀。

再觀察他的神情，白素錦發現，這個男人，他是認真的。

白素錦迅速將資訊在腦中整理了一遍，然後恍然。

與其用「一見鍾情」來定義撫西大將軍提親的出發點，倒不如用「一見中意」更恰當。

他需要一個既能安內又能攘外、還不在乎他「威名」的有力內助，相應的，他能付出白素錦所要的「後院獨享」。

白素錦不得不承認，周慕寒的眼光實在毒辣，一出手就能打到你的致命點上。

即便是刻在心尖上的朱砂痣也會隨著血液循環而慢慢淡去，情濃時千般好，情薄時萬般不是。和陸揚糾纏那麼多年，白素錦早已不相信真愛是修成婚姻正果的唯一途徑。

這世上什麼關係是最為穩定、密切的？是唇與齒，皮與毛，骨與肉。

基於實現各自利益的基礎上，彼此需要，彼此依靠，彼此扶持。

坦白說，這樣的關係，對此時的白素錦來說，的確讓她動心。

不過……

「將軍抬愛，民女受寵若驚。」白素錦福了福身，視線流連在金書上刻著自己名字的地方，悠悠道：「將軍的誠意，民女已深深感受到，只不過，同時也心有惶然，唯恐對不住將軍的這份心意。」

周慕寒何等心思，順著白素錦的目光望過去，自然聽得出她的弦外之音。

「今日拿出金書，只是表明在下的誠意，別無它意，姑娘無須多想。結親一事，成否在於心，不在於物，姑娘盡可細細思量，無論最終作何種決定，到時儘管如實相告便可。」

白素錦不動聲色地與周慕寒四目相對，好一會兒後才移開視線，抿起的嘴角彎出淺淺弧度。

皇上、皇太后聯名親賜，世上獨一無二的金書鐵券就擺在眼前，上面清清楚楚寫著自己的名字，還說讓自己無須多想，隨著自己的心意來就行？

好個能說會道的撫西大將軍！

突然間，白素錦特別想刺激一下他。

抬手將木匣的蓋子輕輕闔上，手指微用力，就將它推回到周慕寒眼前。

周慕寒雙眸微瞇，眼底閃過一絲驚訝、費解，很快隱匿而去，但白素錦卻看得一絲不漏。

感覺還挺爽。

待到周慕寒骨節均勻的修長手指撫上匣子，白素錦才溫言道：「據民女所知，鐵券是要一分為二，雙方各執半片的，還請將軍代勞，他日媒人上門，民女定當齋戒三日，迎來這半片金券妥善保管。」

「還是錦娘思慮周全，我唐突了。」反應過來自己被耍，周慕寒粲然一笑，眼角眉梢的笑意越發鮮活明悅，站起身將木匣托在掌心，另一隻手解下掛在腰間的玲瓏玉珮，遞到白素錦面前。「如此，今日我就先行離開了，三日後，媒人定準時登門。妳若有事，盡可執此信物來總督衙門尋我。」

白素錦抬手默默接過玉珮，心下想——呵，這改口可真夠快的！

一路將人送出大門口，白素錦恍恍惚惚走回清暉院，停在一株桃樹下看著手裡的玉珮喃喃自語：「這是……把自己給推銷出去了？」

閃婚，原來是這種感覺啊……

白素錦的恍惚勁兒還沒過去，老太太和另兩房人得知撫西大將軍親自登門的消息已經炸開了鍋，正聚在蝠廳糾結著要不要一起去清暉院拜見，卻見門房的夥計急匆匆跑來稟告，大將軍已經走了。一屋子的人當場鴉雀無聲。

老太太很不高興，覺得自己身為白府最長輩的地位被輕視了。

白三爺臉色陰沈，情緒異常複雜。

「去，請三姑娘來福林院一趟。」

白老太太這邊派出去的小丫鬟還沒走到清暉院，門房的小夥計今天第二次風風火火跑到了白素錦跟前。

「三……三姑娘，錢塘許家的老太爺來了，正在門口呢！」

臨西雖然與錢塘相距千里，山水迢迢，但自從許氏嫁過來後，白大爺每隔兩、三年就會陪著她回錢塘探親，白三姑娘三歲起也加入其中，在白素錦的記憶裡，最後一次見許老太爺是三年前在許氏的葬禮上。

時隔又一個三年，祖孫倆再次相見，白素錦前腳剛邁進外客廳花門，許老太爺忙不迭起身迎了上去。看著眼前這個頭髮花白、臉帶倦容、眼角微微泛紅的老人，白素錦鼻腔湧上濃濃的酸楚，腳下加快速度迎將上去，扶住老太爺後，斜撩衣襬雙膝跪地，恭恭敬敬地行了個大禮。

白素錦七歲就失去了父母，是外公和舅舅、舅母撫養她養大，表哥對她更是愛護有加，此時看到許老太爺，白素錦立刻就想到了自己的外公。出事前一年，外公心臟病發去世，白素錦難以想像，外公若健在，得知自己出事的消息會怎樣。

就像此時面對許老太爺，真正的白三小姐其實已經魂斷這樣的事實，白素錦是無論如何也說不出口的。被當作異類燒死枉丟性命是其次，更重要的是，眼前的這位老爺子，是再禁受不住白髮人送黑髮人的打擊了。

在此之前，白素錦始終認為自己是鳩占鵲巢，但現下見到許老太爺和許家二爺後，白素錦的心境發生了全然的改變。

萬事皆有定數。或許，從踏進困龍山古墓的那一刻起，就注定了這場宿命的轉折，要由自己來接替白三小姐過完後面的人生，將白大爺和許氏的血脈延續下去。

白素錦，就是白家三小姐。

心結一經打開，面對眼前陌生而又熟悉的至親之人，白素錦心境很快變得坦然而平和。

「快起來，讓我好好看看，身子當真大好了？」許老太爺哪裡捨得白素錦跪著，忙把她拉起來，從頭到腳上上下下仔細打量了好幾遍，嘴裡不停唸叨：「瘦了……瘦了……」

這次來臨西，除了老太爺，二爺許紹通和四少爺許唯良也一起來了。得知白素錦出事的消息，劉大掌櫃絲毫不敢耽擱，立刻給錢塘那邊送了信，三日後白素錦情況好轉，劉大掌櫃又加送了一封。

接到第一封信時，許老太爺險些一口氣沒喘過來，完全不顧全家的反對，當即讓人備了馬車抬腳就走，還好許二爺和許四少時常跟著商隊跑，出行經驗豐富，一路上安排妥當，隨行還帶了一位郎中，儘管如此，不到半日，老太爺的嘴唇就長出了火泡，成宿成宿睡不著覺，幸而沒過兩天在路上攔到了第二封信，得知白素錦度過了生死關頭，一行人這才鬆了口氣，但一日沒看到人，懸著的心一日不能落地，這一路始終緊著往臨西趕。

許老太爺剛啟程就叮囑許二爺，除了劉全之外，臨西之行的消息不要再洩漏給其他人知道，包括白素錦。他就是想看看，自己的外孫女在臨西到底過得如何，他白家到底將她照顧得怎樣。

劉大掌櫃通過自家的商行陸陸續續給老太爺送信，彙報表小姐的情況，看到信上說錦丫頭臥床期間，白家那幾房竟只打發了手底下的婆子、丫鬟過去，老太爺心裡的怒氣就開始醞釀，等看到信上說到白素錦退婚、在白家大門口眾目睽睽之下隻身應對蘇家那小子和野女人的刁難時，老太爺的怒火達到頂點，忍無可忍拽過筆就給白素錦寫了那封只有短短一行字的家書。

在老太爺心裡，自家錦丫頭是受了天大的委屈，這讓自己將來怎麼有臉到地底下去見女兒和女婿?!

提心弔膽日夜兼程地趕路，現在看到白素錦好好站在面前，許家三位爺心頭的大石才終於落了地。

「外公、二舅舅、四表哥，今天先歇在我院子裡吧，明天用過早飯之後再移步去莊子。」

緊繃的神經一放鬆，老爺子臉上的倦意更甚，白素錦讓夏嬤嬤提前一步回清暉院給他們收拾住處。

「不急，先去福林院和老太君打聲招呼，不管別人怎樣，咱們不能不顧禮數。」許老太爺大手一揮，毫不掩飾言語間的冷嘲。

白素錦走在外公和舅父身後，和四表哥交換了一個無奈的眼神。

一行人剛進二門，迎面就碰上了匆匆趕過來的白明承和白明軒。

其實，許老太爺一下車，門房當值的夥計就往內院去了兩個，一個去了清暉院，一個直奔福林院。清暉院的位置是距離前院近，但白素錦和老爺子也說了好一會兒話，這會兒一行人都走進二門了，才看到白家兩位爺現身，怪不得許老太爺頗有微詞。

但得長眼睛的人都看得出許老太爺此時面容倦怠、風塵僕僕，得知一行人要往福林院而去，白三爺連忙勸著老爺子先到清暉院休息，晚上再一起吃飯為他們接風洗塵。白二爺在一旁附和幫腔。

許老太爺淡淡掃了白明承、白明軒兩眼，也沒推辭，輕嗯一聲，跟著白素錦就拐去了清暉院。

夏嬤嬤本就是許家的家生子，對老太爺和許二爺的喜好習慣甚為瞭解，很快就將住處給收拾出來，待白素錦帶著他們回來時，內堂裡已經擺好了一桌清淡小菜，還有一鍋魚片粥。

白家兩兄弟從清暉院出來後臉色很不好看。白家能有如今的成就，大部分要歸功於已故的白大爺白明啟，尤其是許氏嫁進來後，在白家發展的最關鍵時刻，許氏及其背後許家給予白家的支持到底發揮了多大的作用，只有他們白家自己人最清楚。儘管不那麼想承認，但白家之所以能如此迅速崛起，背後少不了許家的影子。

只不過許家支援的方式很高明，從未直接在生意往來上有所偏頗，而是通過白家大太太許氏之手給彼時的白家家主白明啟送錢。是以，白明啟一介初生牛犢涉足鹽業，卻從未在資金周轉上出現問題，這使得他很快在鹽運司衙門樹立了深刻印象，並且越來越被鹽運總商蘇家看中，成為重點拉攏目標。

許家，是白家背後的靠山。

只不過，當許氏病逝、白家偌大家業盡數落在白明承手裡後，許家的支持便只傾注在白素錦一個人身上。

即便如此，現今已是白家家主的白二爺，在許家人面前仍覺得底氣不足。當然，白三爺的臉色也好不到哪裡去，打從見面開始，許老太爺就毫不掩飾敷衍和不滿的態度，看來此行遠不是探病這麼簡單。

許家家主如今身在臨西的消息很快傳了出去，沒過多久，門房那邊就陸續送來好幾張拜帖，其中有一張竟是知府段大人送來的。

許老太爺三人這會兒正在休息，白素錦將拜帖一一過目，分類放好，然後開始每日的日常任務——練字。

字一日不練手生，白三姑娘之前就有日常練字的習慣，只是不會如白素錦這般每天都要寫上三、五篇。

「三年不見，妳的書法倒是精進不少。」許唯良到底年輕，身體基礎好，小憩一會兒就起身了，來到書房看到白素錦在練字，饒有興致地拿起幾張端詳。「往日妳的字偏清麗秀雅，透著股雍容和穆的貴氣，美則美矣，卻不若現在這般有靈氣，看看這幾個字，骨力遒勁，筆鋒凜然，氣勢開張，就算是二哥，看到也會自嘆弗如。常言道，字如其人。這些年，苦了妳了。」

白素錦俐落收筆。「秋收冬藏」這四個字是她寫得最拿手的，從外公手把手教，到自己獨立領悟，不知寫了多少遍，才達到此時自在流暢的境界。幾日前也是寫這幾個字時突生感悟，為什麼一定要執著於臨摹白三姑娘的字跡呢？經歷過起伏，尤其是經歷過生死，人的性情都會變化，字體稍作改變也屬常情。

「四哥你膽子也太大了，竟敢如此取笑三元及第的金榜狀元郎，小心二哥知道拎著你的耳朵去祠堂訓誡三天三夜！」

許老太爺膝下只有兩兒一女，許老太太早逝，許氏十餘歲便獨立操持許家後院，將父親、兄長的衣食住行打理得妥妥當當，親緣間感情深厚，白三姑娘出生後，更是頗受許家舅親們寵愛。說來也怪，許老太爺這一脈男丁興旺，女娃卻甚少，許老太爺好歹還有許氏這麼個獨女，許家兩位爺膝下各有兩個兒子，女兒卻一個也沒有。故而，在許家，白三姑娘那真真是被當成寶貝疙瘩來疼愛的。

小孩子對情感有著最敏感的直覺，是真疼愛，還是假敷衍，相處過程中很快就能分辨出來，並作出趨真避假的反應。因而，白三姑娘打小就喜歡去錢塘，和許家同輩的幾個表哥感情更深，私下裡都是直接喊他們哥哥。

許家二少爺許唯信是許唯良的同胞親兄長，幼時即名盛江南，大了之後更是才華橫溢，三元及第譽滿大曆，為了他，許老太爺力排眾議，打破了「主家一脈，不得入仕」的族規。

許唯信毓秀內斂、言行端正，而許唯良這個胞弟則正好相反，野性不羈，愛好冒險，近些年更是迷上了組馬隊開拓商路，沒少惹得母上許二太太為他提心弔膽。

許唯良的性子，即便是許老太爺也越發鎮不住他，偏偏許唯信卻能把他吃得死死的。一不打，二不罵，三不逐出家門，只消讓人把他綁了送進祠堂，三天過後再出來，許四少爺總能老實安分一陣兒。

實在按捺不住好奇，白三姑娘曾偷偷扒過祠堂的窗戶，就看到四哥端端正正跪在祠堂地上，而三哥搬了個小馬紮坐在他旁邊，從《孝經》讀到《篤行》，每讀一句，還要細細講解一番，中間還要時不時考問四哥的心得。

白素錦此時腦中浮現出的就是這般場景，忍不住輕笑出聲。如果眼前這個四哥是孫猴子，那遠在京師翰林院的二哥儼然就是師父唐僧。

提到自己的剋星，許唯良苦巴巴皺了下臉，隨即又恢復一副吊兒郎當的模樣，隨興坐進一旁的梨木鏤花椅裡，看著揮灑筆墨的白素錦。「這麼久沒見，妳就只顧著寫字不陪我說話，還真是傷人心！」

這剎那，白素錦簡直要懷疑那個世界的表哥附身在許唯良身上了。

專注於筆下的字，白素錦眼皮也沒抬一下，說道：「說什麼？這個月收到二哥的勸誡信了嗎？相看了幾位舅母屬意的姑娘？」

許唯良濃眉一挑。「顧左右而言他對我來說是沒用的，老實交代吧，馬車怎麼會受驚？別拿想不起來、意外之類的藉口糊弄我。還有，那個退婚是怎麼回事？另外，聽說我們進府前，撫西大將軍剛離開，他單獨見妳，所來為何？」

越說，許四少的臉色越發不愉快了，尤其是提到那個來意不明的周慕寒。

白素錦嘆了口氣，天下的表哥果然都是不好糊弄的！

擱下筆，白素錦坐到許唯良另一側的梨木椅上，抬手給他斟了盞茶，如實將這段時間所發生的事說了一遍，包括出事前所收到的兩封匿名信，包括當日的白府門口之爭，當然，也包括周慕寒的金書下聘。

許唯良聽到最後，險些拍案而起，虎目瞪圓，壓低聲音幾乎磨著牙，說道：「欺人太甚！蘇榮是個混蛋，那個周慕寒也不是個什麼好東西，居然敢仗著天家身分先斬後奏，這和強搶民女有何區別？還真當咱們許家是任人搓圓捏扁的了！」

白素錦聽得眼角直抽抽，心想不愧是許家四少，這等「大逆不道」的話也敢說出口。同時，心裡也是感動不已，許唯良這番話，完全是站在替自己考慮的角度，這是家人的視角。

白素錦還想寬慰他兩句，結果清曉來傳話，說是老太爺和二爺起身了，請她過去。

許唯良給了個「自求多福」的眼神，然後一馬當先走在前頭，直奔兩位長輩休息的園子。

第五章

果不其然，許老太爺和許二爺精神一恢復，就開始了會審。白素錦無奈，只得把先頭和許唯良說過的話再次重複了一遍。

然後，許家三個男人的臉色同步了……

果然，不是一家人不進一家門。

氣氛凝滯了好一會兒，許老太爺才緩緩開口，聲音沈得幾乎要滴水。「老二，明兒一早你拿著玉珮到大將軍府走一趟，媒人上門前，我要先見大將軍一面。另外，一會兒吃飯，錦丫頭妳就不要去了，我會託辭說妳身子不舒服，提親的事，暫時先不要讓他們知道。」

白素錦不知道昨晚的接風宴上許老太爺到底說了什麼，今兒一大早去福林院請安，老太太居然半個字也沒提及大將軍的事。

白明承和白明軒一直送到大門口，白素錦旁觀，看得出白三爺幾次有意套近乎，但都被許二爺給擋了回去。

馬車駛離白府後不久，許二爺半路下車，拿著白素錦的那塊玲瓏玉珮直奔大將軍府。

基於第一次見面的印象，白素錦覺得許二爺在大將軍府應該不會被怠慢，沒料到他們一行人剛進扶雲軒沒多久，周慕寒竟然就跟著許二爺一起過來了，一人一衛，身上的軟甲都沒換。再看看許二爺的臉色，明顯好轉。

周慕寒額角的頭髮都是濕的，白素錦問過隨行的護衛才知道，他們是從校場直接過來的，連早飯還沒來得及吃。

白素錦皺了皺眉，讓許大管事先安排老爺子他們回屋換身衣裳稍作休息，許唯良臨走時那個含義豐富的眼神被白素錦選擇性忽視掉。

小廚房的灶上一直溫著吃食，白素錦讓人送了清粥、包子和幾樣小菜過來，又囑咐著招待好隨行來的那名護衛。

如意聽這邊白素錦剛把飯菜擺好，雨眠就捧了件青色錦袍過來，說是四少爺特意讓送過來的。

白素錦挑了挑眉，接過衣服走進暖閣。

周慕寒再次坐到白素錦面前，又恢復了錦衣玉袍的翩翩公子模樣，只是，這回的姿態也不端著了，寒暄兩句就開始動筷子。

白素錦看著眼前這人姿態優雅地舞動著手裡的筷子，桌上的飯菜以極快的速度消失，忍不住搖頭。如果不是他的用餐禮儀尚存，白素錦簡直要懷疑他被餓死鬼附身了。

「外祖和舅舅他們……對你我的親事有些想法，畢竟太突然，一會兒談及此事，還請將軍多擔待包涵。」白素錦斟了盞茶放到他手邊。

「提親之事，我本就有些乘人之危，外祖心有不悅乃人之常情，再者我是晚輩，何來擔待包涵一說。」

呵，還挺有自知之明的，知道自己乘人之危。不過，這不把自己當外人的態度還真是怎麼看怎麼覺得臉皮略厚啊，大將軍！

整整一砂鍋的粥、七、八個包子、幾碟小菜，等周慕寒撂下筷子的時候，白素錦掃了一眼，乖乖的，吃得真乾淨。

將白素錦的驚訝看在眼裡，周慕寒淡淡一笑。「軍中生活多年，習慣了。」

「灶上還有剛做好的糕點，我讓人再端些過來。」白素錦視線掃過他身上的錦袍，這人身高和許唯良相仿，可袍子穿在他身上明顯寬鬆了一圈。

「將軍公務繁重，早膳每日按時吃才好。」

周慕寒臉上的表情越發明悅，笑聲爽朗。「那日後便要勞錦娘費心了。」

白素錦梗住，深深看了他兩眼。這人的性情和傳說中的差異也忒大了吧？而且，貌似還挺自來熟……

白素錦略糾結的同時，聽風閣這邊許老太爺的心情很不舒服。

「看錦丫頭的樣子，似乎和那個小子很熟絡。」

許二爺額角冒汗，親爹啊，那可是當今聖上最寵愛的親姪子，堂堂撫西大將軍，手握實權的一方封疆大吏，您居然叫他「那個小子」！

不若許二爺這般謹慎，許唯良給老太爺斟了盞茶，語氣甚是隨意道：「錦兒向來是個有分寸的，您何時見過她和信不過的人親近半分？」

許老太爺接過茶盞，冷哼了一聲。「你懂什麼！我就是擔心她太過於有分寸，死撐著不肯給人惹麻煩，才會這般忍氣吞聲還就那個小子！」

回想剛剛那兩人的互動，許四少爺偷偷撇嘴，他是一點也沒看出來表妹有忍氣吞聲的跡象。

在白素錦的婚事上，許老太爺和許二爺的意見極其一致——和蘇家退婚是必須的，但撫西大將軍的提親，要盡可能推掉。

於是，本著這樣的指導思想，雙方聚到了明玉堂。

明玉堂內，以許老太爺為首的許家男人們坐在一側，大將軍周慕寒自己一人坐在另一側，涇渭分明。白素錦看看這邊，再看看那邊，相當識時務地坐在了許唯良身邊。

看到周慕寒身上的錦袍，許老太爺眼神略凌厲地掃了許唯良一眼，而後轉向周慕寒，神色肅穆，沈聲道：「老朽向來性子直，喜歡開門見山，如果言辭中有冒犯大將軍的地方，還請海涵。」

周慕寒態度恭謹。「老太爺客氣了，今日慕寒只是晚輩。」

許老太爺聳了聳眉，臉色緩和了一分，但說出的話卻絲毫不客氣。

「大將軍年少有為，年紀輕輕就統領西軍鎮守邊境，守護一方安定，老朽心中感佩，也想為國、為大將軍、為西軍將士盡一分心意，故而此後每年，我許家都會捐獻白銀十萬兩，棉薄之力，望大將軍笑納。」

棉薄之力？

周慕寒神色不動，心下卻暗嘆許老太爺的豪氣。西軍帳下將士共計三十萬人，朝廷撥給的糧餉，一年也不過六十萬兩銀子，許老太爺一開口就是每年給十萬兩，足可見他對白素錦的寵愛程度。

「老太爺慷慨，體恤西軍將士艱苦，晚輩與將士們自是感激不盡。但是，若以此為條件換取晚輩打消提親的決定，晚輩難以贊同。」

「哦，恕老朽妄言一句，以將軍的家世、才貌，為何會青睞於錦丫頭？吾等不過一介平民，唯小有家底而已。」

白素錦心裡替老太爺捏了把汗，今天老爺子說話相當不客氣啊，一上來就是毫不掩飾的戳刀，真的好嗎？

偷偷抬眼瞧向周慕寒，他臉上居然一絲惱色也沒有，嘖嘖嘖，心理素質夠強的。

「那晚輩也直言不諱了。」周慕寒雙眸直視許老太爺，嗓音沈穩有力，說道：「為財，更為人！」

「你——！」許老太爺險些從椅子上蹦起來。

白素錦扶額，這氣氛，談崩的節奏一觸即發啊！

一老一少隔空四目相對，誰也不肯退讓半分，氣氛一時陷入凝滯。

這會兒自己出面，無論幫哪邊說話都只是加劇緊張，無奈之下，白素錦只得用眼神求助於許二爺。

許二爺本也不高興周大將軍的意圖，但聽他直言不諱，神色間更是坦蕩，心頭上聚結的不快反而消減了不少。

「爹，您喝口茶潤潤喉，這邊不比家裡，氣候燥得很。」許二爺遞了盞茶到老太爺跟前，將兩人的視線給錯開，同時給了老太爺一個「放心，我來」的眼神。

「大將軍，坦白說，我們並不看好這樁親事，錢財乃身外物，不瞞您說，我們許家還真不在乎，只有人，尤其是家裡的姑娘，斷然不能受丁點委屈，終身大事尤甚。結親講求門當戶對，將軍皇親貴胄，軍功赫赫，怕是只有權貴世家的嫡親小姐們才足夠與您相配，我們耕商之家委實高攀不起，何況，錦丫頭不日前才退過婚，外頭的風言風語尚未平息，若此時再傳出和將軍的婚事，錦丫頭恐怕要被置於誣衊中傷的風口浪尖，作為至親之人，我等雖人微力薄，但傾盡所有也不會讓她陷入如此境地。請大將軍看在錦丫頭身世多艱的分上，多予體量。」

許二爺此番話說得語速緩慢，卻字字清晰，態度篤然，明確地表達了許家的立場——要錢，可以；要人，不行！

從人家手裡要走寵愛的姑娘，不是那麼容易的。

此時，周慕寒深刻理解了薛軍師對自己說這句話的意思。

白素錦見周慕寒看向自己，就用眼神回應他——看你的了。

不能怪她此時袖手旁觀，想要促成這樁婚事，還得看他的本事，作為一個男人，連求娶之人的至親都無法說服，又怎能讓人相信跟著他會有好日子過？

這也算是對他的一個考驗和試煉。

白素錦雙眸清和通透，看不出絲毫的猶豫退縮和反悔之意，周慕寒鬆口氣的同時，不免對她這種「既認定不輕悔」的性情大為讚嘆，這樣的女子，合該緊緊把握住。

昨日裡也不是沒探過白素錦的意思，今天再看到兩人之間的互動，許老太爺和許二爺心知這樁親事，怕是要推不掉，儘管如此，該做的努力還是要做的，能推掉最好，推不掉也要讓這個皇親大將軍明白許家的態度——不是我們家姑娘高攀你，是你上趕著非要聘我們家姑娘！

同許家兩位長輩硬刀子軟刀子輪番上陣相比，許四少許唯良從進門開始就穩坐堂上、不發一言，充當一株會呼吸的植物，將幾個人的反應盡收眼底，開始還存了些為難周慕寒的念頭，後來索性是看戲的心態了。表妹不愧是姑母一手教養出來的，選夫婿的眼光一樣穩準。

許唯良、白素錦兄妹倆坐等看周慕寒如何扳回一局，不料周大將軍一張嘴完全出人意料，既沒陳述自己對白素錦如何「一見鍾情，再難思遷」，也沒信誓旦旦保證此生「死生一雙人」，而是從自己幼年喪母、少小從軍開始，生生將一個身分顯赫、權貴無雙的皇室子孫形象顛覆成了一株地裡黃的小白菜！

「老太爺、二爺，晚輩雖多年征戰於荒涼邊疆，但也常聽人提起錢塘許家，半是讚羨許家的滔天財富，半是感嘆許家『宗內子孫不得納妾』的族規。人都說，能嫁入錢塘許家為妻的女子最是幸福。晚輩不才，聲名不善，常年貼補軍中更是身無長物，唯一能拿得出手的，便是『永不納妾』的承諾，許三姑娘一個清淨的後院。晚輩相信，這也是三姑娘擇婿唯一看重的地方。至於金書鐵券，絕無一絲一毫脅迫之意，實屬急於讓三姑娘看到我的誠意，沒料到失了周全，請老太爺、二爺勿怪！」

第一步，哭自己可憐；第二步，拍許家馬屁；第三步，表自己誠心。

這三步走下來，許老太爺和許二爺面面相覷，一時也不知道該如何回應才好。

你說你挑人家名聲不好吧，自家丫頭打小拋頭露面經營生意，又自己作主退了婚事，名聲也沒見得好到哪裡去。

你說你挑人家家世顯赫門不當戶不對吧，他幼年喪母、不得父親寵愛，內院生活艱難，在外又在沙場摸爬滾打歷經生死，表面看頂著大將軍的名頭風光，實際上還不如自家幾個孫兒過得舒服精緻。

你說你挑人家窮吧，別說許家了，就算是錦丫頭自己手裡的產業，也不缺銀子花，還真不在乎他身無長物。

分明處處不合心意，唯獨一樣可取，偏偏還是最看重的。

難道這就是命中注定？

許老太爺嘆了口氣，看向始終未發一言的白素錦。「當初妳娘嫁與妳爹，外間傳言說是我相中了妳爹的才品，實際上，是妳娘自己看中的。她是個眼光好的，妳又是由她一手教養出來，看人的本事自然差不了，就按妳娘交代的辦吧，這樁婚事……由妳自己作主。」提及過世的許氏，許老太爺仍覺得心中難過不已。

「謝外祖體恤成全！」許老太爺一鬆口，周慕寒便起身斜撩袍角，雙膝跪地行了個大禮。

許老太爺愣在當場，隨即回過神來，臉上稍作掙扎，隨後坦然接受了這個大禮。

至此，這樁婚事算是正式落定。

看到許唯良背著許老太爺和許二爺偷偷衝自己豎起了大拇指，白素錦迅速一撇嘴。

這個大將軍是屬猴子的吧，給豎個木杆就能蹭蹭蹭往上爬！

「什麼？三月內完婚？不行！」

白素錦這邊還沒吐槽完，就聽得許老太爺一聲大嗓門吼得中氣十足。

「三個月後就大婚，時間太過倉促，不妥！」許二爺雖不像老太爺那般大嗓門，但同樣堅定反對。

白素錦覺得太陽穴直突突，這個大將軍還真是能折騰么蛾子，說提親就提親也罷了，如今還要閃婚，瞧瞧把老爺子給氣得，臉紅脖子粗的。

「外祖您消消氣，我也知道婚期倉促，但是……」周慕寒眼波一沈，忽而神色肅穆道：

「不瞞外祖，每年夏收季節，邊境都不太安穩，今冬草原地區又遭遇數十年不遇的大雪大寒，牲畜折損嚴重，怕是形勢更要嚴峻些。孫婿雖身無長物，但大將軍府名下尚有幾分薄產無信任之人託付，若能在大軍開拔之前完婚，我既能安心防禦外敵，錦娘也能自在生活在自己府裡，不必再有諸多顧忌，您也能在千里之外少些惦念。您看呢？」

「你……早有此打算？」一旁觀的許唯良打破沈默，幽幽問道。從進門開始這個周慕寒就步步為營、應對有素，雖然誠意夠足，但老實說，許唯良欣賞他的同時，心裡也不那麼好受，唯一的表妹就要被這個外來的小子給搶走了！

「若說早，也不算早，是那日見過錦娘回府後萌生的念頭，本打算等媒人正式登門提親，在請期的時候商量的，今日外祖、舅舅、表哥都在，我便想著先徵得你們的首肯。」

愛女和女婿已經不在人世，許老太爺也沒指望白家人如何，他早就和兩個兒子、兒媳打過招呼，白素錦出嫁之事，許家要一手操辦。

白素錦早年就與蘇家訂下婚事，今年守喪期滿，許老太爺料想到蘇家必要將婚事辦了，所以也提早做了準備，但不料出了這番變故，退婚又換了訂親的物件不說，還要在三個月內完婚，怎麼算時間都很趕。

可在場的三個許家人都是看得出輕重緩急的，誠如周慕寒所說，既然已經同意了這門婚事，早日完婚利大於弊。

婚事和婚期一併敲定，周慕寒的心穩穩落定，許老太爺可就完全不同了，當即表示休整兩日返程回錢塘！三年前他就開始著手為白素錦準備嫁衣，從織錦、剪裁、刺繡到縫製，全部親手一個人做，一如當初為愛女準備那般。如今婚期將至，嫁衣還未完成，他怎能不急於回去。

白素錦怎麼可能讓他這麼折騰！

無奈眾人極力勸說，老爺子卻怎麼也不肯鬆口，白素錦腦子裡靈光一閃，祭出殺手鐧，許大管事急匆匆送過來的一張圖紙，成功將老爺子的所有注意力緊緊抓住。

時至晌午，周慕寒留在莊上一起用了午膳，白素錦旁觀，參照早上的飯量，這頓午飯他應該是沒放開吃。

飯後，許唯良藉口消食，拉著周慕寒在院子裡切磋過招。白素錦束手站在玉蘭樹下，看著許唯良絲毫不手軟地拳拳帶風招呼向周慕寒。

許家傳統，男子自小習武，即便是如今已三元登科的狀元郎許唯信也有一身好功夫。許唯良不若其他兄弟文采好，但拳腳功夫卻是最出彩的，南拳洪門現任門主甚至破格收他為關門弟子。

周慕寒受外祖林老將軍開蒙，基礎功夫扎實，又經過多年實際戰場的淬煉，招招樸實直接。

初交手時，周慕寒還存了兩分餘力，怕失手傷了許唯良。但數十回合過後，周慕寒的攻勢越發凌厲，最後竟完全以攻為守。

是自己小看了許家這位四少爺！

左肩被擊中，許唯良後退數步才堪堪穩住身形，再看向對面的周慕寒，臉上絲毫不見之前的溫雅容和，神色肅穆，眉眼間隱隱透著凜然之氣。

不愧是讓蠻族聞風喪膽的「索命閻王」，殺氣洩漏時雖有些讓人發寒，但守土開疆的好兒郎，當如是！

一番激烈交手後，看著兩人關係明顯改善，白素錦無奈地搖了搖頭，想起那一世表哥曾經說過，男人之間的友誼是打出來的。看來這個四表哥也是如此想法的忠實擁護者。

許唯良雖然結結實實挨了一拳，但周慕寒實際上也沒占多大便宜，白素錦瞧見的，就有兩次，他被許唯良的拳風掃到，估計少不了青紫兩天。

周慕寒和許老太爺、許二爺道過別後，白素錦送他出莊子。午後陽光甚好，周慕寒也不急於回府，兩人就慢慢走著，他們身後不遠處跟著一輛青篷馬車，雨眠和清曉隨車而行，還有牽著兩匹馬的護衛。

「婚期之事本該提前與妳知會一聲，但倉促間得知要拜見老太爺，我有些亂了手腳，妳千萬莫怪。」

白素錦偏過頭瞧了他一眼，輕笑著嗯了一聲，心想——原來你也會緊張啊，難得！

看出白素錦心裡所想，周慕寒臉上飛快拂過一絲窘意，錯開話題道：「既然婚期已定，回府後我即刻上摺子，請皇上給我們賜婚。聘禮之事，妳可有旁的要求，儘管說與我聽。」

白素錦搖了搖頭。「金書足矣，只希望日後將軍始終坦誠如一。若有朝一日，將軍心有旁屬，只需明言，我自當歸還金書，放彼此自由。」

周慕寒停下腳步，轉過身看著白素錦。白素錦坦然地與他四目相對，眼底平靜無波。

周慕寒這會兒可以肯定，她所說的就是她所想的，也會是她所能做到的。

這就是自己瞧上的女人啊！

無聲嘆了口氣，周慕寒抬手示意護衛將馬牽上前來。

「我能做到如何，咱們且過且看吧！」留下句話，周慕寒俐落地翻身上馬，揚鞭而去。

這是……生氣了？

白素錦站在原地吸了好幾口灰塵，心裡腹誹——什麼大將軍，心眼還挺小！

改良後的紡車和織機已經投入使用，白素錦送走周慕寒之後趕忙往織造坊跑。許大管事已經被許老太爺和許二爺團團圍住好一會兒了，見到白素錦終於出現，大大鬆了口氣。

在許家祖孫三人帶領織工埋頭織造花練的時候，被人認為小心眼的周大將軍已經起好了摺子，著人八百里加急送往了京城。

第六章

三日後，皇城，永壽宮。

啪地一聲，榮親王將手裡的摺子狠狠拍在桌子上，憤然大怒，道：「這個逆子，提親不先請示我，如今大婚也要越過我去，直接請聖上賜婚，他還當我這個親爹是活著的嗎?!」

身著威儀宮裝的太后娘娘端坐在上位，從容地啜了口茶，而後鳳眸淡淡掃向堂下被氣得臉色脹紅的小兒子，冷聲道：「你在或不在，對十三來說，又有何區別？」

端坐在側佯裝飲茶的皇帝陛下聽聞親娘霍太后的話，手一抖，險些將一盞熱茶盡數潑在自己的龍袍上。

眉眼肖似太后娘娘的榮親王被憋得臉色紅中透黑，好一會兒才喘過口氣，低喃道：「若是當初不送去林府，如今也不會忤逆成這副模樣……」

哐噹！

霍太后反手之間就將茶盞摜到了地上，青瓷盞應聲碎裂，茶水濺開，形成一小灘水漬。

「不送去林府？當初若不送去林府，還能有現在活生生的撫西大將軍?!」霍太后保養得當的臉上隱隱動著怒氣，冷聲道：「天家無家事，家事便是天下事，既然你享受著皇家的榮耀，自然也要承擔這份榮耀下的責任。當初先皇為你賜婚林家，本意在穩定住林家，不承想險些被你結成了仇！貴為堂堂一國親王，竟然弄出寵妾滅妻、偏寵庶長子的荒唐事，你當林家當真甘心忍氣吞聲?!林王妃屍骨未寒，十三就失足落水，你這個當父王的連自己親生嫡子都護不周全，讓哀家如何拒絕林老將軍的請求！」

「母后，兒臣和您解釋過多次了，王妃過世那是難產後身體受損虧空導致的，十三落水，也是他自己頑劣不聽勸阻，和蘭兒根本就沒有關係。誠然，兒臣是心裡歡喜蘭兒，連帶著對她所出的孩兒也偏愛些，但對王妃該有的尊重兒臣自認做到了，因此被扣上寵妾滅妻的帽子，兒子不服，對蘭兒也不公道！母后，您是孩兒的親娘，是蘭兒的親姨母，您為何要這麼偏袒林家而苛責於我們呢？縱然他林家權傾朝野、手握兵權又如何，還不是天家的臣子——」

「逆子，你給我閉嘴！」

霍太后憤然出口打斷榮親王的話，抬手就將手邊的茶托擲了過去，青瓷小碟砸到榮親王腳邊，發出清脆的碎裂聲。

「就因為我是她親姨母，才知曉她到底是個什麼心性！不過是個侯府的庶出丫頭，未出閣就膽敢與你私相授受，你大婚才幾日，竟然就以身懷有孕來逼迫哀家，庶長子……庶長子！當年你父王尚是王爺之時，側妃曹氏和你們那個庶長子大哥幾乎害得你皇兄夭折，你怎麼就不長記性！對王妃該有的尊重？哼，弄出個庶長子在先，偏愛側室庶子女在後，若不是林王妃教養好，怕是林老將軍早就打到你府上了。從你執意將杜如蘭扶正，將十三落水一事草草歸咎於意外之時起，哀家和皇上的心被你傷透了，林家的心被你傷透了，十三的心，更是被你傷透了。」

「母后——」

「你莫要再在我面前替你的蘭兒說好話，如果你真對林王妃心懷尊重，那麼，哀家問你，你為何遲遲不肯上書請立世子？」

霍太后目光灼灼，榮親王不敢直視，狼狽地低下頭。

冷冷哼了一聲，霍太后接過皇帝陛下親自遞過來的茶盞，啜了一口茶潤潤嗓子後，緩緩地、一字一句擲地有聲地說道：「所以，十三的事，你莫要再過問，做好你一個父王該做的場面即可。還有，管好你的後院，不要把手伸到十三那裡，你們都安分些，哀家和皇上還可以保證『你在一日，榮親王府安寧一日』，否則，休怪哀家和皇上袖手旁觀！」

榮親王大驚，抬頭看向堂上坐著的兩位至親，霍太后臉上籠罩著怒意和恨鐵不成鋼的無奈，皇兄神色凝重，由始至終一言未發。

頓時，榮親王覺得心生無限涼意和疲累，再想到那個每次看到自己都恨不得視而不見的親嫡子，榮親王咬牙道：「哼，我就不信了，他還敢弒父殺親?!」

堂上兩人相視一眼，無聲嘆了口氣，再看向榮親王時，霍太后已將臉上的怒氣隱去，露出淡淡的疲憊。「十三那孩子外冷心熱，縱使你再如何，他也不會對你怎樣。不過，你的心思從未在他身上過，所以，也別想著他會同你父慈子孝，就這麼著吧，不遠不近地看著，算是你對他們母子最後的成全。另外，皇上也在，哀家今日索性就把話說開了，榮親王世子，只能是十三，你的親王之位，將來也只能傳給十三！回去告訴你後院的人，不要挖空心思算計，別說她們算計不成，就算是僥倖成了，榮親王的王位，也就到你為止了。」

霍太后此話一出，不僅榮親王震驚地當場愣住，就連一旁的皇帝陛下也大為吃驚。

雖然素來看不慣榮親王在治家上的糊塗端行，但霍太后從未說過這般嚴厲決絕的話，屢勸不聽，想來她今日也是心累到極限了。

霍太后臉色很是不好，失望、難過、無奈、疲累交織在一起，毫不掩飾地表現出來，讓榮親王看著心裡也跟著浮上一陣苦澀。他不懂，蘭兒從未要求過什麼，如今這一切都是自己為她爭取來的，為何母后偏要固守偏見，連帶著對他們的孩兒也不待見。

「母后，十三的事，兒子自會替他謀劃，您何必要說如此重話，皇弟聽了難過，您自己更是傷心。」皇帝親自侍候太后用了盞茶，看她臉色稍有緩和，才開口說道。剛剛榮親王跪安後離開的背影看著甚是頹唐。

「他鬼迷心竅，這輩子估計是看不透了，既然點不醒，不如索性把話說透。」

皇帝點了點頭。「既如此，您也別太難過了，終有一日，皇弟會明白您的苦心。」

霍太后擺擺手。「哀家可不敢奢求這個，只要他能看得住後院那些個人，別去招惹十三就好。」

很顯然，皇帝陛下相當贊同太后娘娘的想法。

「不過，母后，這樣放任十三自己選媳婦，真的妥當？兒子派出的人打探回來的消息，那白家的三姑娘野性得很，雖出身大富之家，卻絲毫不若大家閨秀一般養在深閨，年紀小小就跟著父親學習經商，一手打理偌大的莊子和兩家鋪子，厲害得很。更甚的是，不久前她還自己作主退了婚事，這樣的女子配給十三，兒子總覺得有些委屈。」

說到周慕寒，霍太后的精神緩和了不少，甚至還露出了幾許笑意。

「十三的飛鴿傳書裡提過，那丫頭的母親去世前曾留下遺言，說是她的婚事由她自己作主，這樣的女子教養出來的女兒，哀家信得過，尤其，那女子還是錢塘許家家主的獨女。」

皇帝佯裝氣惱。「飛鴿傳書、八百里加急向來是用來傳遞軍報的，如今竟被他用來討媳婦用，真是胡鬧！」

霍太后聽了低低笑出聲。「他這任性的性子還不是你給慣出來的！」

皇帝聽罷自己也跟著低笑。「不過，聽十三說，他和那白家姑娘如實坦白了自己的情況，人家姑娘聽後沒露出一絲難色，是個能擔當的。咱們十三挑媳婦也和打仗一樣，雷厲風行！」

「兒子的眼光可比他那個爹的強多了。」

皇帝陛下深以為然，但相當有眼色地將話題扯離榮親王。

「但兒子有些顧慮，又是金書鐵券，又是賜婚、加封誥命的，除了封后、迎娶太子妃，怕是再沒這麼大的恩賜了，如此一來，十三是不是有刻意討好那白家姑娘之嫌？怕是要被人議論啊……」

霍太后倒是絲毫不在意。「十三這麼做必然有他的道理，再說，他還怕什麼議論嗎？這孩子在婚事上多舛，好不容易他自己如此主動上心一次，只希望能妥妥當當便好啊。」

想到周慕寒譽滿京城的「剋妻」之名，皇帝陛下垂首斂目，眼底掠過一絲陰厲。一而再還可以說是偶然、意外，可再而三、三而四地發生，怕是少不了有心人在作祟了。

就在天家母子這邊為兩人的婚事籌劃的同時，遠在千里之外臨西府的白素錦迎來了兩位不速之客。

因為奏請聖上賜婚，媒人上門提親的事情就暫緩下來，所以兩人的婚事暫時還未公開。許二爺不能離家太久，也急著回去打點送給白素錦的嫁妝，沒過兩天就先行回錢塘了，許唯良本就打算來臨西一帶的商行看看，於是陪著許老太爺暫住下來。

許老太爺所有的心思都被白素錦折騰出來的改良織具和花練牢牢吸引住，除了剛開始兩天宴請了知府段大人和幾個府城有頭有臉的人物，之後便閉門謝客，一心撲在織造坊裡。

白素錦這兩天窩在書房裡列大婚的賓客名單，滿腦子搜索人名既枯燥又累，今兒正想出門透透氣，就聽說五福織造坊的孫管事和榮生織造坊的紀管事來找許大管事，於是就尋過來旁聽了。

外客廳內，許大管事看著對面兩位提前造訪的大客戶，沈聲問道：「兩位管事的意思是……若要續簽契約，紗的價錢要降低兩成？」

五福和榮生是臨西地區極負盛名的織造坊，雖然生產的是最初級的白坯布，但織造坊規模大，是臨西方圓幾個府苧麻和生紗的最大消耗商，在他們眼裡，小荷莊那幾百畝的苧麻還真算不上什麼，蘇家每年大批白坯布的訂單才是他們的目標。

當初簽契約的時候，是兩家東家親自出面的，如今卻派了兩個家生子管事過來，一張口毫不客氣就壓價兩成，當中含義不言而喻。

「三姑娘、許大管事，想必兩位也知道，官府的『五尺道』已經修到了川南，今年秋上，恐怕會有大量的苧麻湧進臨西幾府，現麻和生紗的價格勢必要大降，我們兩家如今給出的這個價錢還是東家特殊關照的，給別家的還要更低。」

川南地區多山，地勢崎嶇，農戶開墾山地多建茶園，種麻很少，即便「五尺道」修通川南，也不會對川中地區的麻紗市場造成多大的衝擊，許大管事雖不是川省本地人，但在臨西生活十餘年，這點情況還是瞭解的。

「既如此，我們就不給兩位管事添麻煩了，過幾日就會把最後一批生紗送過去。雖然很遺憾，但希望以後還有合作的機會。」

兩人顯然沒料到許大管事竟如此乾脆地拒絕，紀管事猶豫片刻看向白素錦。「三姑娘，恕紀某多言，放眼臨西及周邊幾府，您怕是很難找到像我們兩家這樣有能力盡數購入貴莊數百畝麻紗的織造坊了。」

白素錦沒有馬上回應，深深看了兩人一眼，而後嘴角微微揚起，淺笑妍妍道：「有勞紀管事提醒，後續之事我會和許大管事仔細商酌，往日承蒙五福和榮生關照，還請二位管事代為轉告我對兩位東家的謝意。」

終止契約這等大事，許大管事連緩衝的時間都沒爭取，就直接作下決定，白三姑娘也沒絲毫的猶豫和難色，這讓孫、紀兩位管事離開時心中疑竇重重。

「孫兄，看三姑娘和許大管事的態度，莫非已經一早就想好了對策？許老爺子現在可就在這莊子裡，難道背後出謀劃策的是他？」紀管事這會兒開始有些動搖，或許，不應該和小荷莊斷了這樁買賣。

孫管事此時心裡也有如此想法，但想到東家的交代，還是斷了這份猶豫，拍了拍紀管事的肩膀，勸道：「許家再勢大，那也是在錢塘、在絲綢，手腳還伸不到咱們臨西麻紗布坊，在咱們的地界、行當裡，蘇家才是真正的財神爺，沒必要為了小荷莊這點小利惹得蘇家不痛快。再說，這事也是東家們作的決定，咱們啊，把事情做好就行了。」

紀管事聽了連連稱是，兩人疾步離開小荷莊，趕著回各自府上覆命。

一如之前所料，五福和榮生與小荷莊終止麻紗買賣契約的消息不脛而走，隨後，陸續又有幾家稍有規模的織造坊、布坊、糧行莊子上門毀約，許大管事和兩位大掌櫃一力承擔下來，並沒有讓他們煩擾到白素錦面前。

這其間，蘇家果然始終保持沈默。

而白家大宅卻派人來請白素錦回府。

「莫不是白二爺要出手助妳？」許四少享受著極愛的蟹黃小籠包，隨口說著連自己都不相信的胡話。

白素錦挾了幾個包子放到他面前的小碟子裡，眼底閃著星星點點的揶揄——吃包子也堵不上你的嘴！

一進白府二門，就能清晰感覺到全府上下忙碌的氣息，白二姑娘和蘇榮大婚在即，蘇家的聘禮已經抬入白府，聽說古玩珍寶、金銀器物、名物字畫……等足足有三十二抬，另有一尊三尺高，通體白玉雕琢而成的觀音像，可謂價值連城，整個臨西府近日來街頭巷尾熱議的，便是蘇家的重聘。

在福林院再次見到白二姑娘，已全然不是上次那般狼狽惶然，原本的清冷似乎也淡了幾分，整個人隱隱散發著待嫁新娘的溫婉巧柔。

白素錦先後給白老太太、小齊氏和余氏問過安，落座前視線在屋內掃了一圈，心下忍不住想笑，醒來後幾次來福林院，貌似每回都這般大排場，弄得跟三堂會審似的，尤其是白家這幾位少爺，都不用去照看鋪子或者去書院嗎？

垂眸斂住眼底的不待見，白素錦一如既往保持沈默，這副樣子看在白老太太眼裡倍感頭疼，這個孫女越長大越像她那個死去的娘，始終讓人拿捏不住。

「許老太爺難得來臨西一趟，按理說本不該打擾三姑娘陪他老人家，實在是二姑娘婚期緊迫，有些小事還需要姑娘幫忙。」白家後院現如今是二太太小齊氏當家，白宛靜雖是三房的姑娘，但大婚的事還是要由當家太太操持，余氏從旁協助。

白素錦暗忖，無事不讓登三寶殿，形容的應該就是自己的處境吧。

「二姊大喜，我這個做妹妹的本該盡心幫襯，無奈最近莊子和鋪子裡出了些麻煩，一時分身乏術，就怠慢了家裡這邊，心裡正不安著呢，有什麼需要我出力的，嬸娘儘管開口便是。」

「哼，自作自受，若是不得罪蘇家，妳也不會給自己惹來這麼大的麻煩！」白三少白語年隨口說著風涼話。

白素錦還是第一次如此距離正眼仔細打量白語年。

身量不高，體型偏瘦，相貌平平，分明才十七歲的年紀，臉上卻透著縱欲過度的蒼白無力，即便錦袍加身，也遮不住由內而外透出的一股子敗家子的浪蕩勁兒。

白語年與蘇榮年紀相仿，打著同窗之誼的旗號一起在外廝混，童生試考了兩次才勉強通過，如今的秀才功名還是白二爺花了大錢疏通關係給捐來的，還真不是白素錦瞧不起他，名副其實的敗家子一個！

「飯可以亂吃，話可不能亂說，三哥這番話若是傳了出去，人家會以為我手頭這些個麻煩事都是蘇大少爺在背後挑唆的了，我倒是無所謂，可污了蘇家的百年商譽，蘇大少爺怕是要來追究三哥你的妄言誹謗之過了。」

「妳——」白語年驀地挺直脊背，氣急敗壞著大聲反駁。「妳休得胡言亂語，我什麼時候說是蘇大少爺在背後教唆了?!還不是人家替蘇家打抱不平，看妳不順眼而已！」

和蘇榮混在一起多年，白語年深知蘇平有多在乎蘇家的聲譽，莫說是旁人，就算是他向來袒護有加的親弟弟蘇榮也絲毫不姑息。剛剛一時大意口無遮攔，若真的傳到蘇大少爺耳朵裡，恐怕不會善了。

「三哥莫要動怒，三妹只不過是善意的提醒而已，關上門自家人說話，怎會傳到外面去。」

「沒錯、沒錯，自家人的閒話而已，作不得數。」小齊氏順著白宛靜的話草草搪塞過去，將話題重新拎到了準備大婚的事情上來。

「今兒讓妳回來，是想商量一下，聽說妳房裡還有兩疋月錦，想借來給二姑娘做嫁衣用。婚期緊，尋常的絲錦做繡工怕是來不及了，月錦本身就華美，妳手裡的兩疋還是大紅底色，稍稍添上幾筆繡工就能裁剪做嫁衣。只是，這月錦太過精貴，老太太和妳三嬸娘、二姊都不好意思開口，所以，只好我厚著臉皮跟妳來討。」

原來是打月錦的主意。開始還說是借，說著說著就變成了討，這擺明是要白佔便宜啊。

白素錦也不點破，淺淺一笑。「嬸娘說的哪裡話，一家人還說什麼討不討的，那兩疋月錦本就是外祖備來給我做嫁衣用的，如今讓給二姊也無妨。只是……其中一疋剛被外祖贈與段大人，眼下手裡就只有一疋了，我回頭就讓夏嬷嬷送到二姊房裡。」

「姊姊在此多謝三妹割愛。」白宛靜眼角眉梢都流露著歡欣。
白素錦回了她一個淡淡的笑，視線有意無意掃過小齊氏和白大姑娘，將她們臉上片刻的陰沈盡收眼底。
一尺錦十尺布，月錦更是錦中的極品，幾乎有價無市。
一疋錦四丈長、四尺寬，莫說一整套嫁衣，就算是兩套也綽綽有餘，小齊氏倒好，一張嘴就是要兩疋，胃口還真夠大！
「男人成了人家的，做嫁衣的月錦最後也是人家的，三妹，妳熱鬧鬧折騰一番，最後倒是成全了別人。」
出了福林院，白素錦刻意放緩腳步隔著一段距離綴在人群後面，白大姑娘白語婷原地等了兩步，並肩走在她身邊，看著前面余氏和白宛靜的背影，言語間意興闌珊。
白素錦也順著她的視線看過去，好一幅母慈女孝的畫面。
「君子成人之美，小妹雖不是君子，但也相信命裡有時終須有、命裡無時莫強求的道理。」
白語婷訕訕一笑。「命?!沒想到三妹這樣的人也會相信命。」
「我本也是不信的，可前陣子死裡逃生之後，我就開始相信，那是我命不該絕。」白素錦嘴角含笑看著白語婷。
白大姑娘一挑眉，與白素錦深深對視，緩緩道：「是嗎，那但願三妹妳大難不死，必有後福。」

「承大姊吉言。」白素錦悠悠一福身。

白語婷哼了一聲，甩甩手裡的帕子，緊走幾步將白素錦落在了身後。

「姑娘，左右老太爺在這邊，您何必如此縱著她們？」待白語婷走遠，隨侍在側的雨眠出聲問道，言語間透著委屈和不平。

隱去臉上疏離，白素錦笑得坦然。「不過是些小打小鬧的東西，不礙事，我還有別的打算，權當提前給他們報酬了。」

白素錦身邊都是些嘴巴緊、有眼色、懂進退的，聽她這麼說，雨眠就再沒多說半句。

白素錦房裡那兩疋月錦是許老太爺命人專門織造的「金絲月錦」，錦中夾織金線不說，還採用了工藝複雜的分區換色技術，整疋錦的幅面被分成了三十六區，每區除了金、紅兩個基本色外，還有第三色交替出現，並伴有寬窄變化，使得金絲月錦本身層次豐富、色彩繽紛，幾乎不用添加任何繡工就能奪人眼球。

當年參加完許氏的葬禮回錢塘後，許老太爺就著人開始準備織造這兩疋金絲月錦，從繅絲開始每個流程親自督工，耗時整整四個月才完工，靠著忙碌這兩疋錦分散心神，許老太爺才熬過永失愛女的悲痛。

白素錦纖長的手指緩緩撫摸著柔韌光滑的錦面，不禁喟嘆勞動者的智慧和技巧。

許唯良坐到桌邊，看白素錦撫摸珍寶一樣觀賞著剩下的這疋金絲月錦，不禁打趣道：

「怎麼，在心疼送出去的那疋？」

「不過是件死物，你當錦丫頭跟她們一樣眼皮子淺？」許老太爺本來不大高興自己專門做給外孫女的東西被別人給惦記走，但看到白素錦如此喜愛自己送她的東西，心裡極是歡喜。

這些日子和許老太爺接觸，白素錦刻意和他打探織錦行業的狀況，現在基本上可以確定，目前織錦採用的都是經線起花，也就是所說的經錦，能代表當今織錦最高技術的，就是自己眼前的這疋金絲月錦。

分區換色的工藝，錢塘許家獨占魁首。

然而，任何一種工藝，都不會長期為一家所有，外傳、普及是必然的趨勢，若想立於不敗之地，唯有靠不斷的提升和創新。

「分區換色的手法做到如此程度，恐怕已經是極限了。」許唯良驕傲於自家成就的同時，也不掩飾對未來的憂慮。

許老太爺深有同感。

使用分區換色工藝織成的經錦雖層次豐富，色彩絢爛，然而分區勢必會破壞圖案的連貫性和完整性，想要規避這一弊端，唯一的解決辦法就是不分區，然後增加經線的密度，使得構成圖案的各色經線覆蓋整個幅面，從而使織出來的成品錦圖案清晰連貫。然而，這無疑會大大增加織錦的難度，以及消耗的時間，很難大規模使用。

許老太爺多年來被這個難題困擾，卻苦無解決良方，然而這次來臨西，見識過白素錦改良後的那幾架織機後，似乎總有個念頭呼之欲出，彷彿就在手邊，卻飄飄忽忽的怎麼也抓不住。

「既然現在的工藝已經達到極致，那何不換個做法，從一開始就不用經線起花，改用緯線起花試試——」

還沒等白素錦引導完，許老太爺猛然一拍手，從椅子上騰地站起身，難以抑制激動地一邊在原地不斷徘徊，一邊喃喃自語。「沒錯、沒錯，就是這個……就是這個！」

「爺爺，您這是怎麼……了……」

許唯良被老爺子突然的舉動嚇一跳，疑問還沒問完，只見老爺子一轉身，風風火火就衝了出去。

白素錦也被嚇了一跳，和許唯良面面相覷好一會兒才緩過神來，跟著衝出門去。

白素錦和許唯良一路跟著老爺子來到織造坊偏院，看他急匆匆跟守在那裡督造花練的許大管事和閻大掌櫃要了一架織機、若干生蠶絲和各色熟蠶絲。

各種東西很快備齊放在偏院的一間廂房裡，許老太爺房門一關，無比簡潔地給眾人留了句話：「沒事兒別來打擾我！」

白素錦站在門外，摸了摸差點跟門板親密接觸的鼻尖，忍不住腹誹——是不是身懷真本事的老傢伙們性格都這麼任性、想一齣是一齣啊？霍教授是，眼前的老太爺也一樣！

偏院廂房的門一關就是整整兩天，除了白素錦親自送飯過來時能賞臉給開開門，其餘時間均是緊緊閉著。第三天中午送飯時看到老爺子蒼白的臉色，白素錦忍不住擔心。好在用過午飯後沒多久，大將軍府那邊派人送來書信，周慕寒在信中說，賜婚的聖旨明日一早即可到達白府，讓白素錦做好準備。

白素錦以恭迎聖旨為由，成功將許老太爺從廂房裡面拉了出來。

賜婚聖旨一到，周慕寒那邊的媒人次日就會登門，正式進入三書六禮，這段期間，白素錦需要留在白府。陪著許老太爺用過晚飯，然後又和許大管事、閣大掌櫃交代了一番，白素錦才放心回到自己的臥房，夏嬤嬤已經帶人將箱籠收拾妥當，等著侍候她沐浴更衣。

舒舒服服泡了個熱水澡，窩在柔軟舒適的被子裡，白素錦很快就睡了過去。

一夜無話。

第七章

因為前晚白素錦特意交代過，所以今早吃飯的時間提前了不少，等白府派人過來送消息的時候，白素錦已經收拾妥當。

白府大門口早已圍滿看熱鬧的人，白素錦不想被參觀，就讓馬夫從西側門進府，沒想到周慕寒竟然堂而皇之在清暉院裡等著她。

還真是不把自己當外人啊！

明悟堂內已擺案焚香，白家一干人等盛裝候於堂外，遠遠見到相攜而來的白素錦和撫西大將軍，臉上神色各異。

周慕寒同白素錦跪在最前面，兩側分別是許老太爺和白老太太，兩人身後分別是許唯良及白家諸人。

宣讀聖旨的是皇上身邊的內監紅人福公公，今上年少時他便隨侍在側，如今已貴為內侍局大總管，這次竟千里迢迢趕來臨西，足可見周慕寒在聖上心中的地位。

「大將軍莫急，聖上還有另一份封賜呢！」將賜婚聖旨交到周慕寒手裡，福公公在他起身前笑著提示道。

隨行的小太監雙手托著一方描金鑲嵌紅寶石的木匣走上前來，福公公打開匣蓋，雙手小心翼翼取出裡面陳放之物。

看清福公公手中的誥命文書，饒是一向鎮定自若的周慕寒也不禁露出吃驚的表情。

福公公將周慕寒的表情盡收眼底，終於明白皇帝陛下為何總是挖空心思「算計」十三爺了。萬年波瀾不驚的臉上能出現這麼「鮮活」的表情，看著……還真是挺爽快的。

青錦玉軸，鎧甲葵花引首，柳葉篆織文，伴有升降龍盤繞。

青錦是二品誥命專用，但玉軸卻是鎮國將軍夫人封誥才能使用的級別，這等恩賜，大大出乎周慕寒的預料。

在大曆，唯有誥命在身的正妻才可被稱為「夫人」，否則，饒是再尊貴、再富有之家，正妻也只能被稱為「太太」。

白素錦伸出雙手慎重接過誥命文書，從此，二品誥命在身，她將被人尊稱為「將軍夫人」！

前有賜婚聖旨，後有誥命文書，兩顆重彈砸下來，震得白家人暈暈乎乎，摸不清南北，在此之前他們還在為白素錦退掉蘇家的婚事而多有微詞，或以為她瘋了，或幸災樂禍。

福公公奉旨而來，要全程跟到周慕寒訂親禮完成才會啟程回京覆命。

白素錦在白家眾人炙熱而複雜的目光中將福公公和周慕寒迎進清暉院，夏嬤嬤幾人縱是再沈穩，但這輩子還是頭一次見到皇上身邊的人，少不得有些緊張，戰戰兢兢伺候著兩人用了茶後將人送出門去，夏嬤嬤幾個長長舒了口氣，後脊梁都滲出了一層細汗。

白素錦看她們儼然逃過一劫的模樣，忍不住低笑出聲，結果現世報來得快，福林院來人傳話，老太太要見。

「日前大將軍上門，就是來向妳提親的？」白老太太臉色不那麼好看，婚事由女兒家自己作主本就夠荒唐，若是再讓外人知道舉家上下對她和大將軍的婚事事先全然不知，指不定要被說道成什麼模樣！

白素錦刻意暫時隱瞞婚事，自然早就想到了今天要面臨此番場面。

「祖母莫動氣，都是孫女辦事不周全。當日大將軍的確是為提親而來，孫女此前從未與大將軍有所接觸，聽了之後只覺得唐突，但又不好莽撞回絕，思前想後，就尋個難題，想將他擋回去。當時大將軍的確二話沒說就離開了，孫女自然以為他是知難而退，也就沒說出來惹您空操心，可未曾想竟會出現今天這等局面……」

白素錦正襟危坐，臉上的神情是既無奈又委屈。

素未謀面的堂堂撫西大將軍主動登白家門提親，若是方才沒接到聖旨，白老太太也覺得不可思議。

「那妳當日到底給大將軍出了什麼難題？」白二爺好奇問道。

白素錦嘆了口氣。「那日在咱府上大門口，我一時被氣暈頭，當著眾人的面說容不得妾室，事後雖後悔不已，然覆水難收，想再收回已無可能。適逢大將軍突然提出要結親，我就念頭一閃，說若要成親，須得立下誓約，永不納妾。」

話音未落，堂內響起一陣陣細微的抽氣聲。

白二太太難以置信地脫口而出。「賜婚的聖旨都到了，那大將軍的意思……豈不是應了妳的要求?!」

「眼下婚事已經是定局，我想……應該是答應了吧……」白素錦的神情很複雜，半是受寵若驚的惶然，半是騎虎難下的糾結。「不過大將軍離開前倒是留了句話，說是明日媒人登門時他特別準備了東西。」

蝠廳內一時寂靜無聲。堂堂皇親貴胄、一方封疆大吏、當今聖上重用的股肱之臣，要迎娶一個商戶女為正妻不說，還允諾永不納妾，簡直是放眼大曆聞所未聞之事。

這得是多好的命才能攤上如此天大的好事！

從白家人臉上，白素錦可以清清楚楚看到他們這會兒心裡的想法。

「常聽人說，大難不死，必有後福。看來，是三妹的福祉到了。」

「二姊吉言。」白素錦還以白宛靜微微一笑。

白三少卻不冷不熱地哼了一聲。「撫西大將軍那樣的厚福，怕是要命格夠硬才能享用得了啊!不過，這麼一想，三妹和大將軍還是挺相配的——」

「你給我閉嘴！」一向沈默的白二少爺白語元突然出聲喝止白語年。「大將軍的事豈容你妄言，那麼多年的聖賢書讀到哪裡去了！」

白語年素來狂妄，白二爺當家後更甚，但對白二少這個沈默寡言的同胞兄長卻畏怯得很，聽得兄長如此失態出言呵斥自己，起初還有些憤憤不平、委屈，可回想剛剛自己所說的話，又忍不住後怕到冒冷汗。此前得見大將軍其人，雖不苟言笑，但身長體瘦，一襲錦衣，眉眼間風流霎轉，看著更似富貴人家的紈袴公子模樣，白語年一時被他外表所蒙蔽，竟忘了他殺伐決斷、狠戾決然的風評。

「三妹，老三一時妄言，還請妳多擔待。」白語元說罷橫了白三少一眼，白語年看懂兄長的暗示，縱使再不甘，也跟著道了歉。

白素錦毫不避諱地直接和白語元四目相對，而後深深看了白語年一眼，也不遮掩眉宇間的清冷，淡淡道：「既然二哥出聲，這個情面妹妹是一定要給的。不過，恕我多言，勸三哥還是謹言慎行的好。我雖然是白家的姑娘，但自家人編排自家人的話，傳出去怕只能徒然讓外人看笑話，還要落個沒有口德的污名。而大將軍……我雖與他是聖上賜婚，但交淺情薄，若是真惹他不悅，估計也說不上什麼好話。所以，三思而後言，對我們來說都有好處。」

臨西坊間傳言，白家三小姐命中帶煞、剋父、剋母，散佈謠言的始作俑者是誰，白素錦懶得追查，但也不是心中完全沒數。謠言盛起之時，大太太許氏過世不過月餘，白三姑娘在街上偶然聽到兩、三個婦人在巷口議論，當街就命隨從狠狠掌摑了她們一頓，殺雞儆猴，儘管不能防人之口，但起碼沒人敢再在大街上說她閒話。當然，至此白家三小姐的凶悍之名臨西無人不知。

若是自己碰上這樣的情形，恐怕也會和白三姑娘做同樣的反應。白素錦不禁喟嘆，還真是物以類聚，人以群分，不是一樣的性格進不了同一具身體！

因為白老太太和另兩房對大太太許氏的態度，白三姑娘自小就與他們不親近，白大爺和大太太去世後，對他們更是敬而遠之，是以白素錦接手後輕鬆了許多，反正在他們眼裡，她這個白三姑娘本就是個混不吝、不好拿捏的。

這次仍有些不歡而散的氣氛，白素錦也不在意，依舊是最後一個起身，意外的是，這次白二少也沒急著離開。

「生意上的事，我作不了別的主，糧行方面尚能言語一聲，如果有需要，三妹儘管開口。」

白語元神色自若坦然，不親不疏，說話時的語氣也是淡淡的，白素錦聽進耳朵裡卻是比白宛靜的溫言細語順耳多了。

「不瞞二哥，小妹這兩天正在為糧行的貨源煩心，二哥這番無異於是雪中送炭，那稍後我和江大掌櫃打聲招呼，一起去恒豐找你細談。」

白語元點點頭，很是欣賞白素錦公事公辦的處事風格。「那好，我白日裡幾乎都在恒豐，你們隨時可以來。」

白素錦站在蝠廳外的香樟樹下，看著白語元漸行漸遠的背影微微瞇起眼睛，儼然如一隻貓。

記憶中這位白家二少爺存在感很淡，長白三姑娘四歲，現年二十，上過幾年書院，然後主動提出跟在白家大爺身邊學習經商，素日裡寡言少語。白二爺當家後，白家的田地、莊子和恒豐糧行便由他一手打理，看著不慍不火，生意倒是年年穩中進步。房裡如今只有一位正妻蕭氏，娘家是山陝地界有名的大地主。說起來，白二少的這樁婚事還是白大爺在世的時候給參詳的。

白三小姐也是從小就跟在白大爺身邊學習，同白家其他人相比，與白二少相處的時間較多，無奈兩個人都是「你不來就我、我也不去就你」的個性，井水不犯河水處著，各得自在，即便是白大爺去世後，白二少也沒私下和白三姑娘有所往來。

現如今，他竟然主動提出幫忙，是對白語年魯莽妄言的補償，還是出於其他利益的考量？

白素錦一時難以判斷，但不管怎樣，送到嘴邊的好處，豈能不吃！

如今的臨西「小四象」，名下產業雖都涉及鹽業、布業、田產和糧行，但卻各有倚重，蘇家是鹽運總商，其次的秦、汪兩家憑藉五福織造坊和榮生織造坊以及各自名下大量的田產幾乎壟斷川省半數以上的布業市場，而白家，早年以田產起家，後來白大爺涉足鹽業後迅速崛起，轉投其他行業時白大爺卻突然遇難，白二爺接管家業後也沒有別的綢繆，醉心於鹽業豐厚的利潤，與蘇家的關係日益密切。

白家的田產和恒豐糧行一早交由白二少全權打理，雖然規模無法和另外三家相比，但給豐泰糧行解決暫時的貨源短缺問題，應該不難。

白素錦著人給江大掌櫃送了消息，讓他粗略計算一下豐泰需要周轉多少米糧，然後明天午後一起跑一趟恒豐。

許老太爺和許唯良用過午飯後就回了小荷莊，臨行前打過招呼，說是明日一早就過來。

清暉院裡再次恢復了寧靜。

賜婚聖旨和誥命文書被留在清暉院，日後大婚之時隨著白素錦一起進入大將軍府。夏嬤嬤帶著人在內堂擺放了黃梨木香案，沉香木打造的精巧小架子上端端正正供放著聖旨和文書，嚴肅謹慎的模樣看在現代人眼裡或許會覺得她們太誇張，但從事考古學習、工作多年，白素錦完全可以理解她們對皇權的敬畏心。

下午門房那邊送過不少拜帖過來，白素錦看也沒看，直接放到一邊，並讓宋嬤嬤到前院傳話，說是自己忙於準備提親之事，暫不見客。

在小荷莊這些日子幾乎天天耗在織造坊裡盯著花練，白素錦委實有些乏累，難得偷得浮生半日閒，在茶室裡喝喝茶、翻翻書，簡直神仙一樣的享受。晚上用過清淡的飯菜後沐浴更衣，趙嬤嬤還給做了個睡前按摩，白素錦這一夜睡得格外舒服。

都說優質的睡眠是最好的美容。吃得好、睡得好，還人逢喜事，所以，當第二天媒人登門時，白素錦一現身，精神頭兒抖擻得幾乎要晃花人的眼。

周慕寒請的是臨西府第一官媒，鍾姓婦人，年紀四十有餘，身形豐腴，面色紅潤，說起話來倒銅豆子一般清脆響亮，登門時，雙手竟拎著兩隻難得一見的灰雁。

能給聖上賜婚的新人操辦三書六聘之禮，莫說臨西府、川省，就是放眼整個大曆，幾個媒人能有這樣的福分？鍾媒婆自然卯足了勁頭說好話，傳聞裡的一個殺神，一個悍女，生生被她巧舌如簧地誇成了觀音大士座前的金童玉女，天生的一對、地造的一雙，饒是心理強大如白素錦，聽了也不禁心虛害臊得臉頰泛紅。

跟著鍾媒婆一起登門的，除了昨日剛見過的福公公，還有一個中年男人，身形略瘦，穿著一身道服，白面、炯目、美髯，嘴角噙著淡淡的笑意，乍一看頗有幾分仙風道骨的風韻。聽了他的自我介紹才知道，竟是周慕寒身邊的第一幕僚——軍師薛長卿。

「三姑娘，這是大將軍八百里加急請賜、聖上特意著巧匠晝夜不停打造出來的金書鐵券，世間獨一無二，大將軍欲以此為聘，以表誠意。另外，臨行前太后娘娘叮囑老奴代她老人家傳句話給姑娘，說是大將軍少年離家，遊走於腥風血雨，外人眼中雖榮耀加身、尊貴無比，實則日子過得清苦，望三姑娘好好待之。」

白素錦恭恭敬敬地跪地伏身，行了三個叩拜大禮，而後雙手舉過頭頂，於眾目睽睽中接下那方裝著半片金書鐵券的鍍金寶匣。

跪拜在地的人群中，白老太太臉色蒼白，膝蓋發軟，身子搖搖欲墜，幸得跪在她身後的白二少及時扶住了她。許是同時在反省這幾年來對白素錦的態度，另兩房人的臉色也是十分精彩。

尤其是白三爺，得到消息後連夜趕回府裡，一早就親眼見證了這麼大的一份「誠意」，心情異常複雜，他斷然想不到，白素錦竟然會攀上這麼一門高親，周慕寒的名聲再差，握在手裡的西軍總帥、川省總督的大權卻是實實在在的，若有這樣的姻親提攜，自己再用心經營，前途必然不可限量！可想想三丫頭素日對自己的態度……白三爺雙目微垂，思量著該如何從長計議。

白素錦這會兒卻沒工夫顧及旁人的想法，在鍾媒婆的指示下過了納采禮，招待福公公和薛軍師用了盞茶後，將人一直送到了二門。

鍾媒婆一行人出了白家大門後不到一炷香時間，撫西大將軍周慕寒金書為聘求娶白家三姑娘的消息，乘了風一般傳遍臨西的街頭巷尾。

周大將軍、白三姑娘再次被推到了輿論的風口浪尖，就連蘇家也被翻了出來，一時間眾說紛紜，故事演繹出無數種版本，若不是周大將軍和白三姑娘太有威懾力，怕是說書先生要連夜寫出話本了。

蘇家大宅裡，蘇大少揮手屏退報信的夥計，臉色陰沈得幾乎要滴下水來。

揮袖將手邊的茶盞掃到地上，清脆的碎裂聲裡，蘇平壓抑著怒氣沈聲斥罵道：「不爭氣的東西！」

與此同時，千里之外的京城榮親王府，氣氛同樣低沈得讓人窒息。

宮中剛派人傳來太后娘娘的手諭——榮親王世子周慕寒奉皇命鎮守西疆不得擅離，特許三月後於任上舉行大婚，榮親王身患急症不便親往，王妃杜氏侍疾。鎮北大將軍林廣代行長輩之責。

薄胎瓷瓶清脆刺耳的碎裂聲中，斷斷續續響起女人壓抑的嗚咽聲。榮親王看著王妃嬌美如昔的臉龐已是梨花一枝春帶雨，往日的垂憐之心卻怎麼也萌生不出來，反而覺得越發煩躁，耐下性子草草安慰兩句，可王妃依舊垂淚不語，榮親王煩悶尤甚，索性一甩袖子出了門！從未遭遇如此對待的杜王妃一時愣怔，望著榮親王離去的方向移不開視線。

周慕寒與白素錦的婚訊傳出，可謂一石激起千層浪，而處於漩渦中心的兩個當事人卻絲毫不受干擾，一如往常那般該幹麼幹麼。

鍾媒婆經驗豐富，又有福公公、許老太爺和薛軍師等人從旁協助，納采禮後，問名、納吉、納徵、請期……一干流程進行得順順利利，最後婚期定於六月底。

婚期一定，忙碌暫時告一段落，陪著周慕寒送走福公公一行人後，許老太爺和許唯良也要啟程回錢塘了。

「左右家裡有兩位舅舅主持，不如您就在我這兒住到大婚之後吧，來回奔波多累！」白素錦捨不得老爺子來回折騰。

要麼一直住到大婚之後，要麼大婚的時候就不要親自趕來了。白素錦本想這麼跟老頭攤牌，可說的時候，還是把後半句給吞回肚子裡了，直覺告訴她，後半句說出來一定會被老爺子揪著耳朵唸叨。

許老太爺一瞪眼睛。「胡鬧，我還得趕回去給妳做嫁衣呢！」

白素錦略頭疼，再接再厲試圖說服他。「說到您親手做的嫁衣，娘親的那件我好好保存著呢，我們身形相仿，不如——」

「那怎麼行！」許老太爺不等白素錦說完就截斷她的話，斬釘截鐵道：「妳娘親的是妳娘親的，妳的是妳的，雖然一輩子只穿一次，但只有親眼看著妳穿上我親手給妳做的嫁衣，我哪天死了才能瞑目。」

許唯良趕忙調整氣氛。「哎喲，爺爺，大喜的事兒您提什麼死啊、瞑目啊的，咱這就回家給表妹做嫁衣去，明兒一早就啟程！」

許老太爺反手給了許四少兩個爆栗子。「你說說你來臨西這段時間，成天的見不到人影，是不是又在折騰什麼么蛾子呢?!」

許四少抱頭逃開，大咧咧坐到稍遠的桌邊給自己倒了盞茶，嘴角微揚扯出一抹恣意的笑，壓低聲線故作神秘道：「我呀，在籌劃一件足以載入史冊的大事！」

白素錦知道許唯良這些天總往商行跑，還在四處打聽馬匹，也常出入於茶市，忽然，一道靈光從腦中劃過。

白素錦猛然轉頭與許唯良四目相對，須臾，兩雙眼睛越發明亮，似乎在此刻讀懂了對方的想法，意念相通。

許老爺子看著眼前兩孩子嘴角那抹極為肖似的笑，腦袋一陣發疼，單單一個四小子折騰起來就能讓人吃不消，若是錦丫頭也插上一腳……

許老爺子當即決定，明兒一早用過早飯立刻啟程回家！

許老太爺和許唯良還是次日清晨就啟程離開了，不過老爺子也沒空手走，很不客氣地捲走了一套改良後的四錠腳踏紡車和織機，並兩樣織具的製造圖紙。送別時，馬車分明已經駛出了視野，許大管事與閻大掌櫃兩人還依依不捨地望著，莊上不明就裡的夥計們竊竊私語——兩位主事和許家舊主的感情可真好。

白素錦聽聞後但笑不語。那織機還好，改良起來算不得太複雜，可造出一架四錠的紡車卻是著實需要費番功夫，趕織花練可用的織具本就有限，這些天老太爺成天待在偏院裡，那紡車和織機早就操作熟練，還謄抄了一份詳細的製造圖紙，偏偏還要帶走一套實物，兩位主事心裡簡直在滴血。

白素錦清楚，他們也不是小氣，只是急於趕織花練，於是最終還是「很好心」寬慰了他們兩句——「千金難買心頭好，老太爺高興最重要。」

兩位主事離開時的背影很是索然，看來白素錦的寬慰絲毫沒起作用，隨侍在側的清曉低下頭抿著嘴偷笑。

白素錦這會兒的心思卻還繫在許唯良臨別前兩人的那次小談上。這傢伙，居然在打大將軍府名下馬場的主意！

冷兵時代，馬匹作為戰略物資的重中之重，被嚴格控制在朝廷手中。大曆當今的馬場，絕大多數為官營，民辦馬場除了要獲得兵馬司特別簽發的養馬許可，其規模還要接受嚴格的限制與監督。民辦馬場申請養馬許可時，兵馬司審核的最重要一條，就是馬場場主三代九族之內不得有人任武將。

周慕寒統領西軍，手握三十萬大軍軍權，執掌大曆近五分之一的兵力，私人名下卻有一個皇上御批的大規模馬場，彼時朱批一下，震驚朝野，引得數名御史大人幾乎要血濺盤龍柱。可惜，皇帝陛下龍心甚篤，莫說幾個御史大人僅是作勢而已，就算是當初左御史洪大人當場撞得頭破血流，周慕寒不還是被皇帝陛下編入了皇子的排行裡。

大曆文宣皇帝至今膝下共有皇子十六人，而最幼的皇子卻被稱為十七爺，多出來的這個行位便是周慕寒。當年榮親王元王妃林氏病逝，周慕寒意外落水命懸一線，太后娘娘著天監司給周慕寒卜了一卦，說是他命數多舛，須得有命格天貴之人鎮佑，方能平安長大成人，文宣帝與霍太后商議後，聯合下詔，從此，周慕寒不過繼，卻有了個皇子行位，人稱十三爺。盛寵加身，其意匪淺。

白素錦心想，自己都看得出來，況大將軍乎？

上了一條如履薄冰的賊船。

白素錦一句話總結出自己眼下和未來的處境。

可不管這條賊船的未來走向如何，白素錦的百越之行卻要提上日程了。

第八章

商行劉大掌櫃那邊送來消息，說是西行的商隊最遲半個月後就能返程到達臨西，她委託的白疊子種子已經購到，如此一來，百越之行，她需要在半月之內，最遲不能超過二十天結束。

大曆民風較為開放，但即便是商家女，拋頭露面打理鋪子也是極限，未出閣的女子想要獨自出遠門，實屬越矩，不可為。

可白素錦為之卻沒多大的心理壓力，縱觀白三小姐時至今日的所作所為，出趟遠門也不過是再多一件街頭巷尾的談資而已。

許唯良知曉白素錦要去百越，提前就與劉大掌櫃打過招呼，特別安排了一支商隊隨行。許家萬通商行旗下的商隊不僅護師身手好，就連做飯的廚頭都會兩下子，劉大掌櫃給白素錦安排的又是精心挑選過的，安全問題自然有所保障。

百越之行白素錦雖準備已久，但卻從未洩漏過一絲消息，所以，對白家人來說，白素錦這次說走就走的遠行讓他們極為意外，也極為不滿。可白三姑娘在白家的作風向來是你管天管地也管不到她頭上，不孝的大帽子扣下來她也能不聲不響地戴著。更何況，她現下又多了周慕寒那樣的大靠山，是以，白老太太也懶得發火，直接冷著臉將人請了出去。

當日送別許老太爺，周慕寒也特意趕來，白素錦就順便和他說了去百越之事，周慕寒問了些何人隨行諸類的細節後便也沒再說什麼，可等到白素錦出發當天，剛出臨西府的地界，就看到薛軍師帶著一隊布衣打扮的人馬等著。

託薛軍師帶來的書信中，周慕寒簡要說了些百越所在的滇北的局勢，並隨信放了件信物，說是他與滇北總兵略有交情，有事盡可憑信物去找他，信的末尾又叮囑了幾句注意安全之類。

自從兩人訂親之後，周慕寒對自己的態度是隨和親近許多，但卻也從未當面說過叮嚀囑咐關切的話，猜想他提筆書寫這封信時會有什麼樣的表情，白素錦不禁莞爾。

「我此行去百越為的是商貿庶事，隨行的商隊是外祖特意安排，足夠保證安全。大將軍政務繁重，還需要軍師從旁協助，若因此而怠慢了公事，素錦心有不安，也恐遭人話柄，給大將軍惹來不必要的痲煩。」

周慕寒統領西軍的同時還兼任川省總督一職，位高權重，是惹人注目的焦點，不知被多少人盯著呢。

薛軍師拂髯而笑。「三姑娘莫擔心，這十二人是從將軍的近身護衛中抽選出來的，並非出自大營。至於在下嘛，不瞞姑娘，在下出身滇北濮族，此次同去，託姑娘的福，還能回家探親。」

「滇北濮人？濮茶？」白素錦記得當初發掘一座明代古墓時出土的古文獻中提到過這個

民族，據記載，他們製作的普洱茶被定為特級貢品，可惜製茶工藝卻在歷史的遷徙中失傳了，萬沒想到，薛軍師竟然是濮族族人！

臉上掠過一絲驚訝，似又想到了什麼，薛軍師臉上的笑意更甚。「果真是虎父無犬女，三姑娘見多識廣，薛某佩服！我族族人世代居住於深山，生活清苦，唯靠製茶支持生計，三姑娘點石聖手，若有可能，還請姑娘不吝照拂！」

念及許唯良躍躍欲試的那件「載入史冊」的大事，白素錦感嘆許家四少當真有聚財命，想睡覺立馬就有人遞枕頭。

「軍師太客氣了。說來也巧，前兩日和表哥聊天時他似乎有意涉足販茶一行，我且留意著，屆時還需要軍師引薦。」

薛軍師眼前一亮，忙道：「如有需要薛某的地方，姑娘儘管吩咐便是。說來百越與我族居地相去不遠，待到了百越，我使人請來族長與姑娘先見上一面如何？」

白素錦強忍住嘴角的抽動，應了句「如此甚好」。不愧是撫西大將軍最倚重的幕僚，行事風格如此相似，都是給根竹竿就能蹭蹭蹭順著往上爬的主兒！

文宣帝即位後與西疆突厥進行了幾次大戰，戰戰告捷，突厥受重創後內部發生政權裂變，其中一支勢力南遷。周慕寒就任川省總督後，聯合滇省總督上疏朝廷，請修川滇之間的官道。文宣帝對此事甚為重視，親自批覆准奏，著修最高規格的「五尺道」。

歷時近兩年，「五尺道」已修至川滇兩省交界處，白素錦此行託「五尺道」的福，免遭不少罪。

百越距臨西約五百里，白素錦急於趕路，只花了兩天的車程就到了百越。

百越原居住於南詔國北境，南詔國先皇帝性情暴虐，窮奢極欲，百越族人不堪盤剝迫害，在當任族長的帶領下舉族遷徙到毗鄰的大曆國內，並向滇省總督提交了請願書。彼時大曆先廣帝在位，正在籌劃征討南詔一事，遂准了百越的請願，著滇省總督專辟出一方地界妥善安置。從此，百越一族便在滇北世代衍居下來。

滇北地區少數民族甚多，多是小聚居狀態，居住地多以民族的名稱命名，百越歷經數代繁衍生息，算是大族之一。

薛長卿所屬的濮族也是大族之一，與百越相距不遠，故而兩族間多有往來，他與百越現任族長有數面之緣，特提前寫了封拜帖著人快馬加鞭先行一步遞了上去，待到白素錦一行人抵達百越界碑時，百越族族長派來接應的人已經等在原地有一會兒了。

百越現任族長名喚那爾克，年紀四十有餘，身材略矮、微發福，身著百越族的特色服飾，纏黑色包頭，一雙狹目精明有神，不動聲色打量著坐在對面的白素錦，帶著毫不掩飾的防備。

白素錦跟隨霍教授野外發掘古墓時沒少與深居的少數民族打交道，理解他們對外來人的排斥與防備，故而也不計較那爾克的態度。

得知白素錦為桐華布而來，那爾克沒有一絲意外，雖深居於此，但臨西「小四象」之名他還是知道的，早兩年秦、汪兩家也遣過織造坊的主事過來，商談桐華布的購買事宜，無奈客大欺主，價錢壓得厲害不說，還要買下寨子裡的織造坊，掛上他們的牌子！

薛軍師與那爾克有數面之緣，一番交談下來便把情況打聽了七七八八，白素錦在一旁靜靜聽著，也沒覺得有什麼意外，這像是那兩家幹的事兒，自己不也剛剛跟他們打過交道嗎。

「五年。」短暫的沈默後，白素錦開口道。「我只要桐華布五年的獨家供貨，每疋四兩銀，若是實際交貨超過契約，超過的部分，每超出十疋加付一兩銀。除此之外，我還願無償贈給百越一份禮物以表誠意。」

市價每疋麻布不足一兩銀子，絲帛每疋也不過七兩二，桐華布雖是貢品，但每疋給上四兩銀子，莫說那爾克，就連薛長卿也著實大吃一驚。

待到白素錦著人將那架四錠腳踏紡車抬進來，揭開覆蓋其上的遮布時，那爾克刷的一聲從椅子上站起身，幾步跨到紡車旁，探出的手指尖竟不受控制地微微顫抖。

於織布一事，薛長卿是外行，但見到那爾克如此失態，也能推想出這架紡車的精貴程度，再看看白素錦氣定神閒、從容自若的模樣，心下不禁敬佩她的定力與氣度。如此人物，難怪大將軍會那般青睞，當真慧眼識真金！

縱使那爾克是族長，但桐華布之事牽涉到全族人的利益，他還需召開族老會議商討後才能答覆，便挽留白素錦暫時住下，還安排了個小丫頭帶著她們熟識山寨。

小丫頭名喚尤米兒，和隨行的清曉年紀相仿，兩人很快就玩作一團。左右不在家裡，白素錦便也不拘著她的性子，自己在屋裡歇著，讓她隨尤米兒出去戲耍了。雨眠見自家姑娘有意縱著清曉，便也沒攔著她，自己將隨車帶來的被褥仔細鋪好。

連著兩天趕路，白素錦還真是有些吃不消，在雨眠的侍候下草草洗漱一番後爬上了床。一刻鐘後，乘馬車遠行後遺症仍在折磨人，躺在床上還覺得像在馬車上似的，顛簸個不停，白素錦蜷起身體抱著頭難受得直想哼哼。

雨眠被白素錦的模樣嚇了一大跳，問明情況後從箱籠裡翻出了一小盒藥膏，蓋子打開時散發著淡淡的清香，應該是加了冰片與薄荷。

雨眠取出些藥膏塗抹在白素錦兩側的太陽穴上，力道均勻地按摩，藥膏在外力的作用下很快被皮膚吸收，溫熱過後，一股清涼之意在腦中漫開，白素錦舒服地鬆開緊蹙的眉頭，漸漸睡了過去。

再睜開眼時，顛簸症狀已經消除，白素錦精神飽滿地出席了那爾克為她準備的隆重接風宴。席間，那爾克鄭重將白素錦介紹給幾大族老認識，白素錦察言觀色，幾個老頭對自己的態度甚為禮遇，心下揣度桐華布之事應當是沒問題了。

每年的三月到四月，正是桐華樹花期正盛之時，一樹火紅，遠遠望出去，漫山遍野彷彿鋪著一層鮮紅的錦緞，美得讓人移不開眼睛。

休整一天一夜後，白素錦徹底恢復過來。接風宴後，薛軍師就來和白素錦打過招呼趕回北濮了，春光正好，又閒來無事，白素錦便讓尤米兒帶著在寨子裡閒晃，大家都知道這位外來人是族長的貴客，因而對她特別客氣。

桐華樹開花的時候，正是百越一年農忙的開始，走在山間的小路上，到處可見在山坡上或開荒或播種的百越人。

「尤米兒，這種樹，你們這兒有很多嗎？」白素錦指著路邊一片枝葉繁茂的樹林問道。

尤米兒順著白素錦的手指看過去，點了點頭。「青果樹？是啊，山裡深處更多呢！那果子澀得很，不好吃的。」

聽聞深山裡更多，白素錦忍不住彎起嘴角，卻因為尤米兒接下來的話又被打回了原形。

「那些青果樹長得又高又茂盛，山裡成片長著，很不好開荒，聽阿爹說，族長打算過幾日多找些人一起去伐樹呢！」

乖乖的，那可是搖錢樹啊，就這麼砍掉真是太敗家了！

當天午飯後白素錦放下飯碗就去找那爾克。

聽完白素錦的來意，那爾克像看傻子似的看著白素錦，難以相信地問道：「什麼？妳說妳要買下那些長著青果樹的山地？」

嘖嘖嘖，這個族長的淳樸反應還真是夠傷人的。

白素錦壓下心裡往上竄的酸水，非常確定地點點頭。「方便的話，還請族長帶我到青果樹集中生長的地方看看，再幫忙介紹個穩妥的牙人。」

那爾克觀察白素錦的神色，確定她不是開玩笑後也沒再多說什麼，只讓白素錦稍等，約莫一個時辰之後，就領著個五十歲左右的瘦高老頭回來。老頭姓高名順，在滇北牙行之內是響噹噹的人物，對這一帶的人情風俗、地貌物產熟稔於心。

來之前，那爾克已經將白素錦的打算簡單說了，高牙人從隨身揹著的布袋裡掏出一份手繪的地形圖，將白素錦屬意的地界一一指給她看。

白素錦此時所在的百越等少數民族聚居地位於滇北，隸屬南陽府東溪州管轄，百越及周邊幾個族寨在商河縣轄下。滇北十萬大山叢林茂密，府衙並沒有規定嚴格的封山令，山中所出山民即可隨便採拾、狩獵，開墾出來的山地到縣衙登記造冊後即可劃歸名下，兩年免徵稅，之後按照三等土地徵稅。

未經開墾的山地價格更為便宜，白素錦粗略計算了一番，預備購下三千畝，集中在百越附近。

那爾克和高牙人邊商討邊斷斷續續在地形圖上勾勒出符合要求的區域，白素錦在旁邊靜靜觀看，忽然院子裡傳來說話聲，沒一會兒清曉進來通傳，說是薛軍師回來了，還帶了個外族族長，在寨子口等著。

那爾克與北濮現任族長塔達木多有往來，待薛軍師領著他進來後，那爾克起身迎上去，兩人很是熟識地寒暄了一番，等到薛軍師把白素錦介紹給他時，塔達木族長的態度……似乎過於激動了點，一個皮膚黝黑、身材高大的中年漢子，居然給她行了一個大大的族禮，白素錦簡直受之有愧，轉而看到他身後薛軍師一雙含笑的眼睛，猜測一定是這傢伙在塔達木族長面前添油加醋了。

作為商河縣牙行第一人，高順自然是認識北濮族長塔達木的，見到素來性子冷倨的男人竟然對這個出手闊綽的小姑娘如此禮遇，心裡不禁也對白素錦越發恭敬。

聽完白素錦購買山地的打算，塔達木第一反應也同那爾克一般，還好薛軍師比較淡定，不然白素錦就要心塞兩倍了。

「青果樹的話，從我族寨子後山出來，橫貫這兩道山谷，穿過這一大片山茶林，正好和圖上圈出來的這片連接上，這一條地帶多是比較矮的山脊和緩坡，中間穿插三、四道山谷，如果不是青果樹高大茂盛不易砍伐，早就被我們開墾成田地了。」

白素錦聽了眼睛一亮。「塔達木族長，這片山茶林可是你們族所有？」

塔達木搖搖頭。「這一大片長的是山茶樹，不是古茶樹，並不適合採茶、製茶用，所以還都是公家的。」

「那這片山茶林大概有多大？」

「最少也得有五、六百畝，加上縱向的兩片，估計不下千畝……」塔達木看著白素錦越來越亮的眼睛，心想這姑娘該不會是要把這些沒什麼用的山茶樹都買下來吧？

果然，塔達木族長的猜測在下一刻就被證實了。

雖說山地便宜，買得多優惠，但怎麼著也得一兩銀子一畝，這姑娘一出手就是四千畝，高順從業多年，這種一次性的大買賣鮮少遇到過，辦起事來自然用了十二分的心思。

山中道路不好走，甚至有些地方根本就無路可走，薛軍師奉大將軍之命照顧白素錦，自然不會讓她有絲毫涉險的可能，於是主動把巡視山地的事情接手過去，第二天一早用過早飯後，就帶著六名隨行的近衛軍跟隨兩位族長和高順進了山。

此後整整三天，這些人用雙腳將白素錦要買下的四千畝山地實地巡視了一遍。得到第一手真實資料的白素錦立刻和高順趕到商河縣縣衙，辦理買地手續！

商河縣縣丞高遠是牙人高順的族內堂兄，因著這一層關係在，再加上白素錦打點到位，這四千畝山地的過戶文書很快就批覆下來，第二天晌午剛過，高順就將紅契親手送到了白素錦手上。

購地的紅契到手沒多久，那爾克也給了白素錦回覆，經過族老們的商議和族民們的回饋，最後決定同意和白素錦簽訂桐華布的獨家供貨契約。但是，供貨時間從五年延長為七年，同時，每疋只收三兩銀子，以此來回報白素錦贈送紡車的情誼。

白素錦尊重百越人的處事原則，當即和那爾克族長簽訂了契書，並支付了一個季度的訂金。

此行的目標達成，還有了意外的收穫，白素錦心情大好，合計著還可以在此處逗留四、五天，就託薛軍師再次將塔達木族長請了過來。

許唯良的籌劃何時付諸行動尚不可知，白素錦既然應下了薛軍師所請，就不想讓人空歡喜，何況這次購地塔達木族長幫了很大的忙，略表心意實屬應當。

滇北地區山民所擁有的耕田很少，只能在稍微平緩的坡地上開墾，風調雨順之年尚好，但只要當年雨水稍多，就極容易發生山泥滑坡，淹沒大片山田。

白素錦自從進入百越後也沒真的閒著，藉著熟悉寨子的機會看了族民們墾荒和播種，心裡的想法慢慢成形。對這些躬身耕種、靠天吃飯的勤勞山民來說，沒什麼比享受土地的饋贈更能讓他們感恩。所謂自助者天助、自助者人助，面對他們，白素錦是打從心底尊敬的。

那一世，白素錦的外公是享譽中外的畫壇大家，受他影響，從會握湯匙開始，白素錦就在握著鉛筆畫線條，大學時「素描相機」的名號已然傳遍全校。霍教授當年上趕著將白素錦收為門下弟子，一來是她專業成績夠亮眼，二來就是這手素描手藝。

是以，當白素錦將一幅照片般仿真的山間梯田圖展示給那爾克和塔達木看時，可以想像他們所受到的衝擊程度！

站在白素錦身後向來沈穩老成的雨眠看著當場呆若木雞的兩位族長和薛軍師，很不厚道地低下頭抿著嘴偷笑，心底暗忖——果然不是自己定力不夠，任誰看到這樣震撼人心的畫面都會驚呆的！

梯田是在山坡地上沿著等高線修築的條形臺階狀田地，能有效地治理坡耕地水土流失問題。同時，梯田的通風和透光條件好，非常有利於馴化和種植棉花及茶樹。白素錦在勾畫這幅梯田圖時已經隱隱構想著將這裡打造成棉花、濮茶種植基地的可能性。

然而，圍造梯田所需要的勞力和耗費的時間卻是龐大的，它沒有固定的修築規制，要根據實際的山坡坡度、土層薄厚和實際經濟條件來確定，配合完善的灌溉系統。

是保守地傳承祖輩留下來的耕作方式，還是不惜花上一代甚至幾代人的精力來圍造梯田改變耕作模式，這不是白素錦所能決定的，她能做的，只是提出這個構想，然後交由他們自己選擇。

白素錦將利弊毫無保留地擺在兩位族長面前，同時承諾會在百越再逗留數天，將梯田和灌溉系統的圍造方法詳細寫出來，造或不造，由兩族族民自己決定。此外，白素錦還向塔達木族長購買了五擔濮茶。

直到離開時，那爾克和塔達木還未從震驚中完全恢復，梯田的成果讓他們血液沸騰，可一想到其中的過程，又難免心情沈重。這是牽涉到全族乃至子孫後代利益的大事，他們需要和族老以及族民仔細商議。

那爾克和塔達木一起離開了，薛軍師卻褪去了最初的震撼，興致勃勃地反覆看著那幅梯田圖。

「三姑娘，城西大營的士兵們成天操練，日子過得甚是枯燥乏味，乾巴巴領些餉錢，日子過得也清苦，您看您是不是和大將軍商量、商量……」

白素錦眼前浮現出周慕寒那張看似溫潤謙和實則不怒自威的臉，條件反射地搖頭。「大將軍自會替將士們籌劃，我區區一介女流，怎可插手治軍這等關乎社稷安危的大事！」

笑話，自己又不是個傻的，真以為老虎不發威就是波斯貓了嗎？斬殺萬名降兵這種事雖然在數量上太誇張了些，但殺是一定殺了的，能做出這種事的周大將軍，白素錦才不會越權去多管閒事，又不是活膩歪了。

薛軍師拂鬚低笑。「既如此，那此事就由在下向大將軍進言吧，只是平白占了姑娘的功勞，有些慚愧。」

哼，笑得越看越像隻老狐狸。

「軍師多慮，您是將軍最倚重的謀臣，輔佐將軍謀劃治軍策略乃職責所在，何來白占人功勞一說。」

薛軍師聞言哈哈大笑，眼底盡是坦蕩釋然，一拱手朗聲道：「如此，那在下就先謝過姑娘的成全了，若是得了將軍的封賞，回頭定忘不了姑娘一份。」

白素錦也不和他客氣，端起茶碗掩住輕揚的嘴角。「那我也先謝過軍師了，靜候佳音。」

白素錦身後，雨眠依舊眼觀鼻鼻觀心，彷彿並未聽到兩人的你來我往，可憐了清曉，總覺得聽自家姑娘和軍師大人說話的時候後脖領子直鑽涼風。

隨後的兩天，白素錦幾乎足不出戶，窩在屋子裡奮筆疾書，恨不得將腦子裡所有關於圍造梯田的記憶都掏出來訴諸紙上。

此時此刻，白素錦深深體會到了硬筆的好處。這種寫字速度遠遠跟不上腦子的感覺，太容易讓人狂躁。幸好有塔達木族長送來的濮茶，用當地人的大肚鐵壺沖泡，以粗瓷大碗盛茶，湯色紅濃明亮，爽快地喝上一大口，濃醇滑口、潤喉回甘，心底冒出的那點小火星盡數被澆滅。

北濮所製的濮茶完全採自山中的古茶樹，野茶樹無人管理，純粹的天生天養，沐雨櫛風、吸雲吐霧間盡收天地之靈氣，因為根系深入土壤中吸收豐富的礦物質養分，因而古茶樹所出的濮茶口感異常飽滿，據塔達木族長所說，由於每座山的水土都不同，以至於所製出的茶在口感上也有著明顯的差異，有的密香細膩，有的厚韻綿醇，有的則香濃甘勁，各具特色。

白素錦購買的五擔濮茶均產自卡固古茶區的千年古茶樹，而她現在沖泡的，則是日前塔達木族長特意遣人送來的，包裝得十分精細，不過三斤左右，據送茶來的濮族小哥說，這是用卡固一千八百年古茶樹王的鮮茶葉炒製而成，只有族長和族老才能享受的頂好東西。

酒香也怕巷子深啊，這麼好的東西卻「藏在深閨無人識」，白素錦一邊享受著唇舌間的頂級茶香，一邊微微瞇著眼睛，透過煙氣繚繞似乎看到無數的銀子滾滾而來。

雨眠雖識字不多，但謄寫抄錄尚能勝任，主僕兩人並薛軍師三人各占一張木桌，白素錦每寫完一頁，清曉就遞到薛軍師這邊，薛軍師謄抄完了她再遞到雨眠那邊，一人寫，兩人謄抄，一人跑腿，四個人分工明確，等到白素錦收筆，原本交給薛軍師，謄抄的兩份送給那爾克和塔達木，百越之行算是圓滿結束。

當初購買山地時選定百越、北濮附近，為的就是委託兩族族人就近看顧。實際上青果和山茶天生天養，平時根本就無須人管理，可等到年底青果和山茶果成熟時，卻需要大量的人手採摘製油。不過白素錦此時卻並未洩漏太多打算，到時給個不錯的工錢，不愁僱不到人工。

來時輕車簡行，兜裡揣滿了銀票，回去時車馬滿載，口袋卻空空了。

揮別兩位族長，白素錦窩在馬車鋪得厚實的被褥上，背靠大迎枕，開始反省自己花錢的速度是不是太快了？

第九章

雖然比預計的返程時間早了幾天，但白素錦依然按照來時的速度趕路。說實話，只要待在馬車裡，不管速度是快是慢，對白素錦來說都是同樣的折磨，長痛不如短痛。

聽到薛軍師在車外提示說再有半個時辰就能進臨西地界，白素錦終於長舒一口氣，不料還有半口氣沒呼出去呢，就被薛軍師堪堪壓低聲音的一嗓子給卡住了！

「大將軍?!」

應聲響起的是清晰的由遠而近的馬蹄聲。

白素錦一把撩開馬車側窗的簾布，探出大半個腦袋望過去，那個打馬上前來的人不是周慕寒還能是哪個?!

鮮衣怒馬，恣意風流。

不知為何，白素錦腦海裡驀地閃出這麼句話。

微微仰頭看著這個打馬跑到自己車窗邊的雅俊男人，白素錦心中感嘆——多麼具有欺騙性的一副皮相啊！

周慕寒閃身下馬，輕輕一縱跳上馬車，掀開簾子就鑽了進來。

雨眠扯著清曉的袖子出了車廂，坐到車夫旁邊。清曉這陣子被縱得有些小孩子習性漸長，坐下來後身體往後仰，支楞著兩隻粉嫩嫩的小耳朵聽牆腳。雨眠被她這副模樣弄得哭笑不得，抬手扯著她的耳朵把人給揪正了身子。

馬車內，白素錦看著不請自來絲毫不見外的男人大馬金刀坐在自己對面，剛才那一眼驚豔瞬間化為彩色泡泡，碎了一臉。

車廂內的矮案上放著北濮一位族老贈送的親手打製的銅壺，茶葉沖泡後保溫效果特別好，白素錦抬手倒了一杯遞過去，還沒放到桌上，半路就被周慕寒接了過去。

周慕寒痛快喝了一大口，心滿意足地嗯了一聲。「還是軍師老家的茶喝著爽快！不過……這壺的味道可比給他捎過來的好喝多了。」

一口接一口、一杯接一杯，一會兒工夫小半壺茶就沒了。

白素錦嘴角微抽，心想這還真是個識貨的主兒，古茶樹王採下來的茶青炒製成的茶當然不同尋常物。

「將軍既然喜歡，稍後給您帶些回去。」白素錦說著，忽然想通了這些天總覺得有些彆扭的地方。

濮茶是黑茶中的上品，尤其是採自野生古茶樹的茶青所製成的黑茶，富含豐富的礦物質和維生素等營養成分。西軍將士戍守西疆，備戰時大營裡的飲食葷素尚算平衡，但在疆界線輪值或深入敵境作戰時，飲食幾乎接近遊牧民族，攝入的蔬果極少，再加上氣候乾燥，士兵極容易肝火燥熱。而黑茶，正是解油膩、替代果蔬補充人體所需礦物質和維生素等營養的不二之選。

「將軍可曾想過軍費採辦一些濮茶給將士們戰時飲用，軍師對濮茶的功效再瞭解不過，想必應該向將軍諫言過吧？」

周慕寒聞之頷首，直言不諱道：「提過，我也同意，不過軍需官說沒銀子，就此作罷。」

沒銀子……好直接！

白素錦心下迅速粗略算了算，西軍三十萬將士，每日提供一碗普通的濮茶，一年下來最少要兩萬兩銀子，著實不是一筆小數目。

果然啊，無論什麼時代，軍隊都是填不滿的無底洞！

白素錦不在臨西的這段時間裡，周慕寒接到了冊封世子的旨意，以及奉太后娘娘之命隨傳旨官而來的禮部官員。聖上特准世子冊封典禮待周慕寒回京述職時補辦，禮部官員此次過來，為的是籌辦榮親王世子爺的大婚。

居然有專人來全權接手這麼繁瑣的事，白素錦聽到消息簡直心花怒放，特權階級的待遇還真是好。

「我最近幾日都要在城西大營練兵，妳在府裡還是莊上？」

「這會兒直接回府，明日一早再回莊上。二姊大婚在即，我還是暫時避開的好，免得大家相見不甚自在。」

周慕寒點頭。「那我讓禮部的人後日去莊上見妳，大婚的事，有什麼打算儘管和他們提，陛下金口已開，大婚一應開銷均由內務府撥付。」

聽到前半句，白素錦還挺感動，可聽完後半句，不知為何有種淡淡的心塞感。

馬車微微搖晃中，兩人有一搭沒一搭地閒聊，白素錦說說此回百越之行的見聞和收穫，周慕寒則言簡意賅地介紹了一番大將軍府裡幾個主事的情況，以及應對那兩個禮部官員的態度，讓白素錦心中有數。總體上來說，氣氛還算不錯。

馬車駛進臨西地界後不久，周慕寒就帶著薛軍師及十二近衛走了，來去匆匆，絲毫未驚動臨西府內的人。

白素錦在商隊的護送下一路暢順回到白府，換了身衣裳後立刻去福林院給白老太太請了安，又給另兩房送了些茶，再回到清暉院後院門一關，匆匆用了些清粥小菜就倒床大睡。夏嬤嬤替代雨眠給白素錦按摩太陽穴，看著她臉上無所遁形的倦怠，無聲嘆了口氣。

睡醒後洗了個熱水澡，吃點東西後接著又睡，一覺睡到第二日晨光微曦。

儘管前面多有不堪，但蘇、白兩家對月底的婚禮都極為重視，天微亮，二門就有人開始進進出出，白素錦給老太太請過安，走在中通路上，目之所及，修剪花木和灑掃的僕人忙得熱火朝天。

離開不到半個月，整個白府煥然一新。

想起剛才給老太太請安的情形，白素錦現在仍覺得好笑。進門前屋子裡的氣氛還挺熱烈，隱約聽著像是在討論白二姑娘的聘禮和陪嫁，可自己一進門，話題立馬打住，一個個目光閃爍著不敢和自己對視，哼哼，不用猜也知道，不就是避而不談自己的嫁妝嗎？

總有那麼些事，逃得了一時，卻逃不了一世，不是你想避開就能避得掉的！

想到許氏託夏嬤嬤保留的那件東西，白素錦終於明白，為何許老太爺會如此寵愛這個獨女。心思通透、洞若觀火、手段果決，這般女子，豈會讓她唯一的血脈有蒙受不公待遇的可能?!

白家內院這點事倒還不至於讓白素錦太費心思，自清醒後觀察，不過是沒了白大爺、許氏兩座大山的壓制，一群朝夕得勢的人或要立威、或打家產的主意而已。白老太太要的是這白家的最高話語權，二房要的是攥緊家產，三房要的是借助白家財力、人脈鋪平仕途。

雖說後院裡為了私欲什麼腌臢的手段都使得出來，但白素錦再天縱商才，也不過是個無父無母的女子，經營的也不過是亡母留下的陪嫁。在這個女子沒有繼承權的社會裡，即便有朝一日白老太太過世、白家分家，無男丁的白家大房最終也分不到半分家產。所以，大房唯一嫡女白三姑娘出嫁，白家只需比照其他房姑娘的陪嫁標準即可，若想做得臉面好看，也不過是多添兩抬嫁妝的事。

因此，這等處境的白三姑娘，自然不會成為白家後院利益爭奪的真正焦點。她不招人待見的地方，只是從小就養成的對白家其他人的疏離和不卑，以及讓他們不能苟同的不羈和狂妄。

那麼，那次致命的意外又是怎麼回事呢？而那兩封匿名信又是出自誰之手？

這才是真正讓白素錦在意的地方。

不過，苦於暫時也沒什麼線索，白素錦也只能作罷，且行且看吧！

對於白素錦繼續回小荷莊的決定白家無一人有異議，在「眼不見為淨」這點上，白家人倒是和白素錦達成了一致的默契。

得知白素錦返回臨西的消息，劉大掌櫃一早就遣人送來消息，說是白疊子種子已經入庫，頭晌就讓夥計給送到莊子上去。

春耕時節一寸光陰一寸金，白素錦不敢怠慢，從福林院回來後匆匆用過早飯就往小荷莊趕。

離莊子正門還有一段呢，遠遠就看到大門口站著好幾個人，到近前一看，竟然是許大管事、閻大掌櫃和趙管事帶著幾個夥計。

這是夾道歡迎？

白素錦覺得自己終於找到了一點當主子的感覺。

可是，當門口一行人看到她時臉上竟齊刷刷劃過一絲驚訝。

原來，他們竟然不是在等自己！

這個認知讓白素錦覺得空氣中漂浮著的驕傲氣泡碎了一臉。

「莊主，您昨兒剛回來，怎麼不在府裡好好休息兩天？」許大管事選擇性忽略白素錦情緒中洩漏出來的失落。

這只是個美麗的巧合，和一個更美麗的誤會。

白素錦迅速收斂好自己的情緒，儘量讓自己的神情恢復往昔的清寧平和。

「無礙，我很好。劉大掌櫃遣人送來消息，說是今兒就能把我要的東西送過來，大管事留意著，他們一到你就讓人通知我。」

旁邊的趙管事一聽忙回道：「莊主，我們在這兒就是候著劉大掌櫃呢，送信來的小夥計說貨車隨後就到！」

趙管事話音未落，許大管事和閻大掌櫃不約而同暗下狠狠掃了他一眼。

本來略心塞的白素錦見此狀，差點笑出聲來，憋得甚是艱難。

這就是傳說中的，不怕神一樣的對手，就怕豬一樣的隊友吧……

趙管事此人，最大的優點是專注，是以，在農事方面他是不折不扣的行家裡手，但是，最大的缺點也是專注，尤其是和隊友的關注點發生偏離的時候，壓根兒就拽不回來，只能越跑越偏。

許大管事和閻大掌櫃此時深有感觸。

白疊子一事，白素錦早前也透露過一些資訊給趙管事，不過沒說明具體用處。這半個月來，預留出的四百畝地已經按照白素錦的要求規整出來，就等著播種。這些日子趙管事吃肉都不香了，苧麻已經播好種子，稻穀也開始育苗，可莊子上近一半的田地還空蕩蕩放著，這讓他每天看著心裡跟貓撓似的。好不容易盼到種子來了，怎麼能不激動？

別看白素錦表面上波瀾不驚，心裡邊也忍不住打鼓。她只是個學考古的，不是學農的，知識面是夠寬，但主攻的是是實物鑑定，譬如棉花這東西，你要說它的引進種植歷史、大概的種植流程、紡織加工工藝等，白素錦能給你滔滔不絕說上三天三夜，可實際動手種棉花……抱歉，從來就沒自己種過！

紙上得來終覺淺，絕知此事要躬行啊！

眼下也只能摸著石頭過河。

儘管反覆用「變則通、通則存、存則強」來自我鼓勵，但白素錦心裡清楚，自己敢這麼大膽，說到底就是——有錢，任性！

白素錦也沒急著進莊子，馬車駛進大門停在影壁後，白素錦就在馬車裡等著，沒過多久，商行的貨車就到了，跟車來的是商行的二掌櫃賀元。

「表姑娘，這是您要的白疊子種子，商隊的陳把頭說，您要的數量太大，所以多跑了兩個小縣，晚回了幾天，已經按照您的吩咐每袋種子抽十粒出來試過，十之八九都發了芽。」

白素錦心裡最大一塊石頭終於落地。「賀掌櫃辛苦了，待陳把頭從冀北回來一定要通知我，我要好好請他喝頓酒才行。」

陳四是許家萬通商行旗下最有經驗的商隊把頭，專跑西部和北部的商線，白三姑娘接手娘親的陪嫁產業後沒少同他打交道。陳四的長相和他的性格一般，粗獷、豪放，平日裡沒什麼消遣，就好喝兩口小酒，也懂得節制。
賀掌櫃替陳四道了聲謝，回頭和許大管事幾個指揮著夥計將滿滿三車種子運進了倉庫。
趙管事看著最後從車上卸下來的幾大包東西，納悶地問道：「這是……硫磺？」
白素錦點頭，讓幾個夥計將硫磺搬到院子中間，又讓他們取來草木灰，將硫磺碾成粉末後和草木灰攪拌在一起。
「播種的時候，先撒一些在坑底，然後再撒種子，囑咐大家節省一些用，千萬別糟蹋了。」雖然此時火藥尚未出現，硫磺還沒有被控管，但開採出來的數量也是非常有限，短期內，即便是萬通商行，一次性也只能弄到這麼些，白素錦估摸了一下，四百畝地，看看夠用而已。
「莊主，這東西有何用？」拌了硫磺的草木灰刺鼻的氣味仍不容忽視。
「硫磺雖氣味濃烈，但適量使用可以起到驅蟲的效果，白疊子種子精貴，咱們又是第一年引種，還是謹慎一些為好。切記，每次播種結束後，都要讓夥計們用皂角仔細洗兩遍手，尤其是手指甲，播種期間和結束後兩、三天內，儘量不要用手直接抓饅頭之類的吃食，雖說硫磺對人的身體無甚大害，但還是要小心。」
趙管事連聲應下，將白素錦強調的事情仔細記在心裡。
春耕農忙時間很短，每年這個時候，整個小荷莊的夥計和雇工們都會參與到播種中來，織造坊那邊也會暫時停工兩天。但是由於今年白素錦讓預留出四百畝地，所以織造坊的活計一直沒有停，這次播種白疊子，趙管事和許大管事商量了一下，全體出動，爭取在今、明兩天內將種子撒完。

白素錦主要負責勾畫藍圖、驗收每階段成果，具體的操作，幾乎是甩手掌櫃。

當千里迢迢從京城趕過來的兩位禮部官員來訪時，白素錦正在地頭巡視，得到通報後眼睛都沒眨一下，直接讓人將他們帶到了田間地頭。

此次禮部來的這兩位——沈之行，禮部總司的員外郎，官階從五品，不過四十歲上下模樣，「官肚」卻是十分醒目，淡眉狹目，臉面一團和氣，言笑晏晏，看似平易近人得很。而另外一位叫郭焱的則完全不同，雖來自禮部的儀制司，但官階卻是和沈之行同品的員外郎，不足而立之年，出身清流之家，祖父乃當今東閣大學士郭恕行。

同圓滑世故的沈之行不同，這位郭大人甚是有官威，分明眉清目秀的一張臉，偏偏繃得一本正經，看到站在田邊的白素錦時帶著毫不掩飾的強烈不認同。

白素錦自然不會去幹那熱臉貼人冷屁股的事，清流什麼的，誰愛捧著捧著，誰愛慣著慣著，在她面前，心情好的時候當視而不見，心情不好的時候算他倒楣。

碰巧，今兒心情還算不錯。

「莊主，大將軍府上的林大總管來了，說是奉將軍的命令，將府上的帳冊送來給您過目。」許大管事和兩位禮部大人告了個歉，對白素錦說道。

竟然把禮部的兩個人和府上的大總管打包一起扔過來，這個周慕寒到底在打什麼餿主意？

見招拆招吧。

囑咐了許大管事兩句，白素錦引著沈之行和郭焱回到扶雲軒，外客廳內，林大總管也沒避著兩位大人，直接將府上的帳冊呈給了白素錦。

林大總管名叫林福，周慕寒外祖林家的家生子，年近五十，父親是林家的上一任大總管，周慕寒就任川省總督建府臨西城後，林老將軍就將林福安排在他府裡就近照顧，當年周慕寒住在林府時，就是林福照顧他的。林福雖是林家的家生子，但前日在馬車裡，周慕寒提及他，言語間都是當成長輩在尊敬，白素錦自然不會怠慢。

然兩位官家大人在，縱使再不怠慢，林大總管也沒有享受落座的待遇，白素錦便尋了個藉口將他遣了下去。

臨退下前，林大總管對白素錦道：「姑娘，將軍離府前特意交代，說是讓您先將總帳過過目，如此，和兩位大人商討大婚之事更好把握分寸。」

白素錦招待兩位大人用茶，自己將放在一堆帳冊最上面的總帳拿了起來，習慣性翻到最後匯總的一頁。

當看到那行繁體大寫的數字時，白素錦感覺到了來自現實的滿滿惡意和殘酷——堂堂一員封疆大吏，府上總帳竟然只有不到四百兩銀子！

確切地說，只有三百四十二兩六錢！

放在尋常人家，算得上殷實小戶，可換成是大將軍府，白素錦真想喊來林大總管問問，府裡下人們的月錢是不是快要拖欠了？

這一刻，白素錦真真切切領悟到了周大將軍當日提親時那句「再難思遷」的深層含義了。

想過他沒那麼有錢，但是萬萬沒想到他竟然這麼窮！

此時想想，周大將軍當日還真是誠實得厲害，曾經認為他自貶身價的自己簡直天真爆了。

任憑內心再激動得想要撓爛一面牆，臉面上也得死死撐住那抹不動聲色。白素錦開始隱隱後悔，答應周慕寒的提親，似乎是從白家的小土坑裡縱身一躍跳進了萬丈深淵……

「我等奉聖上和太后娘娘之命籌辦世子爺大婚，不知……姑娘這邊可有什麼具體的想法？」看白素錦將手中的帳冊放下，沈之行問道。雖還未舉行正式的大婚典禮，但白素錦手裡卻握著實實在在的二品誥命文書，故而沈之行這會兒非常客氣。

白素錦嘴角噙著淡淡笑意，搖了搖頭，將剛剛放下的大將軍府總帳遞予沈之行。「大婚之事，但憑兩位大人按照規制來籌備即可，只是……在不失儀制的前提下儘量節儉為上，大人也看到了，大將軍多年來雖因戰功蒙受聖上諸多恩賞，但十之七八都已補貼軍中，大婚一事，還是從簡吧，想必大將軍心裡也是此想法。」

人還未正式過門，大將軍就將府內的帳冊送了過來，可見對這位未來夫人的重視和信任程度，即便性子再清高如郭焱，對白素錦的態度也收斂不少。十三爺的殺伐決斷可不是浪得虛名，招惹了他，即便在金鑾殿上也是動過手的，最後雖受了聖上的訓誡，但也僅僅是口頭上的訓誡而已。是以，朝臣們彼此心照不宣，若非真說不過去，誰也不會動不動在聖上面前參周慕寒一本，那只能是費力不討好。

然而，總有那麼些人想不開，譬如白素錦眼前這位禮部員外郎郭焱郭大人。周慕寒此次不惜破例請賜金書鐵券為聘，求娶的竟然是位退過婚的商家女！此事一出，皇上御書房的桌案上不知堆積了多少御史臺和其他朝臣們的摺子，其中上摺子最勤快的就數現如今正坐在扶雲軒外客廳裡的這位郭大人。

聖上不勝其擾，將那些上奏曰「禮不可破」的摺子統統都壓了下來，還把蹦躂得最歡的郭焱派到了臨西，大有「誰惹的麻煩誰解決」的意思。

鎮北大將軍府大少爺林謹行時任御前一等侍衛，也是聖上同周慕寒秘密飛鴿聯繫的經辦人，自然受命將眾人的反應告知了周慕寒。而當日在馬車上「閒聊」，周慕寒自然也將情況轉述給了白素錦。

這些個皇家人啊，當真如小說裡所描述的那般，慣會用這些借刀殺人的手段！

反正大將軍府的家底就這些，自己也沒什麼要求，大婚的籌備白素錦鐵了心當甩手掌櫃，送兩位大人離開時，自然對他們或笑中帶苦、或冷中帶霜的臉色視而不見。

「大總管不必如此客氣，將軍親口交代過，您是自家人，讓我有任何事情都可以和您商量。」這一次，白素錦將林福林大總管請到了扶雲軒內院的茶室，就連沏茶用的，都是塔達木族長贈送的私藏濮茶。

不同於周慕寒一年有大半時間巡查戍邊，剩下的時間還要忙於處理政務，林大總管常年留守大將軍府，一手經營周慕寒的資訊網，對臨西、乃至川省的權富之家多有瞭解，白家三姑娘其名，如雷貫耳。當初聽到大將軍告訴自己說，他要迎娶白三姑娘，林福腦海中第一反應便是——當真什麼鍋配什麼蓋！

當然，他並無絲毫挑剔白三姑娘之意，只是覺得，除了出身差距較大，這樁婚事委實中意。就連白三姑娘「不容妾室」的條件在林大總管看來，也絲毫不突兀，這就是白三姑娘的性格和作風。

周慕寒看重的人，林福自然會隨著他以誠待之，所以白素錦賞座，他便坦然受下。

「當日將軍趕著去城西大營，只匆匆見了一面，不過，將軍臨行前特意交代，凡事有您在，我無須著慌。」

昔年獲悉周慕寒要在臨西建府，林老將軍將林福派過來時，除了將唯一外孫託付給他照顧，還將他的賣身契一併給了他。從此，林福一家就不再是鎮國大將軍府的家生子，而是撫西大將軍府的內臣。憑著周慕寒如今的身分地位，即便是臨西知府段大人見了林大總管，怕是都要客氣兩分。

從周慕寒六歲進鎮北大將軍府，林福便近身照顧，這麼多年，他如此積極於一事，唯見過兩次。一次，是年少投軍，另一次，就是迎娶這位白三姑娘。

看著白素錦眉宇間的坦蕩從容，林大總管抿起唇角微笑著呷了口茶，入口微苦，回甘迅猛，只消一口，唇齒間就漾著純郁的茶香。

人如其茶。

「姑娘請放心，老僕不才，勝在身子骨還算硬朗，將軍雖不能時時在府中，但有老僕在，定會傾盡全力護得姑娘周全。不過，這主持中饋、打理將軍名下產業之事，怕就要讓姑娘受累了。」

呵，看來這主從兩人是一早就通好氣了。

家主周大將軍負責賺軍功、聖寵，作為未來當家主母的自己負責掌握財政、開源創富，而林大總管負責肅清內外院的障礙。

嘖嘖嘖，這黃金算盤打得可真夠噼哩啪啦響的！

既然上了周慕寒這艘船，不管怎樣，總比自己在這個女性處於絕對弱勢的社會裡獨自漂泊的好，外祖許家雖是個可以停靠的港灣，但卻不是可以最終停靠的碼頭。

莫說許家有族規，三代之內嫡系親屬間禁止通婚，就算是可以，白素錦也會想方設法給推掉。

對生活在大曆的白素錦來說，婚姻，是必要且必須的。

這也是白素錦為什麼初次見面就會對周慕寒所提出的條件動心的原因。

「力所能及之事，素錦自然責無旁貸，日後入了府，還少不了大總管多加提點。」

「姑娘儘管放寬心，府內人際單純，待您入了府，闔府上下也不過您與將軍兩位主子。早前也有人存了些心思送來幾個通房丫頭或女子過來，但將軍素來潔身自好，不曾沾惹分毫。姑娘同意結親後，將軍就吩咐老僕將這些人都打發出府了，只是……」

「可是還有不便處置之人？」

周慕寒此時的身分地位，又怎麼少得了存心拉攏之人?!

聽白素錦如此問，林福便知她是個心竅玲瓏之人，也就直話直說。「西苑有兩位出身揚州的藝娘，乃去年大將軍回京述職之時兩位皇子所贈，老僕有意使些銀子放她們離開，可她們執意無處可去，寧可留下為奴為婢也不肯離府。礙於她們是兩位殿下親手所送，老僕也不好過於逼迫，故而著實有些為難……」

來自揚州的……藝娘？

結合著林大總管提起她們時有些閃爍的眼神，白素錦心下暗暗揣度——莫不是文獻中提及的曾盛極一時的「揚州瘦馬」?!

哎呀呀，兩位皇子殿下還真是送禮的一把好手。

「大總管也無須為難，既然是兩位殿下所贈，便依著她們的意思，留在府裡為婢吧！哦，對了，既然是藝娘出身，怕是能歌善舞的，就安排在司樂房吧，府內總要辦些酒宴，正好也能讓她們才有所用。」

「是，老僕回去就按您說的辦！」林大總管這句話應得是中氣十足。這家裡啊，還是有位主母好！

第十章

周慕寒的世子冊封典禮雖未正式舉行，但皇上已經正式下旨，所以，大婚要按照親王世子的規制來辦，婚成禮當日，首先要在白府舉行冊立禮，白素錦受封榮親王世子妃，而後才會開始親迎禮，第二日晨起後，正式受封二品誥命。

世子爺還沒舉行正式的冊封典禮，世子妃倒是先行一步，大曆有史以來第一遭！恪禮之家出身的郭焱郭大人對聖上屢屢寬縱一位手握重兵之臣的行為甚為憂心，也相當看不慣周慕寒恣意妄為、無視綱理的性格。至於白素錦，郭焱還真不是會遷怒的人，實在是白三姑娘的所作所為和風評太挑戰他對女子德行的評判標準。

郭焱對自己態度不好，白素錦也懶得在乎，這種打著維德旗號站在道德制高點上的男人，在另一個世界時白素錦也沒少碰到過，純屬你越搭理他他越嘚瑟的類型，跟他講道理沒用，就得用現實的大耳刮子狠狠抽他。

更何況，白三姑娘和自己的行事作風，在這個社會的遊戲規則裡，也是講不出什麼道理的。人權？平等？滾蛋吧！你在一皇權至上的封建社會裡跟人家談男女平等，簡直是亟不可待地找死，這可是個連男男都不能平等的階級社會好嗎?!

好在郭焱和沈之行住在臨西使館，自己眼不見為淨。

播種白疊子進行得異常順利，老天爺也格外賞臉，撒種時天氣微陰，完工當天下了一場透澈的春雨，次日就放晴，氣溫開始穩步上升。溫度、濕度都合適，還有摻了硫磺粉的草木灰驅蟲、增加肥力，一旬後，四百畝田地裡長出了齊刷刷的白疊子幼苗，沐光而立，子葉舒展，一派生機盎然，趙管事一天天樂呵得嘴都合不攏。

當白疊子幼苗長到一掌高的時候，時間已經悄然走到四月底。整個白府都在緊張又雀躍地進行最後的嫁妝點查，白素錦則帶著一樣精心準備的特殊禮物回到了府裡。

白宛靜明日便要出閣了，今兒一早是最後一次來給老太太請安，說起外嫁的話頭兒，忍不住有些傷感，小齊氏見狀忙錯開話題，說起了各房給白宛靜添箱的事兒，言辭間顯然有幾分是說給白素錦聽的。

白素錦也不急著開口，旁觀小齊氏拉著幾個女人熱鬧鬧說著各自添箱的物件。白家第一個姑娘出嫁，白老太太作為府內輩分最高的大家長，自然不會怠慢，出手就是一整套南珠赤金頭面。這套頭面用了整整十二顆南珠，每一顆南珠都是精心挑選的上等品級，不說價值連城，那也是臨西府獨一份。

小齊氏看到老太太將這副頭面賞給白宛靜那丫頭，當時恨得牙根直癢癢，她本以為，這合該是給自己女兒的。還得怪馮大人家的大太太死得不是時候，哪怕再拖上半年，自己女兒也就行完及笄禮嫁過門去了，何苦還要像現在這樣苦苦等著三年孝期！

可縱使心裡再不甘不願，作為白府後院的當家太太，小齊氏也不能太小氣，為了給白宛靜添箱，特意到多寶閣打製了一支赤金掐絲點翠轉珠垂紅寶石的步搖。白大姑娘白語婷添了一只赤金環珠九轉玲瓏鐲，並兩個自己繡的香包。至於兩房中的男子們，大多送的是家具、擺設、書畫等物件。

「三妹特意從莊子上回來，可是趕著給二妹添箱？」

白素錦抬眼，緩緩掃了白三少白語年一眼，忽而唇邊牽出一抹諷刺的冷笑。

余氏連忙開口道：「早先多虧了那疋金絲月錦，靜姊兒的嫁衣才能趕製出來，怎好再讓三姑娘破費添置東西！」

余氏說罷，白宛靜也從旁附應。

白素錦將手中半溫的茶盞放到桌上，視線在屋裡掃了一圈，而後不緊不慢說道：「金絲月錦固然精貴無比，但家裡人張嘴，我斷然沒有吝惜的念頭，能一解二姊燃眉之急，算是它用得其所。說來，我也沒有三哥那般滿腹詩華，能自己作畫題詩送給二姊，只好弄些俗物，聊表心意。」

白語年送給白宛靜的那兩幅書畫說是出自他自己之手，實際上是花了幾十兩銀子託同窗尋人畫的，如今被白素錦話中有話含沙射影般指出來，氣憤的同時，難免帶著一絲隱隱的心虛。

白素錦刻意看了白二少一眼，對方絲毫不為所動，一如往昔般兀自沈默喝茶，大有聽之任之的意思。

還真是個耐人尋味的白二少啊！

得到白素錦的指令，雨眠捧著一方雕紅漆牡丹花開的匣子走了進來，畢恭畢敬將匣子放到白宛靜手邊的桌子上後，又在白素錦的示意下退到了廳門之外。

「這是莊子織造坊裡剛織出來的新鮮料子，我瞧著好看，就請城南錦繡坊的繡娘給二姊做了件嫁衣的罩衫，昨兒臨天黑才取回來，正巧能趕上今日給二姊添箱，就是不知合不合二姊的心意？」

白宛靜連聲應著謝，而後在眾人好奇的目光中緩緩打開了匣子。

看著被白宛靜托在掌中的那塊摺疊整齊的料子一點點被打開，當一件完整的罩衫呈現在眾人面前時，縱是慣常面無表情的白二少也忍不住一臉的驚訝，身體微微前傾著。

罩衫用整疋料子剪裁而出，長及白宛靜腳踝，正好匹配嫁衣的尺寸。罩衫對開襟，紅底，浮繡淡金色團花，衫腳繡縫暗扣，穿的時候在暗扣中墜以珍珠。

白老太太小心翼翼摸著手中的料子，觸手光滑如絲，薄如蟬翼、輕如鴻毛，配上城南錦繡坊卓越的繡工，任憑誰看到都會愛不釋手。可以想像，明日大婚之時要吸引多少人的目光。

「這是……純蠶絲織的吧？」這樣的手感和質地，余氏覺得自己新做的那件湖錦襦襖的面料也沒這個好。

「不是，是用麻紗織的，一點蠶絲也沒用。」白素錦眼角眉梢都透著笑意與驕傲。「此種新布料名叫花綀，前些時候莊子上出了些麻煩，不少原麻和生紗積壓在庫裡，許大管事和閻大掌櫃就帶著織造坊幾個有經驗的老織工徹夜研究對策，熬了許久也才略有眉目，幸好外公來得及時，幫我們解決了大問題，最後才得以織出花綀。只是，花綀織造繁複得很，再加上織工們初接觸，手還很生，緊趕慢趕也才織出一疋像樣的，就先緊著給二姊做了嫁衣的罩衫，過幾日，定然給祖母和兩位嬸娘也做上一件，穿個新鮮！」

聽得白素錦這麼說，向來自持慎重的余氏也掩飾不住眉眼間的震驚和喜悅。

不就說了，女人的錢是最好賺的！

白素錦這邊鋪完最後一步路，靜等好戲開場，而某些人的處境就不那麼好了。

這天午後，蘇家大少爺蘇平接待了一位意想不到的來客——白家大少白宛廷。

「什麼?!」聽罷白宛廷所述，蘇平驀地坐直身體。「你是說，你們家三姑娘不僅解決了原麻和生紗的庫存積壓，還因此研究出一種新的料子？」

「事實就是如此。據她說，那料子叫花綀，我親眼所見，色澤鮮潤、輕薄無比，整件罩衫可以疊成巴掌大小，盛放於一方小小的匣子裡。」

「當真一根蠶絲也沒用？」蘇平著實難以置信。

「三妹那個人你也是知道的，要麼不說，說了便作數。」

聽白宛廷這麼一說，蘇平的臉色愈加難看兩分。

是啊，白家三姑娘不受拘於後院雖多遭詬病，但行走於外院，為人雷厲風行、落落大方，尤其是「言必信，行必果」的行事作風，實際上深得人心，便是蘇平自己，心底也是相當佩服白素錦的。只可惜，就差最後一步，誰承想煮熟的鴨子就這麼飛走了，這讓蘇大少心中怎能不怨、不憋氣！

當然，蘇平心裡的怨氣主要是衝著蘇榮，但還是有那麼幾許懊惱是衝著白素錦的。她怎麼就不能暫時忍下這一口氣呢，自己分明那麼清楚地暗示過，待她嫁入蘇家，有自己這個家主給她撐著，不過是處理掉一個沒名沒分的外室而已，難道還會讓她受委屈不成?!

蘇大少心底的這份不滿和懊惱，在聽到白素錦答應撫西大將軍的提親後瞬間膨脹，他甚至開始懷疑，白素錦是不是和撫西大將軍早有貓膩，這才會緊緊揪著蘇榮和林瓏的事不放，如此決絕地退掉兩家的婚約。

撫西大將軍……川省總督……榮親王世子……

蘇平逐漸收斂起情緒，臉色再度恢復往常那般如水沈靜。

看來，某些事是時候作決定了。

直到白宛廷的背影消失在視野之內，蘇平才默默轉身，走進書房後屏退伺候的下人，研墨提筆。

古時，婚同「昏」，上午迎親，傍晚拜堂。

白宛靜出閣這天，天還未亮，整個白府就活躍起來，白素錦起身的時候趙嬤嬤已經準備好了燕窩胭脂粥，小火在灶上煨了近半個時辰。

做這道粥品所用的胭脂米，白素錦還是第一次吃到，色如胭脂，異香撲鼻，口感軟糯爽滑，不愧是米中極品。

只是，胭脂米配燕窩，這日子過得略奢侈啊……

白素錦一邊握著羹匙舀粥喝，一邊腦子裡浮現出大將軍府總帳上那串餘額。

「這胭脂米是舅家二爺特意讓商隊捎給您的，足足兩石呢，劉大掌櫃都給送到了莊子上，老奴已經備出一石，您看……什麼時候給大將軍府送過去？」趙嬤嬤滿臉的笑意。

這人情做得也太到位了吧?!

而且，不知為何，白素錦直覺上覺得，如果把這一石胭脂米折現成白花花的銀子送過去的話，大將軍應該會更高興！

用力搖了搖頭，白素錦自我反省——以己度人不好、不好！

到清風苑的時候，院裡人來人往，異常熱鬧，白素錦在白老太太等人面前露了個臉表示自己來了之後，全程隱在人後，儘量淡化自己的存在感。

白宛靜身著鳳冠霞帔，妝容精緻，眼底盈動著喜悅，也夾雜著幾許忐忑，手被余氏握著，靜靜聽著母親的喃喃叮囑。

這副光景，無論是哪一個世界的白素錦，都是心有羨慕並嚮往擁有的。

活了兩輩子，自己好像都沒什麼父母緣啊……

時辰一到，蘇家的迎親隊伍準時到了大門口，白府正房門、二門敞開，大紅的喜布從清風苑一直鋪到正門的花轎邊，同胞長兄白大少白宛廷親自揹著白宛靜，將她一路送進花轎。

白素錦站在二門門口，看著白宛靜伏在白宛廷背上，大紅色金絲月錦縫製的嫁衣外披著薄如輕紗的花練罩衫，在陽光的映照下，鮮豔、奪目，讓人捨不得移開視線。

真是個好天氣啊！

「放心，妳出嫁那天，自有我揹妳上花轎。」

擦肩而過時，白二少用低沈得只有他們兩個人能聽到的聲音說道。

直到白語元走出視線所及，白素錦也沒緩過神來。

於是乎，三姑娘站在二門口，神色迷離、目不轉睛看著大門方向的模樣被其他下人們看在眼裡，很快興起一股風言——三姑娘怕是後悔了。

有人覺得不可能，人家三姑娘嫁出去，那可是高高在上的大將軍夫人，身上有著誥命的，還是咱川省的總督夫人，這榮耀，哪裡是蘇家能比的?!

但也有人覺得白三姑娘心生悔意沒什麼好奇怪的，那撫西大將軍的名聲誰人不知，妥妥的殺神附體，還是剋妻命，這潑天的富貴最後能不能享受著？現在說來還是未知呢！再者，就算是順順利利嫁過去，商家女入了權貴之家，身分上矮一大截，還不知上上下下要受多少白眼，哪裡如嫁進蘇家自在。

這股風言風語的討論日後持續了相當長的時間，當然，此時的白素錦渾然不知，正是這會兒她一個不受控制的反應引起的。

蘇家迎娶新人，不僅臨西商界數得上名號的當家家主都在觀禮現場，就連知府段大人也親自到場。

白素錦不在現場，無從親見眾人看到新娘子那身嫁衣時的反應，不過，效果回饋得異常迅速，第二天廣蚨祥一開店，就接待了好幾批奉主家之命前來打聽花綀的婆子或丫鬟。

鋪子櫃檯上的夥計按照大掌櫃早前的交代，一致回覆——暫時沒貨，七天後東家會在小荷莊舉辦品茶會，屆時現場開售花綀，有意前往的，可先領柬帖。

晌午剛過，準備的三十張柬帖就被搶光了。

送走又一波悻悻離開的僕婢，二掌櫃許經年撩開布簾進了後堂。

「莊主，柬帖都發出去了，還有十幾家沒拿到帖子的，一直在追問花綀何時能上貨架。」

白素錦以手勢示意他坐下，愜意地呷了口茶。「再有人來問，按之前說好的，一律回覆她們，發出的柬帖是按照花綀量定的，鋪子裡，花綀一個月後正式上貨架，但每天只有十疋，早來早得，不接受預訂。」

「是。」許經年面不改色心不跳地應下，神情平靜得彷彿白素錦的做法理所當然一般。

不久之前，他就是用這麼一張臉打發了府衙同知余大人府上的大丫鬟。余府，就是白家三太太余氏的娘家。

許大管事那個人就跟一池平靜無波的溫水似的，許經年受他影響，潛移默化，年紀輕輕就有了青出於藍而勝於藍的趨勢。並且，完全繼承了他老爹的行事原則——一切行動只聽莊主指揮。

說起來，若不是抱上了周慕寒這條大金腿，早到早得，不接受任何人預訂這種霸氣側漏的話，白素錦還真不敢說。不消別的，那些官太太就夠她喝一壺的了。

「過幾日，怕是要你親自再跑一趟商河了。」

許經年是許大管事與夏嬤嬤的長子，雖未及弱冠，打理生意卻是一把好手，尤擅做帳，早先在莊子上幫助許大管事處理事務，去年秋上硬是被閻大掌櫃要到了廣蚨祥來。白素錦前陣子去百越，特意點了他隨行，一路考察過來，決定培養他負責滇北的生意，從百越回來後，這段時間和百越、北濮的往來聯繫都是他在一手負責。做甩手掌櫃這種技能，白素錦是越來越熟練了。

「小人正打算過兩日動身去百越，那爾克族長送來消息，說是第一批桐華布已經備好。莊主可是另有交代？」

白素錦將隨身帶著的書信遞給他。「這封信你務必親自交到塔達木族長手中，另外，備下一份契約書，北濮的茶，有多少我們要多少，以行價加兩成的價錢收購，現銀支付，不打白條。還有，你讓塔達木幫忙聯繫一下，看還有那些族寨做茶的，只要他們願意，都可以一併簽了契約書。但是，前提條件一定要強調清楚，茶的質量必須保證。」
「是，小人謹記。」許經年眼睛都沒眨一下。
「茶行也可以著手準備開張了。」
「是，鋪面再有五日便可完工。」
白素錦默默將盞中剩餘的茶水一飲而盡，和這麼個惜字如金的人說話可真無趣，開始有點懷念閻大掌櫃和趙管事的喋喋不休了……
這次大手筆收茶，一來，日前收到了許唯良的書信，說是下月中旬他便會提前來臨西，正式著手準備籌劃的大事；二來，接手大將軍府的家產後，尤其是在看了周慕寒名下的御風馬場的帳目後，白素錦覺得賺錢一事迫在眉睫。
周慕寒名下，一座府宅、一個馬場、一家鐵器鋪子、三百畝田地、三百多兩現銀，以及庫內若干聖上賞下的不便變賣的珍玩器物。
其中，虧損最大的，竟然是馬場！
白素錦特意請來林大總管詢問，得知真相後只能無語望天。
不是林大總管和馬場的蕭管事經營不善，而是大將軍太能敗家，軍中的都指揮使一哭窮，馬場的馬匹就被人家給低價弄了去。鐵器鋪子的情形也差不多，年底清算，勉強維持平衡。
若是沒有林大總管當初執意購下的那三百畝地，白素錦甚至要懷疑大將軍府是不是要揭不開鍋了！

老話說，吃不窮、穿不窮，算計不周一世窮。即便分工不同，可白素錦覺得，成親之後，非常有必要對周大將軍進行一番理財啟蒙了。

小家顧好，大家都好。我若安好，便是晴天。這才是白素錦的信仰。

白宛靜三朝回門，白素錦本欲迴避，不料余氏竟特意派人來請，白素錦自然坦蕩蕩出席回門宴。

回門宴設在福林院，白老太太和一眾女眷一桌，白二爺、白三爺和新姑爺並幾位白家少爺一桌。席間觥籌交錯、言語歡暢、其樂融融，然而仔細觀察，新姑爺蘇五少的態度隱約透著敷衍。

白素錦飛快斂去唇邊的冷笑，專心吃著面前的這道清蒸鱸魚。

大曆餐桌上的用油多為動物油脂，也就是豬油，又稱葷油。葷油做菜香則香矣，但是高熱量、高膽固醇、高飽和脂肪酸，長時間單一食用，容易引起肥胖症和心血管疾病，尤其是老年人，實在不適合多食用。

白素錦看著白老太太連喝了滿滿兩碗油膩的濃湯，忽然就沒了食慾。想想自己之前在百越、北濮附近買的那幾千畝山地，好期待美味又健康的橄欖油和茶油啊……

「三妹，妳送我的那件花綀罩衫著實讓人愛不釋手，婆母和小姑們見過後讚不絕口，就連大哥也稱讚是布料中的極品，下月初便是婆母的生辰，姊姊腆著臉想和妳討買一疋，作為生辰賀禮，不知可否？」

見白素錦入席後便沈默不語埋頭用飯，這會兒終於擱下筷子，白宛靜總算抓到了說話的機會。

白素錦抬眼看了看白宛靜溫婉恬靜的笑臉，眉宇間浮上幾許為難，緩聲道：「二姊，實不相瞞，妳這話說晚了一步，打從今兒一開店，許多達官貴太太們就打發人來廣蚨祥的櫃上買花綀，大掌櫃哪個也開罪不得，只好按著她們來的先後順序派了三十張柬帖，承諾七日後在莊子上辦個品茶會，當場將花綀給各家。實際上，品茶會也不過是個緩兵之計，織造坊的庫房裡根本就沒有三十疋花綀，日夜趕工，能在承諾之日趕織出來已屬不易，若不是我先留了話，怕是之前許諾給祖母和兩位嬸娘的分兒都要被頂過去了。如果二姊委實急著用，怕是要和祖母、嬸娘們商量、商量了。」

白宛靜臉上的笑意凝固，身體微微前傾，話音裡帶著股急切。「當真一疋也勻不出來嗎？」

「著實如此。」白素錦毫不遲疑地點頭。

白宛靜聽罷，目光閃爍地看了看白老太太、小齊氏和母親余氏，三人的臉色都不甚好看，悶著聲音不說話。

自家三姑娘孝敬的花綀，還沒到手，就要被剛嫁出去的姑娘討去孝敬婆母，這種事，放在誰身上都不會高興。儘管白宛靜沒開口，但她的眼神已經出賣了她曾動了這般心思的念頭，所以，就算這會兒極力掩飾，氣氛也不復開始那般和樂。

作為晚輩，白素錦不方便提前離席，索性眼觀鼻鼻觀心，繼續充當一株會呼吸的綠色植物。

大曆的風俗，新婚夫婦三朝回門要在娘家住上三天，所以回門宴結束得比較晚，白素錦從福林院出來的時候天色已大黑，中通路兩旁掛著的燈籠都已經點了起來，一路明亮。

白素錦在席上只喝了一小盅白宛靜敬的酒，菜也沒用多少，趙嬤嬤深知白素錦的口味，料到會如此，一早便在廚房煲了雞湯，撇去浮油，下了碗湯頭清亮的手擀麵。

白素錦吃完後不能更滿足。

不管各房如何，白素錦這一晚上睡得格外好。

第十一章

第二日一早用過早飯，白素錦就打算出府回小荷莊，倒不是怕人折騰么蛾子，純粹是手裡的事情多，沒看戲的時間和心思。

可惜，總有那麼些人，就是不禁人唸叨。

譬如，蘇五少。

這不，剛出城沒多遠，馬車就被人攔住，車廂外蘇五少沈著聲音說道：「三姑娘，能否借一步說話？」

能否個屁！白素錦這會兒忍得幾乎要吐血才沒爆粗口。

她反射地想拒絕，可掀開車窗簾子看到蘇榮一臉不談談就誓不甘休的臉，白素錦磨了磨牙，讓人將馬車停到路邊。

白素錦下了馬車，肅著臉說道：「不知二姊夫有何話想要說？」

聽到白素錦加重語音吐出「二姊夫」三個字，蘇榮的臉色簡直青中泛著黑。

「白素錦，當日妳執意決絕退婚，可是因為早與那撫西大將軍有了首尾？」

啪——！

蘇榮話音還未落，白素錦抬手就狠狠抽了他一巴掌。

這一巴掌白素錦可是用了十成十的力道，蘇榮只覺得半張臉火辣辣的疼。

可是，相較於皮肉上的痛疼，蘇榮顯然是被白素錦直接出手的舉動給驚住了，好幾秒後才緩過神來，既怒又急，領口露出的半截脖子都是紅的，看得人幾乎要懷疑他下一刻就要氣爆血管了。

邊上蘇五少的隨從見他被打，剛要上前，就被白素錦狠狠一眼瞪了回去。

「蘇榮，當日白府大門口，我是給你留了臉面的，沒想到你竟然這般給臉不要臉。」

白素錦的脾性，向來是越氣越冷靜，嘲諷地盯著蘇榮的眼睛，一字一句緩然而擲地有聲道——

「偷偷摸摸在外面養女人的是你蘇榮，不知分寸搞大她肚子的是你蘇榮，酒後失德睡了人家姑娘的是你蘇榮，屈服家族壓力迎娶她人、辜負那母子兩人的也是你蘇榮，出身商賈之家，卻以讀書人自恃，輕賤商賈，自己分文不賺又心安理得享受商賈之家提供的安逸生活，也是你蘇榮。你自己無德無能、端行有虧，不知自省反而倒打一耙，往我白素錦頭上倒髒水，哼，抽你這一巴掌只是個小小的警告，若是讓我再聽到這般毀人清譽的屁話，別怪我狠事做絕，斷了你科考之路。今時今日的我能不能做到這點，你大可以試試看！」

是啊，出言誹謗未來的榮親王世子妃，單憑這一點，就足夠絕了蘇榮的科考之路。

猶如當頭被潑了一盆冰水，蘇榮心頭上籠罩的那團憤怒之火瞬間被澆熄，四月天裡，從骨頭往外滲著寒意。

目送白素錦的馬車在視線裡漸行漸遠，驚懼稍稍退卻的同時，蘇榮心底滋生蔓延出絲絲縷縷的羞愧難堪和……猜疑，腦海裡反覆回想起白素錦臨離開前扔下的那番話。

白素錦說：「我之所以知道林瓏的存在，是因為有人送了封匿名信到我手上，我既然當時沒有發作，存的什麼心思，只要你不是傻的，必然想得到，可偏偏林瓏眾目睽睽之下鬧到了白府大門口。以她的性情和城府，是自己的盤算，還是另有別有用心之人暗中教唆，依你對她的瞭解，難道就沒懷疑過？還有那次醉酒之禍，你當真全然確定是巧合？」

原來，白素錦知道林瓏的事，並非是她早在暗中派人調查……原來，若沒有白府門口那場鬧劇，白素錦是決心敷衍過自己的荒唐……

蘇榮久久地站在原地，臉上的迷茫慢慢收斂，雙眸漸次清明，心下開始細細琢磨林瓏這兩個月來的言行舉止。

還有，那次酒後失行……真的純粹是巧合？

「蘇五少爺還在那兒站著不動呢！」清曉坐在一旁的車轅上偷偷探頭往後看，嘴上跟白素錦打報告。

白素錦用左手揉著微微發疼的右手，眉宇間肅殺之氣漸漸平息，淡淡道：「以後要喚他二少姑爺才妥當。」

這猜疑啊，就像種子，一旦被種進心裡，就會在血肉的滋養和灌溉下瘋狂而肆意地生長，拔不除、砍不斷！

匿名信和意外事故一直沒有具體而有力的線索，離開前故意說那番話，白素錦也是另有打算，拉著蘇榮下水攪和、攪和，搞不好會打破眼下的僵局。

至於牽扯到白宛靜……

白素錦眼眸微斂，含住眼底的陰沈。

此番蘇、白兩家聯姻，雖說互為裨益，但仔細推敲，最大的受益者，卻是白家三房，尤其是白宛靜。不是白素錦發瘋，名聲這東西，在實實在在的利益面前，脆弱而飄忽。雖一時聲名受損，日後也要時不時被人拿來說道，可與蘇家家主嫡親弟妹的身分相比、與成為白三爺仕途上一大助力相比，孰輕孰重，還真沒法下判斷。

與白宛靜出閣前寥寥數次碰面，她眼角眉梢不經意間流露出的得意和欣喜，讓白素錦大膽地做了以上推測。一個因為被玷污了名聲而不得不嫁的姑娘，按理說，不應該有這樣的神情。當然，也有可能是白二姑娘對蘇五少爺早芳心暗許，畢竟蘇五少爺在臨西城也是數得上的翩翩公子。

可如果上面的推測是事實……如果白宛靜算計蘇家五少太太的位置甚至在自己和蘇榮退婚之前……如果她手裡握有蘇榮豢養外室並讓其身懷有孕的消息，又深知白三姑娘寧為玉碎不為瓦全的性格，還能作主自己的婚事……

推測再合情合理，也只是推測，沒有證據，白素錦不便斷然出手，也一直沒有尋到合適的機會發招，沒想到今天蘇榮主動送上門來。儘管如此，對於他倒打一耙往自己頭上扣屎盆子的仇，白素錦恩怨分明地在心裡重重記了一筆。

君子報仇，十年不晚。遺憾的是，自己不是君子。

且不管蘇榮回去後如何搪塞臉上的巴掌印，白素錦回到莊子上時，右手已經痛意全無，靈活如初。

直到白宛靜離府，白素錦也沒回去，為了幾日後的品茶會，整個扶雲軒的人都忙得腳不沾地。

閻大掌櫃站在院子中間，看著廊下剛完工的繡屏，心裡的算盤打得噼哩啪啦直響，合算著要賣到什麼價錢。越算，嘴角扯出的弧度越大，白素錦本來在廊下欣賞屏風，一轉頭，看到站在陽光下笑得嘴角要咧到耳根的閻大掌櫃，頭皮有些發麻。

小荷莊的建築處處體現著江南園林的風韻，站在橋上一眼望去，臨水而建的水榭樓臺飛簷翹角、空靈精緻，湖心亭靜臥湖中，四條水上迴廊蜿蜒曲折將其與岸邊聯接起來，再遠處，騎樓、水閣粉牆黛瓦，掩映於煙柳、修竹之中，目之所及，處處可入畫。

這次品茶會的場地，就設在蓮湖的湖心亭。

湖心亭四面通透，現下每面各擺上了兩套四扇折疊圍屏，屏扇由紫檀木鏤空雕刻而成，屏心為素底花綀，上繡精緻雅韻的四連圖。紫檀木低調華貴、花綀質素清雅、繡圖精美靈韻，如此一套屏風，無論是放在書房，還是內室，看著都讓人賞心悅目。

事實上，這一系列屏風白素錦原本準備的是九套。交工時間急、質量要求高，城南錦繡坊傾盡半數以上繡工、頂好的繡娘輪班晝夜，不停趕工，總算是卡著交貨時間完工。為此，錦繡坊的東家傅延昭在交貨時硬是耍賴「黑」了白素錦一把，因而，那套「四美圖」屏風還未露面就被他給「友情價」買走了！

品茶會的客人，都是當日蘇、白兩家喜宴座上賓的家眷，男人們在前院多多少少都有生意往來，後院的太太、姑娘們自然也不會全然陌生，和主家白三姑娘打過招呼後就按著各自的親疏遠近三三兩兩聚坐在一起。其中，臨西「小四象」之中秦家和汪家的當家太太居然都來了。

前腳剛指使織造坊的管事終止了麻紗的購買契約，後腳就派了後院的當家太太來搶購花綀，見面還能毫無心理壓力地寒暄、恭維，這兩家人的臉皮，還真是挺厚的。

白素錦勾了勾唇，讓人開始上茶。

雖說品茶會的重頭戲是花綀，但品茶也非完全是個噱頭。

各家的太太、姑娘們看著擺在面前的東西，有些摸不著頭腦。

薄胎青釉的瓷碗中盛放著七分滿的棕褐色液體，散發著刺激人味蕾的複雜香氣，聞著有濃郁的茶香，又有淡淡的奶香，拿起羹匙舀動一下，碗底竟還有圓潤如珍珠般的小團子。

入口絲滑，甜而不膩，齒頰留香。

看著眾人臉上不約而同的驚喜表情，白素錦最終確認，庫裡放著的那五擔濮茶有著落了！

其實，如果用紅茶做奶茶的話，口感會適合更多人。看來，稍後可以讓許經年和塔達木族長商量、商量。

在座的女眷大多是商戶之家的後院當家太太，直觀的口腹之欲後，當然會領悟到它背後所代表的商機，可自己都能看得出來的東西，人家白三姑娘豈會白白拱手便宜他人？

是以，即便有心打探，也沒人真能厚著臉皮直接張嘴，只都說些逢迎寒暄的讚美之詞。

白素錦自來不大喜歡這種應酬場合，虛虛實實地跟她們應承了兩個來回，就讓人將提前準備好的奶茶製作方子連著花練送到了各家太太的手上。

品茶會後，庫裡的那五擔濮茶當即被三十家客人坐地分掉了。

價錢，是進價的十倍。

大曆飲茶很普遍，粗茶不過十文一兩，即便普通人家，也不是難以享受之物。但市面上的茶，幾乎都是未經發酵的綠茶，濮茶的出現雖然有了一段時間，但一來濮族深居山中，濮茶「深養閨中」，二來為了迎合市場需要，濮族對外售出的主要還是綠茶，產量很小。是以，外界人對濮茶瞭解甚少。

不過，瞭解再少，以進價十倍的價錢賣給人家，出手也是夠「黑」的。

許大管事束手站在白素錦身後，看著一輛輛精緻華美的青篷馬車緩緩駛出莊子，默默打量著站在自己前面的莊主背影，內心感嘆——自從小莊主死裡逃生後，出手的力度較之前果決凌厲了許多，氣勢也比之前更強了，這般看著，竟隱隱有著老主家的風範。

「庫裡現下還有多少花練？」回扶雲軒的路上，白素錦問道。

「截至昨晚登記在冊的有六十五疋。」許大管事回道。「新的紡車和織機已經備好，按照您的吩咐，分調了九十人過來織造花練，這段時間試練下來，都已經上手，現在三個人一天至少可以織出一疋花練，不過……」

「大管事有什麼話儘管說。」

「那老奴就直說了，莊主您當真要在三個月之後放手讓坊內所有織工都改織花練？」織造坊內的織工只有十之二、三是買斷的莊工，餘下的十之七、八，大多是附近村莊的農家人，雖都來歷清楚，但人心難測，尤其是在重利的誘惑之下。

再高超的工藝，也不可能長久為一家所有。這個道理，許大管事自是知道的，但謹慎一些，維持數月甚至三兩年的獨占之勢，也不是不可能的，這對自家來說，就足夠了。

許大管事的心思，白素錦又豈會不知。

白素錦停下腳步，眺望著不甚遠處綠意蔥蔥的棉田，忽而轉身對面帶忡色的許大管事笑道：「大管事可知，那白疊子有何用？」

許大管事坦言。「老奴聽劉大掌櫃提過，說是白疊子花開之時，一日之內能變幻出幾種顏色，一株上能同時見到數種顏色的花朵，玄妙悅目得緊！但老奴私以為，莊主大費周章種下這麼多的白疊子，斷不會單單為了賞花。」

不愧是許老太爺栽培出來、又深受許氏信任的人。

不管什麼時候，這世上都不乏心思靈巧的精明人，但是精明而又懂分寸、知進退的，卻少之又少。

「知我者，大管事也！」白素錦輕笑出聲。「我若說，這白疊子數年內便會將苧麻逼出川省大部分土地，並成就我小荷莊川省布業龍頭地位，大管事可會以為我在囈語？」

許大管事聽罷第一反應就是——自家莊主瘋魔了！

可再仔細打量，眉眼清和，面色紅潤，哪裡有半分神志不清的徵兆。

又聯想到最近一段時間莊主大刀闊斧的幾項動作，和她素來「言必信，行必果」的脾性，許大管事就不太好了。

他覺得，怕是自己要瘋魔了……

「你沒事吧？」劉大掌櫃應白素錦之邀來莊上，看到許大管事一副精神恍惚的模樣，擔心地問道。

許大管事搖了搖頭，心裡不禁苦笑，自從那日聽了莊主的「豪言壯語」後，自己便有些腳步發虛，就跟喝醉了酒似的，到現在還沒完全緩過勁兒來，莫非真的是年紀大了，禁不得太大的刺激？

兩人到前廳書房的時候，大將軍府的林大總管和御風馬場的蕭管事已經到了，許經年在一旁陪著，許大管事引著三人互相認識了一番，白素錦進來時，幾個人正在談論著府城裡話題正熱的花綀。

「表姑娘，最近傳出風聲，秦、汪兩家在大動作收購市面上的原麻和生紗，價錢幾乎抬高了一成，眼下看來，近期沒有收手的架勢……」萬通商行採貨渠道廣，對市場動態的把握比較敏銳。

他們是想以大欺小，控制原料來逼迫三姑娘吐出花綀的織造工藝?!

在座所有人不約而同想到一個可能性上。

秦、汪兩家聯手，放眼臨西乃至整個川省，幾乎無人能與之匹敵，若是他們鐵了心要針對白素錦，即便有江南許家在背後支撐，怕也難以走多久。

匹夫無罪，懷璧其罪。

書房內的氣氛一時陷入低沈。

和其他人不同，許大管事倒是不擔心花綀，他知道白素錦手裡握著後招。他更擔心的，是如果白素錦所說的都是真的，那麼，在不遠的將來，白疊子所帶來的翻天覆地的布業變革會將她置於何種風口浪尖之上。

「各位請放心，這種情況，推出花綀之前我就預想到了，無礙，我自有應對之策，不過，還需煩勞劉大掌櫃繼續幫我留意一下他們的動態。」白素錦出言一掃屋內的陰沈，抬手示意大家用茶，語音明朗輕快地道：「這次邀諸位來，是想說一件三家合作的事。」

以萬通商行的商隊為紐帶，將小荷莊茶行從滇北收購的濮茶販賣到北地蒙兀，再將蒙兀的蒙馬引入御風馬場。

南茶北運，北馬南遷。

聽罷白素錦的陳述，這回感覺恍惚的，就不只許大管事一個人了。

「恕老僕直言，據老僕所知，那北地之人應是沒有飲茶的習慣……」林福林大總管說道。

鎮北大將軍府林家三代鎮守大曆北疆，林福出身林家，年輕時也曾隨行去過北地，對當地的風俗民情自然有所瞭解。

劉大掌櫃也附議。「確是如此，跑北地的商隊也曾帶過茶，但賣得不好，後來便捨棄了。」

候在門外的雨眠在白素錦的示意下離開，沒一會兒工夫，書房門被推開，趙嬤嬤帶著幾個小丫頭魚貫而入，將手裡的東西輕放到書房南窗下那張大桌子上後迅速地退了出去。

屋內幾人看清桌上的東西後俱是一愣。

但見桌上放著一個黃銅製的溫鍋，下層的炭火還熱著，上層盛著六、七分滿的棕褐色液體，空氣中瀰漫著漸漸濃郁的香氣，茶香中裹挾著奶香。

幾個人跟著白素錦走到大方桌近前，發現桌上除了放著幾只碗，還有一小碟鹽，和一大碗金黃色的炒米。

白素錦動手，將鹽和炒米倒進了翻滾的奶茶裡，然後給每人盛了一小碗。

剛想讓大夥兒嚐嚐看，門外傳來雨眠的聲音。

「姑娘，有三位自稱來自城西大營的客人，說是有急事要見您。」

城西大營？

白素錦挑了挑眉，讓許大管事引著其他幾人暫到書房隔壁的暖閣迴避，然後讓雨眠立刻將人請進來。

忽然想到桌邊的東西還沒收拾下去，剛要喚人，門口就傳來了腳步聲，看來是來不及了。

白素錦剛把窗子支開了條縫，便於散味，就響起了敲門聲。

來人裡有位熟悉的，不是旁人，正是薛軍師，仍是一身寬鬆的道服，走在軟甲正裝的兩個大兵前面。

寒暄問候兩句，薛軍師將身後兩位介紹給白素錦。人高馬大、臉堂黝黑、說話渾厚如磬的那位，竟然是西軍的都指揮使趙恬，而另外一位身形與許經年相似，臉堂雖同樣黝黑，但言行舉止溫吞有禮的，是都指揮同知尚華。

白素錦看著笑得明顯有些不自然的薛軍師，再看看兩位兵頭兒，直覺上就想立馬送他們出去。

黃鼠狼給雞拜年的強烈感覺！

大曆的都指揮司同白素錦所知的那一世的職責範圍出入較大，分離出了練兵的任務，保留屯田和司務外，將一軍的軍費收支、軍需、軍備採購與管理、後勤併入其中，是整個大軍的資金與物質支援部門。同時，也是整個大軍最有錢、也最窮的部門。

這樣一個部門的一把手和二把手找上門來，能有好事才怪！

白素錦挑眉看了薛軍師一眼，對方回了她一個無奈的眼神。

「好香啊！」趙恬頂著一張濃眉大眼的黝黑硬漢臉，對白素錦扯了個憨憨的笑，特別不見外地大嗓門道：「末將等出營匆忙，還未來得及用早飯，不知能否和夫……姑娘討些這吃食？」

白素錦是真沒控制住，嘴角抽了抽。

城西大營到小荷莊頂多不過四十里，不管騎馬還是乘坐馬車，不過半個時辰的路程，眼下眼看著就要巳時中，也就是上午十點，他竟然敢說出營匆忙沒用早飯，這是在挑戰自己的智商嗎?!

堂堂三十萬西軍的都指揮使大人，為了口吃的竟然臉皮厚到這種程度，也真是夠拚的。

白素錦開始隱隱同情大將軍和蕭管事，攤上這樣的主兒，是夠難應付的。

不過……

白素錦看了眼還在咕嘟嘟沸騰的奶茶，轉念一想，他們來得還挺是時候。

第十二章

白素錦給他們每人盛了一碗，看他們喝了之後問道：「三位覺得這東西如何？」手裡的碗太小，趙恬三兩口解決掉碗裡的奶茶後，又給自己添了一碗，他身邊的尚華吃相雖文雅許多，但吃得卻一點也不比趙恬少！再加上個旗鼓相當的薛軍師，白素錦眼看著一鍋奶茶欻欻欻地減少。

白素錦覺得，自己這句話可以不用問了。

「沒想到啊，原來炒米還可以這樣吃！」尚華總算比另外兩人有眼力見兒，率先放下了碗，神色特坦然地看著白素錦。「軍中將士最常攜帶的乾糧就是這炒米。說來咱們也是和那些北疆、西疆的夷族學的。易於攜帶、保存，也頂餓，成本相對也比較低，但也只是作戰的時候食用，這東西口感委實一般，沒想到這樣吃口感好了許多。還請姑娘解惑，這湯水是如何熬製的？」

這個時候，說，還是不說，是個問題……

白素錦與尚華默默對視數秒後，朗然一笑。「不瞞尚大人，這茶湯是用滇北濮族特產的濮茶與鮮牛奶熬煮而成。」

「濮族？」尚華看向薛長卿。「那不就是軍師的家鄉？」

聞言，趙恬也看向薛長卿，兩隻大眼睛熠熠發光。

薛軍師也是一愣，喝了口奶茶細細品味，沒想到啊，家裡的茶竟然可以配出這樣的口感和味道。無奈趙恬的視線太熱烈，可能的話，薛軍師真不想承認這是自己家鄉的茶。

白素錦看他這副模樣，心裡暗暗開心，但也知道看熱鬧適可而止，開口幫他解圍。

「沒錯，這濮茶的確是來自薛軍師的家鄉。可惜的是，濮茶不如綠茶好賣，工藝也複雜許多，所以做的量少，價錢也要比一般的茶葉高出幾成。莊上新開了茶行，會有專門的夥計負責採購濮茶，軍中如果有需要的話，我們可以幫忙代購，不加收任何車馬、勞務費用，權當是勤軍了。」

「那……敢問收購價是多少？」趙恬顯然很感興趣。

「粗茶三十六文，中等七十二文，上等一百零八文，特等暫時尚未訂價。」

趙恬一聽，手裡的茶盞差點滑出去。市場上普通的粗茶十文錢一兩，中等茶三十文，這濮茶最差的也要三十六文一兩，還真是貴啊！

跟尚華交換了一下眼神，趙恬抬手抱拳，道：「末將先謝過姑娘好意，此事待稍後稟告過將軍定奪後，再給姑娘回覆。」

白素錦點點頭，給了薛軍師一個稍安勿躁的眼神。

奶茶不過是個插曲，趙恬他們此行所為的是梯田。

當日薛長卿回大營後，立刻就將從白素錦那兒得來的資料呈給了周慕寒，周慕寒連夜看完，第二日親自送到了都指揮司，若不是急著處理春夏換裝，趙恬一早就跑來找這位未來將軍夫人了。

大曆的軍隊按戍守地域劃分，分為御林軍、禁軍組成的中央軍，東西南北四大邊軍，以及各省地方軍。高祖十七年，大曆爆發大規模的旱災、洪災，社會秩序面臨混亂危機，高祖採用當任兵部尚書的諫言，在各受災地區招兵，自此開啟了大曆一朝災年募兵、募兵制取代徵兵制的新兵制時代。

實施募兵制後，職業軍人的出現使得大曆軍隊的作戰力大幅度提升，尤其是四大戍邊軍。但相應的，軍費開支也越發龐大，因此，屯田對邊軍來說意義尤為重大。

邊軍開墾出的田地大多直接用來種植糧食以緩解糧草壓力，然而，邊境地區環境相對比較惡劣，開墾拓荒耗時、耗力、耗工的同時，糧食產量也很低。這一難題始終如烏雲一般罩在各軍都指揮司的頭頂，撥不開、揮不散。

當大將軍將一份名為圍造梯田的文冊扔到都指揮司後，身為都指揮使的趙恬看完，好幾宿睡不著覺。

激動、震撼、興奮……忐忑。

是的，忐忑。

開始時的振奮有多濃烈，接下來的忐忑就有多強烈。

這種全新耕作方式在前期耗時、耗工巨大，最後實際的收穫如何？未知。

放棄糧食改種聞所未聞的白疊子，以此換糧，實際運作是否可行，也是未知。邊田產量雖低，可也是大軍兩、三個月的口糧，若分出一多半的人力、物力去圍造梯田，一旦失敗，都指揮司上下被懲處事小，數萬大軍沒飯吃事大！

來小荷莊之前的這段時間裡，趙恬帶著都指揮司幾位同知、僉事反覆研究，將不確定之處一一詳細列明，並備下了初步的解決方法，滿滿兩大張紙，這會兒正捏在白素錦手裡。

白素錦將手中的兩頁紙仔仔細細從頭看到尾，得出的最大觀後感是——西軍都指揮司上下都有奸商潛質！

「紙上所寫的應對法子，不知是大將軍示下，還是都指揮使大人的意思？」白素錦閱讀完畢，將兩張紙輕輕放到桌上，看著端坐在對面的趙恬。

饒是自詡臉皮厚如城牆的趙恬，這會兒面對白素錦坦蕩清和的目光，臉上也不禁劃過幾絲窘澀，可轉而想到實實在在的糧草，也只能硬著頭皮上。

梯田一定要圍造，可前期試行的風險，自己吃不消，不得不拉個人一起承擔！

「大將軍只讓我等研究圍造梯田是否可行，尚未看過這些內容。末將思量，若姑娘有意共謀，那待稍後做出個更詳細的章程呈報給將軍，倘若姑娘無意，此事怕要就此作罷，便也無須再勞將軍費神。」

果然如此。

白素錦眉峰微蹙思量了一會兒，將桌上的兩張紙謹慎摺疊起來塞入衣袖中，鄭重道：

「若成此事，單憑小荷莊一家之力是不夠的，我尚需與大管事商討後初步斡旋一番，稍後才能給兩位答覆。」

趙恬一抱拳。「那末將等靜候姑娘佳音。」

時近晌午，白素錦留飯，趙恬與尚華是一點也沒客氣，許大管事引著兩人先到偏院稍作休息，薛軍師知道白素錦有話要與他說，故而暫留下來。

許經年已將收購濮茶的契約擬好，白素錦手頭上留有一份樣本，這會兒拿給了薛軍師過目。

「這……」當看到契約中收購價錢的條款約定時，薛軍師反反覆覆看了數遍，眉目間的驚喜與感激再難掩飾。原來，白三姑娘剛剛所說的末等濮茶三十六文一兩收購竟是真的！非但如此，還是有多少收多少，即時現銀支付。

當初那句委託照拂的話雖不是戲言，但薛長卿不過是抱著試試看的心態，並未心存太大的希望，想著三姑娘能在萬通商行大掌櫃的面前給說上幾句話已是很給面子了，萬沒想到啊，竟會給族人帶來如此大的福祉。

雖相識時間不長，但白素錦看慣了薛大軍師氣定神閒、狡猾如狐的面目，突然這般一臉真摯誠懇的感恩模樣，白素錦由衷覺得……吃不消！

「薛軍師，還記得我帶回來的那五擔濮茶嗎？」

薛長卿兩眼亮晶晶地點頭。

「日前的品茶會上售罄了。」白素錦抿嘴一笑。「三百五十文一兩。」

三……三百五十文……

薛軍師被人點了穴道似的，全身僵硬地挺了好一會兒才回過神，眸光一閃，神色恢復如常，狠狠喝了口茶，嘆道：「姑娘大才，薛某佩服！」

「軍師謬讚。」嘴上雖說著客套話，白素錦卻眉眼彎彎，滿臉笑意送著薛軍師出了書房。

薛軍師三人急著回營，用過午飯後便打馬離開。白素錦送別他們後，直接回到了外書房。

林大總管幾人用過飯後再次回到書房，白素錦進來的時候，幾個人正圍著暖鍋低聲討論著。

平心而論，這加奶、加鹽又加炒米的茶，他們幾個是真喝不慣，味道怪異得很，起初由衷不看好，可沒想到有人卻異常喜歡。

「軍中將士常年戍邊，與邊境外族交手，飲食口味必然也會多多少少受其影響，既然三位軍爺喜歡，那極可能也符合邊境人的口味，這濮茶的買賣，可以一試！」知曉來客的身分後，劉大掌櫃突然信心倍增。

風險孕育機會和財富。這一點，但凡經商之人都知道，可有勇氣挑戰並甘於承受失敗後果的，又能有幾人？

碰巧的是，劉大掌櫃不是安於守成之人，而蕭管事也是個銳意突破的。至於許寬父子倆和林大總管嘛，典型的「主家說什麼就是什麼」。

於是，南茶北運、北馬南遷的商線就這麼建起來了，當中具體操作，便交由許大管事父子、劉大掌櫃和蕭管事負責，白素錦又一次做了甩手掌櫃。

送走兩家主事後，白素錦將許大管事留了下來，從衣袖內抽出那兩張紙遞給他。

書房內一時陷入寂靜，只有紙張翻動時細微的沙沙聲。

「按趙大人的意思，梯田所有的產出都交由咱們收購，可支付銀錢，也可折算成糧食，但是，頭一年特殊，無論梯田秋收如何，咱們都要按照去年邊田的糧食產量結算。」白素錦勾了勾唇角。「若為之，大管事意下如何？」

沈默思量好一會兒，許大管事穩聲道：「凡事不破不立，梯田一事，老奴深以為是大好之舉，值得一試，開始之時雖有風險，但依趙大人筆下所言，去年邊田種植的小麥畝產不足兩百斤，咱們即便做最壞的打算，也還是能禁受得住。」

普通小麥市價十五文一斤，按邊田去年的產量，一畝地約合三兩。以西軍的人力、物力，兩個月期限內圍造出萬畝梯田已是極限，滿打滿算下來，即便顆粒無收，損失合計三萬兩銀子，以自家莊主的身家和目前的賺錢速度，尚在可承受範圍之內，況且，再怎麼說也不可能顆粒無收。

只是……

「老奴有一事不明，今年的梯田為何不種麥，而是種菽？」許大管事不解。按莊主的本意，是要將新墾出的梯田全部種植白疊子的，今年改種別的他可以理解，一來播種期來不及，二來白疊子種子已用盡。可為什麼不直接種麥子呢？比照去年邊田的產量直接多留少補即可，多方便。

「新墾出來的生地，第一茬種些菽類可以增加田地的肥力，我也記不得是哪本書看來的，只依稀記得看過這樣的話，權當一試。而且，種菽，我尚且有另外的打算，眼下且容我賣個關子吧！」白素錦雖涉農不深，但旅遊時曾參觀過龍脊梯田景區，講解員是當地有名的農家子，白素錦至今仍清晰記得他說過，梯田園造出來第一年要種植先鋒作物，譬如豆科類，這樣可以加速土地熟化、提高土地肥力。

不管有效與否，反正目前手頭上也沒有棉花種子了，還不如種些大豆，年底的時候正好派上用場。

既然白素錦早有思量，許大管事便也不再多問。

三日後，許大管事帶著白素錦的名帖遞到城西大營，正式約見都指揮使趙大人，詳談園造梯田的合作細則，與此同時，許經年也動身前往滇北。

這時候，臨西城內上流圈子的女眷聚會上，以花練裁製的衣衫和甜味奶茶漸漸風靡起來。

廣蚨祥內，花練第一天上貨架，不到一刻鐘就被提前排隊的客人搶光，此番情形持續了整整半個月！

這天一早，白素錦前腳剛進廣蚨祥，後腳就有夥計送了張名帖過來。白素錦打開一看，竟是五福織造坊和榮生織造坊的兩位東家。

元味樓是臨西首屈一指的酒樓，清蒸白魚、三醉鴨、什錦素盤、水晶肘子四大招牌遠近馳名。白素錦依約而來，剛進門就被迎客的夥計引到了三樓的包廂，秦、汪兩位東家已經早一步到了。

說起秦、汪兩家的關係，可以追溯到五福和榮生兩家織造坊的創辦者一輩，那兩位是親表兄弟，其後數代，兩家一直保持著姻親關係，現今的兩家家主——秦五爺和汪四爺，所娶的正房太太乃是甯家的嫡親姊妹。

「世姪女來啦，快坐！」

白素錦進門，先開口的是秦五爺，四十多歲的模樣，略富態，眉目疏朗，嘴角噙著笑，在他右手邊坐著的便是汪四爺，年紀與秦五爺相仿，身形相比之下卻瘦削不少，臉部線條深刻，面色冷峻許多。

秦五爺健談，白素錦神色自若地陪著他寒暄，左右是他們主動找上門來，話題扯得再遠、圈子兜得再大，總是要回歸正題。

憑著秦五爺和汪四爺的身分，以往自然沒直接同白素錦打過交道，但據織造坊的兩位管事反映，是塊難啃的鐵疙瘩。

幾次提到日前小荷莊的品茶會都被白素錦輕描淡寫地敷衍過去，秦五爺眉峰微挑，心想這個白家小丫頭還是個沈得住氣的。

兩人私下交換了個眼神，汪四爺放下手上的茶盞，看向白素錦。「世姪女，開誠布公地說，今天請妳來，是想談談妳手裡那花綀的事。我們兩家有意同妳合作，一起織造花綀，不知妳意下如何？」

終於扯到正題上了嗎？白素錦心裡暗暗鬆了口氣，從進包廂開始，茶都喝了小半壺了，這圈子再兜下去，還真擔心自己落下尿頻尿急的毛病。

抿了抿唇角，白素錦低頭狀似為難了片刻，方才抬頭看向兩人，緩慢而堅定地說道：「花綀一事，晚輩怕是要辜負兩位世伯的厚愛了。」

這個結果雖在意料之中，但親耳聽到，秦五爺和汪四爺的臉色還是微微沈了下來。

「世姪女不妨再仔細思量、思量。」秦五爺抬手給自己斟了盞茶，看著茶盞內清亮澄澈的茶水，淡淡道：「莫怪世伯我說話直白，以世姪女妳目前的能力和廣蚨祥的規模，一家獨占花綀買賣，怕是要吃不消……」

吃不消？這話算是變相的威脅吧！白素錦垂眸不語，遮下眼底的那抹輕嘲。

秦五爺抬眼瞧了瞧白素錦，繼續轉動手中的茶盞。「若是咱們三家合作，我和妳汪世伯自然不會虧待於妳。妳只要出織造工藝，三年期，花綀的盈利，妳占三成，如何？憑五福和榮生現如今的規模和在布業中的地位，三年間花綀的利潤將如何，相信世姪女心中定然有數才對。」

自然心中有數，當初還打著算盤算過呢！只不過……

白素錦心裡暗暗哼了一聲，只不過沒想到，這秦、汪兩家家主的厚臉皮還真是挺讓人意外，只用三年的三成紅利就想買走花綀的織造工藝，說得還跟自己占了多大的便宜似的，真不要臉！

經濟實力和地位決定不要臉皮的尺度，白素錦今天算是見識到了。

秦五爺說罷，包廂裡一時陷入安靜。

沈默的對峙中，白素錦從容自若地慢慢呷了口茶，再抬眸看向坐在對面的兩人時，再不屑掩飾眼底的輕忽。

這麼多年來，以秦五爺和汪四爺的身分地位，走到哪兒不是被捧著、被奉承的待遇，雖一早預料到白家丫頭沒那麼容易同意，但斷沒想到，她竟敢當場給人下臉面。

一時間，包廂內的氣溫冷下好幾度。

白素錦卻絲毫不在意對面兩人的陰沈臉，目光坦蕩直接地看著他們。「這花綀是何種情況下琢磨出來的，想必兩位世伯同樣心中有數。再者，雖說花綀是在我小荷莊的織造坊裡織出來的，但其中至關重要的環節乃是我外祖父的功勞，是以，花綀的織造工藝，有一半是屬於他老人家的，我無權獨自作決斷。此外，勞兩位世伯多慮，小荷莊織造坊雖小，但我也沒那麼大的心思，花綀的買賣，不過是織出多少賣多少而已，所以也沒什麼吃得消、吃不消的顧慮。」

白素錦這番話很是不客氣，但秦五爺和汪四爺的閱歷此時充分顯示出來。

「如果預測不錯的話，妳手裡現有的原麻和生絲，即便全部用來織造花綀，也才勉勉強強能撐到秋收，而妳今年莊上的麻田縮種了一多半，僅靠這些，怕是難以為繼，難免要從外面購買原麻和生絲，可這價錢和貨源嘛……」汪四爺冷眼瞧著白素錦，後面的話也不說完。

這段時間以來，他們兩家大量收購囤積原麻和生絲的動作很是高調，連帶著同行也跟著動作，憑著白素錦同萬通商行的關係，自然知道眼下的行情。雖說白素錦背後有萬通商行的支援，無奈之時可以從外地購買原麻和生絲，可算上運費、人工費，成本並不便宜。

從原材料上扼住人的喉嚨，真是夠陰險的。不過，能做到這種大手筆的程度，放眼臨西乃至川省，估計也就秦、汪兩家聯手才能辦到了。

不過，能被人這般惦念、算計，更不容易，不是嗎？

白素錦想想還覺得有些小驕傲。

從劉大掌櫃那邊得來的消息，白素錦知道，不僅是眼下，就連今秋的原麻，大部分也被預購了，其中不少甚至是直接和農戶簽訂的契約，價錢高了不止兩成。

但願今年風調雨順，是個豐收年，這樣農戶家能多收幾個錢。

至於自家嘛……

白素錦勾了勾唇角。「多謝兩位世伯關心，不過，我從未動過從外面購買原麻和生絲的念頭，故而也沒那層顧慮。誠如之前說過的，織出多少賣多少，我沒那麼大的胃口，一切量力而行罷了。」

果然是塊不好啃的鐵疙瘩！

想起兩位管事對白素錦的評價，秦五爺和汪四爺這會兒算是一致贊同。

「是嗎？那希望世姪女日後不要有後悔的一天便好！」汪四爺冷哼了一聲，話音未落地，包廂門被霍然推開的同時，一道鏗鏘有力的聲音朗然響起。

「哦，後悔什麼？」

就在三人齊刷刷的注目禮中，周慕寒周大將軍一陣龍行虎步走到白素錦身邊，大馬金刀坐穩後，掃了眼行跪禮的兩個男人，淡淡道：「起身吧。」

白素錦眨了眨眼，回過神來，見周慕寒看著她挑眉，忙倒了盞茶遞到他跟前，低聲問道：「將軍怎會來？」

大曆風俗，有婚約的男女即便相識，拜堂前一個月內也是最好不要見面的。關於這點，白素錦和周慕寒都是知道的，可惜，一個不介意，另一個壓根兒就不在乎。

不過是再提供一條茶餘飯後的談資而已，話題多的人，就是這麼任性。

換個更接地氣的說法就是——死豬不怕開水燙。

「從總督衙門出來路過，看到妳馬車停在門口，就想順路上來和妳打個招呼，沒打擾到你們談正經事吧？」周慕寒直接從白素錦手裡接過茶盞，瞧了眼站在對面的兩人，以手勢示意他們坐下。

白素錦強壓著嘴角的笑意，搖了搖頭。

「是嗎？那就好。適才聽你們說什麼後悔，可是遇到了麻煩事？若我能幫得上忙，妳儘管開口便是。」

聽得周慕寒這麼一說，僵著身體坐在對面的秦五爺和汪四爺心尖一顫，額頭上迅速滲出一層冷汗。

秦、汪兩家雖富冠一方，但在手握軍政大權的周慕寒面前，尤其還是一個素有暴戾狠絕之名的實權者面前，一言一行如履薄冰，形容得並不為過。

「沒什麼，不過是同兩位世伯在說些生意場上的閒話而已。將軍可是用過飯了？」

聽白素錦適時岔開話題，坐在對面的秦五爺和汪四爺暗暗鬆了口氣，身體稍稍放鬆。兩人曾遠遠見過這大將軍兩面，一身戎裝騎在高頭大馬之上，俊朗清雅，沒想到近距離接觸，周身透著的肅殺之氣如此懾人。

聽到周慕寒說他尚未來得及用飯，秦五爺和汪四爺忙起身告辭，周慕寒面無表情地寒暄了句，由著白素錦起身將二人送出了包廂。

合作沒談攏，威懾人不成反被人威懾，秦五爺與汪四爺此行可謂是出師不捷，越想越憋屈，決定回去後就開始著手進行下一番動作。

高調收購了那麼多的原材料，秦、汪兩家自然不會輕易放棄花練，但是白素錦今天既然敢明著拒絕他們，自然做了應對的準備。

那一世，白素錦雖長期居於象牙塔中，好不容易出來了也是從事人際關係相對來說沒那麼複雜的考古工作，但實際上，她可是地地道道的大商之家出身，尤其是母親一脈，甯城姜家，那可是全國數得上的富豪之家。當同齡的朋友們假日裡沈浸在小說、漫畫、鬥地主的時候，白素錦已經被表哥拎到公司裡打苦工了。是以，這般長期歷練下，尤其是在表哥姜宥的耳濡目染下，商場行走間的這種狹路相逢，白素錦絲毫不陌生。

白素錦很快返回包廂，一直候在門口的雨眠已經喊來了夥計，白素錦也沒讓他將桌上的菜撤走，只是多加了一道黃燜牛肉。這是周慕寒最喜歡的一道菜。

至於白素錦為何知道得這麼清楚，那還得歸功於林大總管。初次見面時除了厚厚的一摞帳本，林大總管離開前還送了本小冊子，白素錦事後打開一瞧，呵，從身高、體重、三圍、鞋碼到衣食住行的喜好，林大總管羅列得是清清楚楚、明明白白，交接工作做得異常到位，白素錦想不知道都難！

元味樓的黃燜牛肉深合周大將軍的口味，但卻不常吃到，原因竟然是太貴，吃不起。這話說出去，估計沒人相信，如果沒看過大將軍府的帳冊，白素錦也不會相信。

大曆官員的俸祿由歲俸和養廉銀兩部分構成，按照官階品級有著明確的規定，自一品到九品至未入流，共十個等級，歲俸雖不多，但養廉銀卻高得很。以周慕寒為例，撫西大將軍從一品、川省總督從一品，兩職合併，享受的是一品俸祿待遇，歲俸兩百兩白銀，養廉銀足有三萬兩！這還不算皇上的恩賞。

年薪三萬零兩百兩銀子，時不時還有豐厚的獎金，府裡大帳上就只有三百多兩現銀，連道一兩銀子一砂鍋的黃燜牛肉常吃都吃不起的一品大員，日子過到這種程度也是讓人開了眼界。

白素錦眼睜睜看著一小盆米飯見了底，止住要去再添飯的雨眠，抬手給他盛了碗湯。估計待會兒吃完飯周慕寒就要往城西大營趕，一路騎馬，吃多了怕是要難受。

周慕寒在白素錦跟前也真是放得開，黃燜牛肉的湯汁拌著剩下的米飯吃得乾乾淨淨，最後再喝光手邊的一碗湯。

一小盆米飯、一砂鍋燜牛肉、一碗清湯，一頓飯。

湯足飯飽，雙眸微微一瞇，眉眼間盡是饜足之意。

時不時就野外考古作業與桶裝速食麵為伍的白素錦表示這個待遇已經很高了，但是看在「純原住民」雨眠眼裡，這個大將軍也太好伺候了！

周慕寒目光流轉間看到白素錦由始至終淡定從容沒有絲毫的意外，臉上的表情越發輕鬆自在。「月底便是大婚，府裡已經佈置得差不多，抽空妳派個近身伺候的嬤嬤過去瞧瞧，看還缺些什麼？還有，這兩日沈之行和郭焱應該就會來見妳，無非是冊封禮的相關事宜，妳且聽著，我已經同他們交代過，左右不是在京裡辦，沒得恁多繁複講究，能簡則簡。」

白素錦點頭，心裡卻能預見再見郭焱時他的那張臉該有多臭！

城西大營雖距離小荷莊不遠，但出了西城門不遠便是兩個不同的方向。岔路口，周慕寒翻身下馬，從衣襟裡掏出件東西通過馬車的小窗子遞到白素錦手裡。

素淨帕子工工整整包著，層層打開來看，裡面竟然是好幾張千兩面額的銀票，白素錦數數，竟然有一萬兩！

「將軍……」白素錦詫異地看著他。

周慕寒面頰上帶著絲難得一見的窘意，壓低聲線道：「這是日前外祖父託人捎給我的，說是當作籌備大婚之用，眼下一時也用不到，還是妳來收著吧。」

縱身上馬，揚鞭馳騁遠去，周大將軍的動作行雲流水、瀟灑自如。白素錦目送視線中的背影漸漸消失於綠意蔥蔥的轉角，心裡不停地反省。

剛剛看到銀票時還在懷疑是不是大將軍的「小金庫」，簡直以小人之心度君子之腹，好可恥啊有沒有！

第十三章

誠如汪四爺所言，由於原麻和生紗的庫存限制，小荷莊織造坊內的普通布料很快全部停產，原材料和人工全部投入花綀織造。隨著最後一批織工轉織花綀，第一批接觸花綀的織工則被安排去專門績紗。

一時間，花綀的產量有了顯著的提高，廣蚨祥貨架上的花綀從每天十疋增加到了每天二十疋，價錢維持不變，依舊是一百文一尺，四兩銀子一疋。一尺花綀十斤糙米，這價錢無疑是昂貴的，可是，花綀的目標消費群體從一開始就不是普通人家。

六月裡，白疊子進入蕾期，蔥郁茂盛的枝葉間現出累累花苞。郭焱來莊子上這天，天氣特別好，趙管事正組織夥計們給田裡追加最後一遍綠肥。綠肥是用秸稈加飼養牲畜的糞便集中在漚肥池裡漚出來的，使用的時候拌上草木灰，肥力效果特別好，就是味道嘛，有些凶殘。

白素錦在蓮湖旁的水榭臺上接待郭焱，沈之行在大將軍府同林大總管商討大婚期間賓客的住宿安排，有關冊封禮的講解任務便交由郭焱來負責。

水榭四面通透，涼風習習，石桌上備一壺清茶，靜坐其中，抬望眼，一池蓮葉無窮碧，遠眺，是蔥鬱的棉田，依稀可見數多田工忙碌其中。

清秋將木漆托盤中的兩碟茶點放下後便退了下去，同清曉一起候在不遠處的水廊邊上。

許是美景於前的關係，郭焱的臉色比預想的和緩許多，正襟危坐，語速和緩有度地給白素錦細細講解著大婚當日的流程，尤其是親迎前的冊封禮。按照郭焱和沈之行的日程安排，明兒開始，白素錦就需要回白府了，為了冊封禮，清暉院需要做適當的佈置。

嘴唇抵著茶盞口，白素錦微微失神，還有半個月就是大婚，也是時候回白府了。

發現白素錦神情有些恍惚，郭焱沈著臉問道：「白姑娘，在下方才所言，不知妳聽清楚了沒有？」

三十歲不到的大好青年，護雞仔一樣守著那些繁文縟節，成天板著一張臉，白白浪費了父母給的好相貌！

白素錦嘆了口氣，放下手中的茶盞，開始出聲總結郭焱所述，提綱挈領地概括了整個大婚的流程，並著重點出了幾個環節自己所需要注意的事項。

看著郭焱臉上乍起的驚訝漸漸沈澱歸於平靜，但在嚴肅中又透著幾許欣賞，白素錦彎了彎唇角。再怎麼說也是混跡象牙塔二十餘年的學霸，這個程度的突擊檢查還是能應付的。

左右來一趟，郭焱順便帶了一份空白名冊，白素錦知曉他的用意後，將空白名冊簿放到一邊，叫來清曉交代了兩句，不一會兒，小丫頭就捧著個紅漆匣子送過來。

裡面裝著的，是許大管事一早就擬好的宴請賓客名單。

「煩勞郭大人先過目瞧瞧，這般造冊可合適？」

大婚的喜帖要由禮部派來負責籌辦婚禮的承辦司統一書寫，這就需要大將軍府和白素錦兩邊提供賓客的名單和身分資訊。

郭焱依言翻開名冊簿，越看，表情越嚴肅。

原因無他，依白素錦的出身，賓客名單上所列的，自然都是名商大戶。

士、農、工、商。

大曆雖勸課農桑、鼓勵商貿，每年國庫的稅收收入商人貢獻大半，可商人的地位卻依舊不高，這也是為何郭焱一個小小的禮部員外郎，也敢在白素錦這個準世子妃、準二品誥命夫人面前絲毫不假辭色的原因。

雖說妻憑夫貴，但出身卻是任何光環與榮耀都不能覆蓋的。白素錦甚至現在就能想像得到，商家女這個身分，將會如月下燈一般，未來投注在自己身上的光環越大、越耀眼，這個身分所形成的影子就會越濃重顯眼。

說白了，無非就是忌妒心作祟，總有那麼些人見不得別人好，非得從人家身上挑出些不如意的地方來平衡自己的心理。

儘管白素錦難以真心接受，但真真切切擺在她眼前的現實是——在這個絕對的男權社會裡，女人的存在本身幾乎就是男人的附屬品。

本體已然和丈夫的影子無甚分別，白素錦又怎麼會在乎商家女的身分所帶來的小小陰影呢！

只是，作為「名震大曆」的撫西大將軍周慕寒的專屬影子，自己黑可是遠遠不夠的。

「郭大人可是覺得名冊記錄有不妥之處？」白素錦明知故問。

郭焱將手中的名冊簿合上後放回木匣中，肅聲道：「名冊所記並無不妥。」

白素錦捏著茶盞挑眉，眼神淡淡掃過去。「哦，那看大人的臉色，是對名冊上所請之人有看法嘍？」

郭焱脊背登時發僵，抬眸看向白素錦，只見對方眼神清明坦蕩，並無絲毫旁雜的情緒，心神不禁一震。

很快，郭焱便收斂好情緒，面色恢復如常那般嚴肅，但眼底的那抹倨傲卻淡了幾分。

「不錯，在下的確不喜從商之人。」白素錦坦然在先，郭焱便也不粉飾，坦言道。「不事生產而徒分其利，盤害農桑，動搖國本，是為不喜之一。商賈子弟多揮霍享樂、恣意妄為，觸犯法紀便以財疏通，擾亂風氣、霍亂法度，是為不喜之二。」

見白素錦始終淡然自若，沒有絲毫動怒的跡象，郭焱慢慢放開本有的那點顧忌。

「聽大人這麼一說，那將軍與我的婚事，想必大人也是持不贊同的意見吧？」

郭焱坦直頷首。「的確。恕在下直言，姑娘與將軍，門不當戶不對，於禮，不般配。」

看著郭焱頂著一張撲克臉說這番話，白素錦一個沒忍住，輕笑出聲。

萬沒料到白素錦這般反應的郭焱郭大人心緒有些凌亂。

白素錦堪堪收住笑意。「抱歉，我沒有別的意思，只是覺得難得一見大人這般坦誠直率的人，與你說話頗為暢快。聽過大人的一席話，我也有個疑問想要問問大人，你方才所說的不喜商人那兩點，權貴世家與商賈之家相比，哪個更甚呢？」

區區商戶子弟豈能與功勛世家相比較?!

郭焱當即想要如此反駁，可不知為何，與白素錦淡薄無波的視線相對，到了嘴邊的話如何也說不出口，只能沈默著一個勁兒喝茶。

白素錦觀他顏色，不難猜測到他此時所想。郭焱這般想法，不讓人意外，也沒什麼值得指責。無論什麼世界，三觀的屬性都帶有深刻的時代烙印以及所屬階級、地位的特性。

「權貴世家之中有大人這般憑自己才能科舉入仕的子弟，商賈之家也不乏仗義疏財造福鄉里的兒郎，是以，單論一家優劣，於我看來，難免有以偏概全之嫌。當然，不喜商賈本是個人的自由，他人無權置喙，可大人如今奉皇命一手督辦大將軍與我的婚事，有些話雖不中聽，但也不得不說。」

率性耿直、言行如一是優點，但也要看場合。

「我雖敬佩大人剛正不阿、言行若一的品行，也尊重大人對商賈一行的態度，更可以接受大人對我的不認同和輕忽，但是，我並不希望我的至親之人面對這種狀況。所謂百善孝為先，大人就職禮部，掌管天下禮儀、禮規，相信能夠體諒我的心情。」

聽出白素錦言語中毫不掩飾的警告之意，郭焱當下心頭一凜。雖然還未正式行婚禮，但親王世子妃的冊封詔書可就在自己手裡保存著呢，眼前之人，商家女的身分背後，是準皇家兒媳！

當今聖上雖開明納諫，禮待諫臣，但實際上卻最是心思篤定、手段強硬。十三爺請娶商戶女的事，身為禮部臣子，上摺子進言是本分，皇上自然不會怪罪，但眼下是領著皇命出京辦差，若是十三爺一個摺子呈上去，參自己個不敬皇室之罪，那情況可就另當別論了。

「是在下唐突，請姑娘見諒！」郭焱拱手告罪。

白素錦很是大方地擺了擺手。「大人坦蕩君子，我才敢這般開誠布公。」

臺階都給鋪到腳下了，郭焱也不是不識時務之人。

時近午時，白素錦留飯，郭焱坦然應下，神色雖依然嚴肅刻板，但眼底卻是清明從和、落落大方。見他如此，白素錦倒是生了兩分好感。

午飯前，林大總管託人送來消息，說是稍後和沈大人一起過來商量賓客安置事宜，所以用過飯後，郭焱也沒急著離開，白素錦索性陪著在莊子上散步賞景打發時間，等著林大總管他們來。

別看郭焱出身閣老之家，性情清高之中又帶著點倨傲，常年板著一張嚴肅面孔，可對農事卻熱忱得很，面對田工也能和顏悅色。

白素錦坐在不遠處的涼亭裡，看著郭焱絲毫不在意凶殘的綠肥味道，在棉田裡和趙管事幾人聊得熱絡，不禁又對他改觀許多。

就著田邊的水渠洗了手，郭焱回到白素錦所在的涼亭，清曉忙斟了盞茶給他。六月中，酷暑已初露端倪，這會兒又是正午，郭焱在田裡逗留了近半個時辰，這會兒臉色都發紅了。不過，情緒倒是高漲得很，顯然，他對那數百畝的白疊子田異常感興趣。

說起這白疊子，郭焱是認識的，番邦進貢而來的那幾株就被種植在御花園之中，被花匠們精心侍弄著，郭焱出入宮廷，有幸見過數次，可同眼前小荷莊上這茫茫一片相比，無論是數量上、還是品相上，都無法比及。

猶記得白疊子花期正盛時那短暫的一瞥，再眺望目之所及的這一大片田地，郭焱只是在腦中想像花期時的景象，心中就難以抑制地心馳神往。

然而，一擲數百畝種植白疊子，只為賞花？即便不甚瞭解白素錦，但兩次照面下來，郭焱覺得必然不會那麼簡單，看趙管事他們的模樣，分明是將這白疊子當成莊稼來侍弄。

「在下心中有一不明，不知姑娘可否解惑？」既然想不通，郭焱索性直接問。

眼睛都要黏在棉田上了，白素錦又豈會不知他要問的是什麼，但最終還是一笑搪之。

「大人見諒，暫時還不便透露。不過，年底之時，定會告知大人。」

既然白素錦此時不想多說，郭焱也不再追問。日光正濃，涼亭內卻清爽得很，郭焱看著不遠處頂著太陽忙碌不停的田工，眼底情緒複雜。

白素錦忽而就想到了他之前提到不喜商人時所說的那句「不事生產而徒分其利」，看起來，應該是這位郭大人的感慨又冒出來了。

「我這莊子除了近千畝田地，還經營著間織造坊，莊子上做事的夥計，分死契、長工和短工。簽了死契的，多是大荒之年逃荒過來的，人數不多，十之二、三而已。長工和短工都是附近幾個村莊的村民百姓，僅是農忙之時，莊田裡每日都要僱上兩、三百人，一茬春忙過去，每人最少也能賺上二兩銀子，除去田稅、種子等一干費用，一畝中等田的淨剩也不過如此。附近數個村子的女人們農閒時大多在莊內的織造坊做工，一個月下來也有多半吊的工錢。這僅僅是我這麼一個小莊子而已。」

白素錦的視線從棉田中收回，看了眼思慮中的郭焱。「書中云『窮則獨善其身，達則兼善天下』，天下士子皆知此道理，可一朝金榜題名入得仕途，幾番寒暑過後，又有幾人能仍秉持此初衷？商人逐利是天性，然天下熙熙皆為利來，天下攘攘皆為利往，逐利的又豈只是商人？學子們忍得十年寒窗苦讀，所為的不還是『學成文武藝，貨與帝王家』！為商之人總被置於逐利的風口浪尖，無非是對圖謀之物不加掩飾罷了。」

郭焱年幼之時，祖父便已是當朝東閣大學士、內閣首輔，父親更是受當今聖上倚重的監察御史，生於權貴之家，人際往來間見慣了阿諛奉承、汲營算計。「一任清知府，十萬雪花銀」的貪腐案子所見所聞還少嗎？

是以，對於白素錦的話，他無從辯駁。

事實上，白素錦也不是愛管閒事之人，只不過當初從百越回來在城外與周慕寒碰頭時，他曾交代過，禮部派來的這兩位員外郎，沈之行是五皇子一派，而郭焱雖為人耿直、性格不討人喜歡，卻是首輔郭大人一手教導出來的，極為疼愛與器重。周慕寒恣意獨行，在朝中多受非議，首輔大人卻一貫護航，所以，看在老首輔大人的面子，對郭焱稍加照顧。

至於今日費了這麼一番口水，白素錦也不是為了給商人正名什麼的，成百上千年形成的社會現狀必有其政治深意，豈是幾句話就能改變的，不過是想把郭焱的腦子暫時攪和亂了，短期內讓他別再在自己和外公、一眾親人面前擺臭臉而已！

白素錦此時絕對想不到，她這番完全從私心出發的一番話，給郭焱郭大人以後的人生帶來了多麼大的改變。

林大總管和沈之行過來是商量大婚賓客的住處安排問題。白素錦的宴客名單上大多數都是當地商紳，只有錢塘外祖一家需要安置住處。而周慕寒這邊則不同，能參加喜宴的軍中將領好安置，直接住在城西大營即可，但京城來的一眾皇親國戚，依大將軍府目前的狀況，實在是怕怠慢了，於是就想到了白素錦的小荷莊。

翻看著林大總管遞上來的宴客名單，白素錦越看頭越暈。

鎮北大將軍府以林老將軍為首，幾乎全府出動。這是外祖家，只有周慕寒這麼一個外孫，好不容易大婚，闔府出動也是情理之中，可這些個皇子們又是怎麼回事啊?!

白素錦頭暈，還有人比她更暈，那便是臨西知府段大人。

一時間這麼多身分尊貴顯赫之人齊聚臨西府，安防工作的壓力如大山一般壓下來。真的是分毫差錯也不能出現啊，這賓客之中隨便哪一個出了紕漏，他這個小小的知府提頭都不夠賠的！

小荷莊遠離城中鬧區，環境清幽雅靜，莊子四周築有護牆，用來安置一眾京中貴客的確是上上之選，白素錦當天下午就命人收拾好箱籠起身回白府，小荷莊全權交給許大管事和林大總管安排。

即便沒有郭焱的提醒，白素錦這兩日也是準備回白府的。月底便是大婚，是時候回去和家主談談自己嫁妝的問題了。

白素錦是在第二天給老太太請早安的時候主動提出嫁妝一事的。本就是該得之物，白素錦說得堂堂正正，老太太和當家二太太的臉色卻比較複雜。

也不難推測。雖說前頭有白二姑娘的嫁妝做比照，但白素錦畢竟是白家大房唯一的血脈，即便女子沒有繼承權，可白家能有今天，白家大爺的功勞眾人皆知，如果白素錦的嫁妝完全比照白宛靜，於理沒錯，於情，難免要遭人議論。

是以，白素錦的嫁妝，多是一定要多給一些的，但這個尺度的把握，還真是讓當家的二太太為難。說到底，她就是摳門，捨不得往外掏銀子！

二房夫妻倆跟老太太商量又商量，剛定出個輪廓來，沒料到白素錦自己問上門來。待出閣的姑娘自己問嫁妝，老太太心裡登時不痛快，可一對上三丫頭那雙漆黑黝亮的眼睛，胸口就有些發毛。罷了，多給兩抬嫁妝趕緊把這冤家嫁出去吧，這樣自己就能真正過上舒心日子了。

顯然，二太太小齊氏也是這般想法，立刻遣了身邊的丫鬟回清溪園取來了一方木匣，將裡面裝著的冊子遞給了白素錦。

白宛靜嫁妝七十二抬，另良田三百畝、城東郊小莊子一個，白三太太還給了一間西街的胭脂鋪子。

白素錦不慌不忙地翻看著手上的嫁妝明細登記冊子。

衣物、首飾、布疋、內外間的擺設、古董字畫、日常用品、藥材香料，一應物品倒是俱全，足有八十一抬，另良田五百畝，現銀五千兩，以及……母親許氏的全部嫁妝，並清暉院一干僕役。

冊子的最後一頁，詳細記錄著母親許氏名下的各類產業，小荷莊、千畝良田、織造坊、廣蚨祥、豐泰糧行，甚至連剛開張的茶行也赫然在冊，白素錦不禁懷疑，若是他們能打開清暉院的庫房，估計這冊子還能再厚上幾分。

在白素錦開口提嫁妝的那會兒，兩房的少爺、姑娘就很有眼力見兒地先行退下了，如今蝠廳內只有老太太、小齊氏和白素錦。

看著白素錦輕輕放下手中的冊子，一言不發，臉色淡淡的也瞧不出個喜或不喜，小齊氏瞧了老太太一眼，也沒先開口說話。

白素錦纖長的手指輕輕叩了兩下桌面，和老太太言語了一聲後，喚來候在門口的夏嬤嬤。

蝠廳的門再次闔上時，老太太手邊的桌子上也多了一方朱漆木匣。不同的是，當老太太看清裡面那幾張微微泛黃的紙張時，兩隻手抖得不能更明顯。

這朱漆木匣中所存放的，不是什麼地契、房契，而是三張借據，借款人的位置上赫然蓋著白記鹽行的商印！

除此之外，還有一封白家大爺的親筆信，信中詳細說明了這三張借據的來歷，另附著一張股權契書。

原來，白家大爺當年初涉鹽業，打通鹽課司與當時鹽運總商的關係、購買鹽引、運輸銷售……每個環節都需要大筆的銀子來周轉，其間，大太太許氏給了白大爺三次資金幫助，過後白記鹽行站穩腳步後，白大爺曾想將這筆銀子提出來還給大太太，但卻被大太太拒絕了，說是用這筆銀子以自己嫁妝的名義入股白記鹽行，以後留給兩人的子女，於是，便有了這三張借據和股權契書。白家大爺在信尾註明，若是兩人子女不想要白記鹽行的股權，便可以憑借據按所占股數抽取現銀。

這三筆資金援助，合計五十萬兩銀子，按當時白記鹽行的資產，占一成的乾股，如今算下來，少說也要翻上一翻。

白老太太這會兒已經驚得說不出話來，小齊氏顫著聲兒艱難問道：「妳……妳如今拿出這個是何用意？」

「常言道，嫁出去的女兒潑出去的水。父親這一脈只留有我這一點骨血，月底大婚出閣，咱們這一房與分家出去也無甚差異，所以，這才按母親臨終時的交代，出閣前同祖母和當家嬸娘商議，如何處置這份東西。」

「胡鬧！」白老太太緩過一口氣，黑著臉狠狠一拍桌，厲聲道：「妳一個姑娘家，這是要明著和白家爭奪產業嗎？我尚還活著，何來分家一說！」

小齊氏忙奔到門口著人去請白二爺和白二少爺，白素錦淡定從容地看著她遣人，嘴角微微勾起，似乎從醒過來開始，這蝠廳給自己的印象就是一次次面對白家人的群攻。

鐵一般的證據在手裡，如今還有周慕寒這尊大佛在背後，人再多又有何妨！

「祖母言重了，孫女只不過是就事論事而已，父親的親筆書信中也寫明了，這筆銀子，是母親的嫁妝，並非白家產業，祖母和二嬸娘給孫女的這份陪嫁清單裡也清清楚楚寫著，母親的陪嫁一概歸為我有，所以，孫女不過是在點算母親留給我的陪嫁而已，何來爭奪白家產業一說？」

「妳……」白老太太既氣又急，偏又無話可反駁。

按大曆的婚嫁律法規定，女子雖無權繼承家產，但陪嫁卻屬於私有財產，婆家不得以任何名義侵占。陪嫁之物，女子去世後，若有子女，盡數由子女繼承，若無子女，則要盡數歸還娘家。所以，白素錦這會兒手握借據和股權契書清算許氏的陪嫁，白家沒有絲毫的餘地拒絕。實際上，若是換作旁人握著這些東西，也是可以用些手段處理的，可白素錦的背後站著許家，更要命的是還有周慕寒，是以，莫說白老太太和小齊氏這兩個內宅婦人，便是隨後而來的白二爺和白大少、白二少，面對此種情形，也是束手無策。
「三妹，妳此時拿出這份東西來，是要同白家劃清關係嗎？妳是咱們白家的姑娘，即便出了閣，白家也是妳的娘家，妳這番做法，實在是誅心之舉！」僅見過寥寥數面的白家大少白宛廷雙眉緊蹙出聲問道。眼中情緒複雜，有責怪，也有著痛心。
白家大少白宛廷，臨西士子中有名的風致人物，才德兼備、孝名遠播，家境殷厚，與師長、同窗往來謙和有禮、進退有度，剛及弱冠便高中舉人，只等著來年的會試，這兩年來，白家的門檻幾乎被媒人、紅娘踩矮了兩分。
這三房長孫可是白老太太的心頭寶，如今見他出言為自己打抱不平，更是動容得幾乎當場落淚。
好一幕祖慈孫孝的場面！
白素錦也不急於回話，面無波瀾地肅著一雙眼睛看著白宛廷。起初他還能與白素錦對視，可沒一會兒便傾身到老太太跟前低聲安慰著，以掩飾剛剛錯開視線時的尷尬與狼狽。
若論誅心之舉，這世上最沒資格跳出來指責她白素錦的，便是他白家三房的人！如今竟然當面挾親情大放厥詞，倒打一耙，白家大少的聖賢書讀得可真夠到位。
白素錦不回應，周身的氣息清冷疏離，一時間其他人也不知該如何再開口，場面就這麼僵冷了好一會兒，白語元清了清嗓子，將手中的書信小心摺好放回木匣內，遞還到白素錦手中，依舊一副冷淡的嗓音，說道：「證物確鑿，這份銀子的確在大伯母嫁妝之內，故而三妹此時提及，無可厚非。」

白語元這番話一說，算是承認了這筆銀子的歸屬，另外幾人聽後俱是一愣，卻又無從反駁。家主白二爺明顯糾結不豫，可也不能現下就發作，便按捺著由白語元出面。他萬沒料到，大哥活著的時候處處壓他一頭，如今人死了，還留下這麼個大後招！也是自己粗心，只顧高興著接管家業，一時不察。不過，鹽行那帳房總管必定是得了大哥的囑咐，刻意隱瞞了此事，這人必不能再留了……

白二爺雖面沈如水，卻也沒阻止白語元，顯然是默認了他的立場。

「這筆銀子，不知三妹心裡是如何打算？」白語元問道。

白素錦淡淡一笑。「小妹無心鹽行，且入了大將軍府後，少不得上下打點，所以，想著還是要銀子的好。」

聽到白素錦這麼說，白二爺竟是稍稍鬆了口氣，連著臉色也緩和了幾分，可轉而想到從鹽行裡抽出這麼一大筆銀子，為難道：「一時間從鹽行抽出一成股份的銀子著實有些急，不如這樣吧，我一會兒就讓帳房那邊算出實數，然後從帳上分三筆支出來給妳，可好？」

「但憑二叔作主，姪女並無不可。」

事實上，許氏臨終前除了留下這方木匣，還親口交代過，白記鹽行的帳房總管是信得過之人。否則，鹽行一成乾股異常這種事，怎麼家主改易四年一直未洩漏出來。

早在白素錦決定回白府挑明要嫁妝前，她就私下見過白記鹽行的帳房總管黃先生了，並預先給他安排好了退路，就到許經年主事的茶行做總帳房。

黃先生全名黃淮之，臨西府蘇陽縣人，雖腹有經綸，卻考運不濟，而立之年才得了秀才的名頭，後屢試不中，心生頹意，又困於家中窘境，便決定放棄考學，在府城內謀差事之時被白大爺看中，做了帳房，可以說是一路見證著白家的崛起。白大爺是念舊情之人，在世時對黃先生頗為倚重，投桃報李，黃先生這麼多年來經手的銀子以萬兩計，卻從未出過一個銅板的差錯。

知遇之恩，莫說守住一成股權的秘密，就算是傾盡家財，黃淮之也是在所不惜。且白二爺當家後，行事作風大異於大爺當家之時，對自己這些老人兒也不那般信任，做事掣肘許多，黃淮之幾次萌生退意，只是思及大爺所託之事尚未了結，這才堅持到現在。

白二爺也的確沒讓人意外，白素錦大婚過後月餘，黃先生便被委婉辭退。這些還是後話。

第十四章

這會兒白二爺應下了白素錦所提之事，出了蝠廳回到清溪園便是好一頓發火，砸碎了內堂裡兩只小齊氏最愛的青釉白瓷瓶。

小齊氏緊隨著白二爺離開，老太太直呼頭暈胸悶，白大少爺便扶著回了內堂，一時間，偌大的蝠廳便只剩下了白素錦和白二少白語元。

白素錦回清暉院，白語元要去糧行，正好同行往二門方向走。

由於之前糧源上的施手援助，兩人也不乏話題聊，交談中白語元竟對白素錦新開的茶莊頗為感興趣，想到他手裡握著大片田地，白素錦忽而也萌生了些想法，但卻沒有立刻挑明。

快到清暉院門口的時候，白語元從衣襟內取出個巴掌大的冊子遞給白素錦，語氣一貫清淡。「我之前委託樊記打製了一整套陪嫁的內外間家具擺設，年前就完工了，這是清單，妳且收著，我知道許大管事也在他家訂了物件，到時妳讓他一併領取出來。只是……預訂時沒料到會是大將軍府那般門庭，三妹且收著吧。」

一整套的內外間家具擺設，還是年前就做好了的……這怕得提前一年就得下訂單吧？

白素錦接過冊子，默默打量了白二少的側臉，好一會兒才開口低聲說道：「多謝二哥。」

白語元也沒再說什麼，無聲陪著白素錦走到清暉院門口，稍稍停駐了片刻後，斂眸離開，直奔二門而去。

白素錦站在清暉院門口，看著白語元的背影有片刻的恍神，忽而就想到白宛靜出嫁那日，白語元對自己所說的那句揹自己上轎。

白語元……

這還真是個耐人尋味的人物。

雖然一時還不好判斷，但絲毫不妨礙白素錦接受他的「好意」。

回到內書房，白素錦打開白語元給的冊子，一看還真是驚了。

大到雕花千工床，小到杌子、木匣，清一色的不是黃花梨木就是金絲楠木，齊全且精緻貴氣，莫說抬進大將軍府，就是抬到皇家的王府裡，那也絲毫不降身價！

一年前，白二少就備下了這等「添箱」，白素錦這會兒還真對他起了幾分興趣。

不管白語元出於何種動機，這份貴而不顯的「心意」，白素錦都全盤接受下來。

白素錦回府後，隨著嫁妝陸續抬進清暉院，大婚的日子也在一日日迫近。遠路賓客中最先到的是錢塘許家。

許老太爺現今膝下只有兩個兒子，許大爺一房，大太太孟氏，兩人膝下也有兩個兒子，大少爺許唯誠、三少爺許唯恭。許二爺一房，二太太於氏，兩人膝下亦有兩個兒子，二少爺許唯信，四少爺許唯良。

許大少爺許唯誠與大少奶奶的幼子剛滿週歲，不宜遠行，就被留在家裡主持生意，其餘的兩房人皆不遠千里奔波而來。其中，三元及第、如今正在京中翰林院任修撰的二少許唯信提前送了書信，說是已經告了假，自己直接從京城趕過來。

許唯信假期有限，所以動身要比許家其他人晚一些，許老太爺一行人到的時候，離大婚尚有十天。

許家人到臨西這日，從東城城門到白府正門，繫著大紅綢花的車隊幾乎排了半條安慶大街。除了前五輛主人家乘坐的青篷馬車，剩下的全部都是送給白素錦的嫁妝。

這一次白二爺帶著白家眾男丁在大門口相迎，白素錦等在二門，白老太太、一干女眷盡數到場。

遠遠瞧著一群人浩浩蕩蕩奔著內院而來，待走近了些，一馬當先走在前面的赫然是許老太爺，臉色看著比上次強了很多，走在他身後的，便是許家眾人。

雖說幾年未見，但白三姑娘自小與許家親近，對許家兩房人熟稔得很，白素錦這會兒憑著記憶很快將人辨認出來。

白老太太在場，白素錦避開風頭，由著她和小齊氏出面將許老太爺一行人迎進了清暉院。許家人風塵僕僕，略作寒暄後，老太太便帶著白家人先行離開，準備晚上的接風宴。

他們一走，屋裡就都是自己人，夏嬤嬤帶著丫鬟手腳麻利地伺候主子們洗漱，再回到內堂時，飯菜正好擺上桌。大曆風俗，上車餃子下車麵，所以桌上的主食是趙嬤嬤最拿手的雞湯麵。自家人也沒那麼多講究，男女同席而坐，一頓飯吃得很是熱絡。

許老太爺原打算同上次一樣，先在白府歇一晚，明兒一早再到小荷莊去，白素錦也早早就將扶雲軒東閣拾掇妥當，豈料計劃不如變化快，小荷莊需要安排京城的賓客入住。

族內雖不乏為官的子弟，這一代又出了許唯信這個三元及第的狀元郎，可白素錦瞭解許老太爺的心思，許家祖訓，本家遠朝堂。這次小荷莊入住的京中來客，不是皇親就是權貴，白素錦和許老太爺商量，這次一家人就住在清暉院，待白素錦出閣後，再住到萬通商行的別院。

用過飯後，男人們回房歇著，兩位太太卻拉著白素錦一時捨不得撒開手，白素錦無法，只好將她們一起請進了自己的臥房。

許家兩位太太進門的時候小姑許氏還未出閣，大太太性情沈穩內斂，二太太爽朗幹練，許氏心思通透、隨和溫婉，三個人湊到一起性格互補，感情很是親厚。兩位太太膝下無女，白素錦又是許氏唯一的血脈，自然對她格外疼惜。之前聽到她意外重傷、性命垂危的消息，兩人的惦念絲毫不比許老太爺少，雖然後來陸續收到劉大掌櫃的書信，得知她熬過生死大關慢慢康復，可終究沒親眼看到人，心裡還是無法徹底放心。

白三姑娘本就骨架小、顯瘦，還是不易長肉的體質，之前重傷折騰了一番，雖然事後趙嬤嬤想方設法給她補，但這會兒瞧著還是略清瘦，下巴尖尖的，看得兩位太太打從心底直冒酸水，拉著白素錦的手直抹眼淚。

白素錦是最受不得看人掉眼淚的，可這會兒卻只覺得心頭發暖，輕言細語地哄了一番。

連日奔波趕路，再加上這番情緒波動，兩位太太很快就有些體力不支，白素錦讓夏嬤嬤鋪好床榻，扶著兩人直接躺在自己屋裡休息。

身體徹底康復後，白素錦就沒了午睡的習慣。夜裡光源受限，本就睡得早，若還午睡，漫漫長夜可怎麼過啊！

看著兩位舅母睡下後，白素錦輕手輕腳出了臥房，快走到花廳的時候，就看到兩位表哥站在石階旁的玉蘭樹下笑著跟她打招呼，似乎早料到她會過來。

將許唯恭和許唯良迎進花廳的茶室，許唯良一落座就嚷道：「聽說妳從滇北弄了好東西，快給我們見識、見識！」

白素錦親手給他們沖了壺濮茶，用的是塔達木族長送的私藏茶。

許家旗下的商行大掌櫃雖有很大的經營自主權，但南茶北馬的生意敲定後，劉大掌櫃還是第一時間就上報給了東家，所以，許唯良才會這般迫不及待地等著跟白素錦碰面。

許唯良要開拓滇北到藏南的商道，這件事不久前已經正式和家裡提出，沒人反對，但也沒人贊成就是了。

眼下大曆西部邊境與外族的通商商道只有西北的絲瓷古道。說是古道，實際上也不過數十年而已，藉由戰爭開闢出來，說是商道，實際上戰略意義大於通商。

而許唯良要開拓的滇北、藏南商道則完全不同。這條商路全程崇山峻嶺，行車完全不可能，有些地段甚至連馬畜都無法通行，只容單人步行通過。所以，這條路線是兵家不會碰觸的地界。

許家商行是許二爺主事，二房長子許唯信如今已入仕途，偌大的商行將來都要交到許唯良手裡，是以，許二爺雖也不看好這條運輸成本高且周轉速度慢的商道，但頗為欣賞小兒子的闖勁，便撒手由著他折騰，大不了撞到南牆吃些教訓，趁著年輕的時候多歷練、歷練是好事。

許唯良原本的打算裡，這條商道開拓出來主要是販賣自家的絲錦。因為西北絲瓷古道的影響，西部番邦、外族的上層權貴對大曆的絲錦和瓷器極為追捧，連帶著下面的臣民也以此為貴，是以利潤十分豐厚。西南這條商道，許唯良親自走過，瓷器嬌貴，運送過程中損壞的機率太大，只能作罷，滇省多產茶，幾番考察下來，許四少便動了販茶的念頭，可從西北絲瓷古道那邊打探回來的消息又讓他最後放棄了。原來，不少茶商也嘗試過利用古道販茶到西境外，可惜，那些個番邦外族似乎並不喜歡飲茶，茶商們俱鎩羽而歸。

但不久前劉大掌櫃的一封信讓他嗅到了巨大的商機。

「這茶的味道……香則香矣，可似乎過於醇厚、濃郁，單就口感來講，恐怕不如市面上的茶受歡迎。」三少許唯恭品過後如實說道。

大曆上下喜喝不發酵的綠茶，濮茶屬於全發酵茶，在口感上與綠茶相去甚大，這也是濮茶難以打開銷路的原因之一。

「或許正是這口感上的差異，才有可能讓外夷人接受。」劉大掌櫃在信中提過西軍將領很是喜歡濮茶的口感，許唯良正是透過這個資訊再次萌生了販茶的念頭。

白素錦但笑不語，起身從儲物櫃裡拿出許經年前幾天親自送過來的薄木盒子。打開盒蓋，白素錦將裡面的東西取出來放到桌面上，讓兩位表哥一覽全貌。

這是許經年從滇北帶回來的、按著白素錦在購茶契書裡要求的規格壓出來的濮茶，為了方便計算，白素錦將規格做了調整，茶餅是一百克一片的小餅，十片一提，茶本身品質較高，包裝也較為精緻，目標客戶是消費力較高的上層人物。茶磚主要針對一般的百姓，品質雖比茶餅差了一些，但勝在價格優惠許多，重量規格也分半斤、一斤、兩斤、四斤，可選性強。

許唯良拿著茶餅和茶磚看了又看，眼底的光芒如燈般被點亮。

許唯恭看著四弟和表妹無聲對視，眼角眉梢都透著股磨刀霍霍的振奮勁兒，無奈搖了搖頭，繼續品著自己手上的濮茶。剛入口不太習慣，細細品上兩盞，回甘迅速、茶香飽滿，竟也別具風味。

看到許唯良的眼睛盯著茶餅和茶磚滴溜溜直轉，白素錦就猜到了他的想法，嘴角噙著笑將許經年滇北之行簽回來的契約展示給他看。

看著厚厚一疊濮茶收購契約書，許唯良難以置信地來回翻看了好幾遍，就連旁觀的許唯恭看了也驚訝不已。這些契書絕大多數都是各族長以村寨的名義同白素錦的普潤茶行簽訂的，從許唯良手上翻看的契書數量看，想必滇北一帶大部分村寨都牽涉在內了。

兩人這會兒不約而同想起許老太爺對這位表妹的評價——不讓鬚眉。

眼光毒辣、出手雷厲。許家兩位表哥第一次真切見識到了白素錦在面對商機時的果敢與膽氣。

承受著許唯恭、許唯良兩兄弟的讚賞目光，白素錦頓覺壓力山大。受之有愧啊，自己可是明知結果才敢這麼大手筆的！

濮茶始出於濮族，濮族是滇北地區的原住民族，多年來與遠近族寨通婚、通市，濮茶的製作也漸漸傳開。濮茶雖然沒在市場中打開銷路，但各族寨每年都會做一些自己飲用，濮茶製作的過程中經過發酵，異常耐保存，年分越久，沖泡出的茶湯越是醇厚綿潤。

白素錦到百越的時候，已經是春茶茶季後期，茶樹一年中最好的茶青春尖基本上都被做成了新季綠茶，各家手裡的濮茶基本上都是往年的陳茶，白素錦讓許經年抓緊時間去滇北，一來儘早收購各寨存茶，二來拋出契約，刺激族民在夏茶茶季到來時大量製作濮茶。

「下月初家裡正好有支商隊跑絲瓷古道，既然你們還不能確定這茶被接受的程度，不如讓他們帶過去試試效果。」許唯恭建議道。

白素錦搖頭。「還不是時候，一來現在手裡的濮茶不多，二來馬場急需要引進種馬，伊犁和大宛太遠。」

「世子爺他……真的讓妳插手作主馬場的事？」許唯良上次臨走前的確存了讓白素錦牽線結識周慕寒馬場管事的心思，萬沒想到劉大掌櫃送來的信裡提到，白素錦竟然在作主經營馬場。

這件事許唯良第一時間就告訴了許老太爺，老爺子聽了只是沈默，眼底的情緒很複雜。

白素錦來沒來得及回應，雨眠就在門口通報，說是老太爺和兩位爺起身了，喚她過去說話。

茶室內三個人面面相覷，起身準備回內院，許唯良把茶餅和茶磚裝回盒子裡，一起帶了過去。

清暉院西跨院的布局是白大爺當年仿著大太太許氏在錢塘的閨閣翻建的，院裡同樣有一方不小的荷塘，現下正是荷葉重疊、荷花現蕾的時節，荷塘邊的水榭裡，許老太爺和許家兩位爺一邊品著茶一邊等人。

有多久，清暉院裡沒這麼熱鬧了？

夏嬤嬤看著榭臺裡圍坐在一起的主子們，偏過身子偷偷抹了兩把臉。

對於周慕寒允許白素錦插手馬場經營的事，許老太爺聽過後一直耿耿於懷。馬場不同於田莊、鋪子，免不了和軍中有瓜葛，讓白素錦插手馬場，未免涉足過深。

左右在座的都是自家人，許老太爺說的直白，白素錦聽後心頭一暖，直接揭了周大將軍的家底。

堂堂一方封疆大吏、榮親王府世子爺，帳面上就只有三百多兩的現銀，這……拮据得讓人難以置信。

許家幾個男人面面相覷，好一會兒才消化這個消息。

「我說，那小子該不會看上妳是尊金娃娃了吧？」許唯良突然覺得自己看透了周慕寒肚子裡盤算的小九九。

許二爺抬手就拍了他後腦勺一巴掌。「臭小子，管誰叫那小子呢？活膩歪了你！」

其他人見狀默默喝茶，瞧臉色，明顯是一致贊同許唯良的想法。

「無妨，賺銀子本就是咱們許家人擅長的。」好一會兒，許老太爺才憋出這麼句話。

白素錦嘴角都要抿僵了，好在許唯良有眼色，將盒子裡的茶餅和茶磚拿出來轉移話題。

兩個孫輩都能嗅出來的商機，許老太爺豈會瞧不出來？細細聽白素錦說了茶行、商行和馬場三家合作的茶馬生意後，不僅就細節方面做了不少實際操作的補充，更是提議讓三家成立一個專門的部門來經營，尤其是要單設一個獨立的帳房。

白素錦和許唯良默默對視，心裡一致感嘆——薑還是老的辣！

第十五章

西跨院這邊，白素錦陪著外祖一家喝茶、聊天，花廳外庫房這邊，趙嬤嬤和宋嬤嬤帶著素尺和清曉拿著清單將許家帶來的陪嫁入庫，整整忙了一下午，最後一抬香料入庫，外庫房幾乎被填滿。

白素錦至親只有許家，如今僅二表哥許唯信未到，內院有了兩位舅母坐鎮，夏嬤嬤一行人做起事來更加沈穩麻利，大婚的準備有條不紊，白素錦這個當事人反倒清閒下來，唯一要做的就是配合許老太爺修改嫁衣。

第一眼看到許老太爺親手為自己做的這套嫁衣時，白素錦整個人幾乎呆住。

美得……不可方物。

這是屬於自己的，獨一無二的嫁衣，大紅色金絲月錦之上的鳳圖雲紋都是一根根絲線織出來的，鳳翅舒展，騰於雲上，姿態栩栩如生。

這樣一套嫁衣，怕是要花上許老太爺年餘的工夫。

許老太爺布滿皺紋的手輕輕撫摸著大紅嫁衣，喃喃道：「老了，當年做妳娘親的那件，不過才用了八個月而已……」

只消這一句話，白素錦就矇矓了視線。

不忍許老太爺神傷，白素錦便陪著他到小荷莊散心，坐在涼亭裡欣賞近在眼前的百畝棉田。

時近六月下旬，田中已隱隱有花蕾初綻，點綴於綠葉之間，別有一番風致。

「兩年前，因為捐銀築堤，聖上賞賜了不少珍貴東西，其中就有兩株白疊子，據說是西邊兒大宛國進奉的聖花，府裡的花匠們當成眼珠子一般伺候著，卻也沒妳這片長得好。」許老太爺呷了口茶，看著白素錦淡淡地笑。「一出手就幾百畝，看來這聖花能派上大用場。」

白素錦存心討老太爺開心，自然不會再有所隱瞞，將隨身帶著的小冊子遞了過去。

這是白素錦花了近一個月的時間慢慢手繪出來的，全冊採用工筆畫法，高度仿真呈現了棉紡織的基本工藝流程。這本就是許老太爺熟稔的領域，饒是如此，他還是無法置信地細細反覆翻看了好幾遍。

「這……」許老太爺有種如步雲端的微暈感。

白素錦嘿嘿一笑，毫不掩飾眼底滿滿的狡黠。「外公，實話和您說吧，百越的桐華布已經被我盡數買斷。前些日子您離開後，我親自跑了一趟百越，證實這白疊子與桐華樹有異曲同工之用！」

府裡御賜的白疊子只有兩株，大家的注意力也都集中在它色彩多變的花朵上，圖中所繪的桃絮還真是沒引起關注。

許老太爺拿著冊子的手不受控制地微微顫抖，桐華布的精緻程度雖無法同絲綢相比，但論吸水和貼身舒適度來說，絲毫不讓絲綢，甚至優於絲綢。

這麼多年來，制約棡華布發展的，莫過於原材料。如今突破這個難題的關鍵就在自己眼前、就在自己手上，這讓許老太爺如何不激動！

乾瘦的手指緩緩摩挲著冊子上那幅軋棉車，任心頭的激盪漸漸收斂後，沈著聲音說道：「這個東西，仔細護住兩年。」

白素錦點頭，自己本來也是這個打算。

「家裡在吳州和松州還有千把畝田，做桑田不適合，來年正好給妳種白疊子。另外，族裡不少分家握著大量田產，來年我動員他們也跟著種一部分，逐年籌劃，底子也能打得厚些，有備無患。」

這麼一會兒的工夫，老爺子竟主動為自己綢繆至此，白素錦一時間不知該如何形容心裡的感受。

白疊布一上市將會造成多大的震撼，白素錦不是沒想過，與此同時，巨大利益和工藝獨享的狀況下，將面臨布業同行多大的打壓程度也可以想像。不用說以後，因為花綀，眼下不就正經歷著秦、汪兩家的聯合打壓和同行們的孤立旁觀嗎？現下敢無視秦、汪兩家的威脅，那是因為從一開始就沒打算拿花綀大作文章，白疊子則不同。

白素錦決定放棄白記鹽行的股份提取銀子，最主要的原因就是為了大量購地種植白疊子，確保白疊布的原材料供應。現在有了許老爺子替自己打算，白素錦頓覺肩上的壓力輕鬆了不少。

兩年。

只要爭取到兩年的市場絕對優勢，白素錦就有信心，不會再讓秦、汪兩家像現在這樣碾壓自己！

囑咐白素錦將冊子放好，祖孫兩個的話題不由得就轉到了織錦上。因為花練工藝的啟發，老爺子回臨西後閉關研究了整整十天，終於織出了半疋緯錦。

「可惜了，時間來不及，妳那件嫁衣若是織成緯錦，怕是要更好看幾分。」想到此事，老爺子不免遺憾，但很快釋然。「無礙，等我回去親手多織幾疋，待妳有了孩子，從襁褓到小衣，一水兒的都用上！」

許老太爺笑得眼角堆滿了皺紋，白素錦見他開心，很有犧牲精神地沒有打斷他的腦補。

從小荷莊回來後，清暉院上上下下都發現，老太爺的心情前所未有的好。

老爺子心情好，大家也都跟著輕鬆，加之白素錦喜事將近，清暉院裡個個臉上喜氣洋洋。

除了白素錦。

大婚倒數第三天，白素錦成功進入失眠的第四夜。

輾轉反側、夜不能寐，無緣無故心慌氣短、思緒紊亂。

白素錦覺得，自己可能是患了傳說中的婚前恐懼症！

那一世，父母遭遇意外雙雙去世後，儘管外公和舅舅一家給予了自己無微不至的關愛，但白素錦從心底渴望著能有個屬於自己的家。陸揚的不安分，從他幾次三番迴避結婚話題的時候，白素錦就有預感，所以，當場撞破他和關寧醜事的那一刻，相比於被背叛的痛心和憤怒，白素錦更覺得失望。

花了八年時間小心翼翼經營，最終卻終是竹籃打水，沒想到命運轉折，輾轉到這個世界不過數月，自己就要嫁為人婦，擁有一個屬於自己的家了。

八年的時間，只驗證了一個男人的不靠譜，這次四個月不到，卻夙願得償，白素錦瞪著眼睛躺在床上，心想，這命運可真夠坑爹的！

就在白素錦被婚前恐懼症折騰的時候，小荷莊陸續迎來了京中貴客，林大總管幾乎長在了小荷莊，許大管事按照之前的商定，織造坊在第一批貴客進莊前暫時停工，莊內簽了死契的家工和長工統一住到莊田附近的院子裡，一些有眼色、手腳麻利的則被派到林大總管那邊幫忙。

許家二少許唯信現今在翰林院供職，上峰翰林院侍讀學士溫遠乃是周慕寒的三表姊夫，接到許唯信的告假請示，便邀請他同行，許唯信也不扭捏，坦然應下。

林家人也是分兩批抵達臨西，林老將軍帶著後院三個兒媳婦等一干女眷先到，正是因為有三位夫人坐鎮大將軍府，林大總管才能那般放心專注在小荷莊接待其他京中貴客。

隨著許唯信的到來，大婚只剩下兩天時間，清暉院上下開始將嫁妝仔細裝箱、封合、紮繫大紅綢帶。

花廳內，許老太爺親手將幾疋不同顏色的金絲月錦裝進兩只木箱裡。這兩只木箱是老太爺不遠千里從錢塘帶過來的，用整根的香樟木製成，香樟樹是白素錦出生那年老太爺在自己院子裡種下的。錢塘風俗，家中有女出生，就要在院中種下一株香樟樹，待女兒出閣之時，伐下做成兩只木箱，裝上絲綢，寓意「兩廂廝守」。

裝滿金絲月錦的樟木箱封合後，第二天，白家的送嫁車隊踩著吉時從白府出發，婚床、桌椅、屏風等一應內外間家具、擺設裝了整整十五車。

大將軍府裡，兩人的婚房早已佈置妥當，白家送過來的黃梨木雕花千工床抬進來放妥後，由好命婦將一早就準備好的整套大紅龍鳳錦被鋪好，並撒上紅棗、花生、桂圓、蓮子等喜果，是為安床。安床後，新房就著人守著，大婚前不得任何人進入。

安床時，夏嬤嬤是隨著好命婦們一塊兒去的，雖沒資格親手給姑娘鋪床，但親眼看過心裡才算踏實。據她回來說，婚床上那套龍鳳錦被是太后娘娘親賜、由林家大夫人專程從京城帶過來的。

白素錦本來稍微調整過來的心情在聽到龍鳳錦被後再度失衡。

閃婚不同於形婚，周慕寒既然娶了自己就不會當個擺設，所以，從兩人婚約締成那日起，白素錦就在做洞房的心理建設。可是，兩人接觸實在不多，寥寥數面而已，這心理建設著實不好做啊！

甭管白素錦再怎麼糾結，大婚之日還是如期而至。

白素錦只覺得迷迷糊糊剛睡下就被兩位舅母拖了起來，沐浴後，褻衣、中衣、嫁衣一層層將自己包裹起來，然後是敷面、上粉、塗妝，白素錦睡眼惺忪地任由一群人拾掇人偶一樣捯飭著自己。

許大太太孟氏一邊給白素錦戴頭飾一邊和旁邊的許二太太唸叨：「這孩子的心性可真夠平和的，當初我那會兒可是緊張得很。」

許二太太正了正白素錦脖子上的赤金盤螭瓔珞圈，直點頭應道：「可不是嘛，我那會兒可是一整夜也沒合上眼呢。」

白素錦閉著眼睛心裡哀嚎——兩位舅母啊，我可是連著失眠好幾晚了……

大婚當日，承辦婚禮的禮部人員分為兩隊，沈之行帶領一隊人在大將軍府跟著周慕寒，祭祖後準備上門迎親，另一隊由郭焱帶著前往白府，完成出府前的冊封典禮。

清暉院內已經備好了典禮臺，這日天氣異常晴朗，白素錦在夏嬤嬤的虛扶下踱上禮臺，跪聽郭焱宣讀冊封詔書，洋洋灑灑一大篇對仗工整、辭藻華麗的駢四儷六，配上郭焱清朗磁性的嗓音，頗為鏗鏘悅耳，聽得四周觀禮之人滿心敬肅。

三拜九叩接下詔書後，剛回到內堂坐穩，周慕寒的迎親隊伍就到了正門。白素錦起身，繡著金絲鳳凰的大紅蓋頭蒙上，由喜婆引著出了內堂大門，腳下踩著的是綿延到喜轎的紅綢。透過喜帕底端，白素錦看到一人身形閃過，背對著自己微微蹲下了身體。

白素錦壓下心頭的微動，趴到了眼前的背上。

白語元起身，將白素錦穩穩揹了起來，踏著紅綢大步向正門走去。

從未有過的親密距離下，白二少啞著嗓音低低說道：「離了白府，去和大將軍好好過日子吧，有了難處儘管找我便是，切莫委屈自己。」

白素錦趴在他並不寬闊的背上，無聲點了點頭。在即將走到正門的時候，白素錦在他耳邊低聲回了句。「我知道了，二哥。」

白語元身體一僵，但很快放鬆下來，步履輕快地跨出白家正門的大門檻，將白素錦妥妥地送進了十二人抬的喜轎。

按照皇家禮制，親王世子大婚，世子爺不必親自迎親，指派人替代即可，但周慕寒卻堅持自己親迎。

周慕寒金冠束髮，身著一襲大紅色金絲月錦新郎喜袍端坐於高頭大馬之上，縱使殺名遠播，當下看在圍觀人眼中，卻是英姿勃發、恣意風流。

此時穿在周慕寒身上的那件新郎喜袍，正是同樣出自許老太爺之手，這是他送給唯一外孫女最特別的賀禮。

迎親隊伍從白府正門出發，十二人護衛騎兵在前面開路，隨後是喜樂班，接著是周慕寒和喜轎，喜轎之後是綿延數里的嫁妝。

十里紅妝，不外如此。

此後百餘年間，大曆民間婚嫁紅妝之盛，無人出白三姑娘之右！

大曆風俗，上午迎親，新娘被迎入夫家後，暫時在外院廂閣歇息，等待傍晚拜堂。

白素錦被喜婆引著進了屋子，頭上蒙著的喜帕雖然不能拿下來，但屋子裡沒有外人，也能稍微放鬆一下。

迎親隊伍從白府出來後又在城內轉了好大一圈，這會兒已經過了午時，趙嬤嬤一早就準備了些葡萄粒大小的點心，既能墊墊肚子，又不會破壞妝容。

天沒亮就開始折騰，白素錦此時真的是餓了，沒一會兒工夫就把趙嬤嬤準備的點心吃掉了大半，正要喝口茶順順，清曉端著托盤推門進來。

「姑娘，這是林大總管特意囑人送來的，說是大將軍吩咐給您備下的。」

托盤裡放著的是燉盅，打開蓋子一看，竟然是一盅燕窩雞絲粥，溫溫的，入口剛好。

白素錦嘴角彎了彎，待清曉將雞絲粥舀到碗裡後，自己一手撐著喜帕，一手拿著羹匙開吃，胃部的空虛感很快被填補。

這個男人……似乎還挺靠譜。

大曆婚俗，女子出嫁，娘家人無論長幼都可以送嫁，當日白宛靜出閣，白家闔府送嫁，唯獨白素錦礙於身分，沒有出席。如今輪到她出閣，白老太太卻以頭疾復發為由，沒來送嫁。

真是頭疾犯了也好，故意折騰么蛾子給自己添堵也罷，白素錦絲毫不在乎，前一天按往日那般去福林院請過安，問了病情，然後回自己院子該幹什麼幹什麼。許老太爺等人聽說這個消息後也沒表露什麼，只是第二天的送嫁隊伍裡，面對許唯信深意打量的目光，白家一眾讀書人只覺臉面無光。他們心裡都清楚，稱病不過是對外的藉口，老太太是想在三丫頭面前立威，可惜，人家壓根兒就沒當回事。

用過吃食後，雨眠給她補了個妝，而後白素錦盤膝坐在裡間的軟榻上，兩位舅母從旁陪著，斷斷續續說著些嫁為人婦後要注意的細瑣小事，譬如對夫君多用點心，知冷知熱照顧著，性子再冷也能念妳的好；譬如對待府裡的下人要恩威並施，一味寬容、心軟要不得……等等。

雖然都是些說過的話，但白素錦仍然細細聽著。沒有娘親在，兩位舅母完全擔起了親娘的責任，事無鉅細地交代了一遍又一遍，甚至在昨晚還教導了一些床第間的常識，話題內容不能更熱辣，聽得白素錦耳朵直冒火。

白素錦雖生於臨西，卻繼承了許氏江南女子的纖柔體態和溫婉眉眼，如今低眉垂眼靜靜端坐在軟榻上，只是看著就讓人覺得心尖兒發軟。這般心思通透、自強自立的丫頭，合該身邊有個溫文儒雅的夫君疼惜著，如今這樁親事，許家兩位太太其實從心裡是不放心的。傳言撫西大將軍性情暴躁、行事狠戾，雖說傳言不可盡信，然空穴不來風，事關白素錦的一生，兩位太太心中難免多慮，每每思及此處，總覺得委屈了自家的丫頭，忍不住就要紅了眼眶。

此番情形自從兩位舅母到了臨西之後每天都要上演，白素錦知她們心思敏感，卻不知要怎樣才能讓她們放寬心，只得握著她們的手，一遍遍低聲勸著讓她們莫擔心，自己會好好過日子的。

因為有親人陪著，時間似乎也容易打發，很快就要到拜堂的吉時了，喜娘進來裡間，引著白素錦下榻，檢查妝容、整理衣冠，然後走出裡間，踏上門外的鋪地紅綢。

二門，白素錦被人引著跨火盆、踩瓦片、過馬鞍，一連串吉令過後，終於透過喜帕的底端看到了周慕寒與自己同料同色的喜袍下襬，感受到自己握著的喜帶另一端被他接了過去。

周慕寒已經獲封親王世子，成親的禮堂是特別建造的露天禮臺。周慕寒刻意放緩步子，牽著白素錦穩步踏著紅綢走進內院、走上禮臺，在唱禮官的引導下，行三拜大禮，叩接封誥聖旨，從禮制上完成了與周慕寒結為夫妻的過程。

端坐在喜床邊上，白素錦終於能痛痛快快地長舒一口氣，這會兒兩家的女眷都在外間的暖閣裡熱絡著，臥房裡只有雨眠和清秋兩人在旁伺候。

遠到內院，內到暖閣，觥籌交錯間歡聲笑語不絕於耳，白素錦扶著肩膀扭了扭脖子，鳳冠霞帔雖美，重量也不是蓋的，頂了一整天，白素錦這會兒覺得從肩膀到脖子都僵了，清秋見狀忙接手幫她捏肩膀。

周慕寒大婚，外祖林老將軍不遠千里趕過來，親生父親榮親王卻稱疾沒有露面，難免惹人揣測，可也沒人敢當著周慕寒的面多嘴，是以整個婚宴的氣氛還算其樂融融。

俗話說，人逢喜事精神爽，周慕寒今兒在人前終於不再肅著一張臉，可也絕對與和善可親沾不上邊，故而沒人敢上趕著灌他這個新郎官的酒，等到他進新房的時候，人倍兒精神。

喜宴漸收，賓客陸續被送出大將軍府，喧囂最終歸於平靜。

新房內，白素錦與周慕寒挨坐在喜桌旁，周慕寒難得面色和緩、眉眼溫潤，極有耐心地遵著喜娘的提示，挑開覆在白素錦頭上的喜帕。按著男左女右的古令，兩人各剪下一綹頭髮，周慕寒將頭髮交到白素錦手上，目不轉睛地看著她纖細白嫩的手指靈巧翻動間，他們二人的頭髮被變成了一個漂亮非常的同心結。

白素錦拿著編好的同心結猶豫著是不是該放到桌上時，一只做工精細卻明顯有些陳舊的香囊遞到眼前。

抬眸看了周慕寒一眼，白素錦接過香囊，將同心結放了進去，剛繫緊扣帶，就被周慕寒接了過去，謹而慎之地掛回腰間。

喝過合巹酒，繁複的儀式總算告一段落，周慕寒立刻親手取下白素錦頭上的鳳冠，又陪著她用了些吃食，然後兩人才分開各自沐浴洗漱，再回到新房時，白素錦有種豁然新生的輕鬆感。

一雙龍鳳紅燭靜靜燃著，微暈的光線給整個房間鍍上了一層旖旎之色，白素錦半乾的頭髮柔順地散在身後，靜靜坐在喜床邊上看著周慕寒著一身月白中衣信步走上前，在他身後，三重紗帳漸次被拉合。

氣息交融間，周慕寒慢慢握住了白素錦的手。

掌心相貼、十指緊扣。
須臾間，白素錦的心跳便已失控。
於她來說，這般牽手比擁抱和親吻更為令人心動。
自相識以來，身邊這個男人似乎總是能擊中自己心底最脆弱的地方。罷了。
白素錦暗自嘆了口氣，放鬆身體，緩緩將頭靠在周慕寒的肩上。
對人生另一半的選擇，白素錦向來秉持著這樣的原則，沒確定關係前盡可能多想、多考察，一旦確定了關係，那就要給予足夠的信任和理解。
最差的結果，也不過是再攤上個陸揚一般的男人，所託非人，總好過處處小心防備，生生將一段感情磨乾淨了的好。
似是感覺到了白素錦心境的變化，周慕寒眼底的柔和清潤更甚幾分，嘴角都浮上了淡淡的笑意。
隨著周慕寒的動作，灼熱的氣息交融間，白素錦疲憊地抬起手臂擁緊他的脖頸，雙眼微張，視線裡的帳頂紅濛濛一片。既看不清，白素錦索性閉上雙眼，將自己全身心交付給此時正緊擁著自己的男人。
紅燭微微搖曳，周慕寒突然背脊緊繃，在最後的一刻撤離了身體，一陣灼熱灑在兩人緊貼的皮膚間。

白素錦乍然睜開眼睛，下一刻便對上周慕寒溫潤如初的雙眸。

「當初，母妃就是因為太早有了我才會傷了身體的根本，讓人有機可乘……」周慕寒抬手將白素錦鬢角邊汗濕的頭髮撥開，燭光影綽間，眼前的面容顯得越發柔婉而嬌弱，周慕寒心頭一凜，身體微傾埋首在白素錦頸側，悶聲道：「錦娘，咱們……晚兩年再要孩子吧？」

這是白素錦第一次聽周慕寒提起他的母親榮親王元王妃，雖然他極力壓抑，但言語中透露出的思念和自責，以及從骨子裡散發出的仇恨，白素錦此時卻能清晰地感受到。

既為這個男人的體貼而感動，又為他所肩負的心傷而酸楚，白素錦素來不擅安慰人，這會兒更覺得任何語言都是蒼白無力的，能做的，便只是抬起手臂，無聲抱著他。

氣氛本來挺溫情的，可白素錦抱著、抱著，就覺得埋首在自己頸側的某人漸漸開始不安分，濕熱的啄吻從鎖骨一路上遊，然後在敏感的耳後徘徊。

「嗯！」耳朵猛地被咬了一口，白素錦輕哼一聲，聽到耳邊男人壓抑的低笑，白素錦一個氣不過，伸手就在他腰側捏了一把。

下一秒，周大將軍就身體力行讓白素錦得了一個深刻的教訓——男人的腰是不能隨便捏的！

「睡吧，明日還要給外祖和舅舅們敬茶。」一番折騰後，周慕寒起身喚外間值夜的丫鬟送了溫水進來，自己親手給白素錦擦拭了一番，撤了被兩人汗水打潮的褥單，然後將人攬在懷裡，尋了個舒服的姿勢。

知道明兒一早要敬茶還這麼折騰人，馬後炮有意義嗎?!

白素錦眼下的狀態也就只能腹誹幾句而已，很快就迷迷瞪瞪睡了過去。

周慕寒也知自己把人折騰狠了，他一向自信自己的控制力，卻不想三番兩次在面對白素錦這個小丫頭時破功。

即使睡著，白素錦臉上的倦意也很明顯，周慕寒無奈地彎了彎唇角，將人攬近了兩分，也跟著睡了過去。

紗帳內，兩人交頸而眠，新房裡靜謐安穩，偶爾有燈花燃燒時窸窣的碎裂聲。

第十六章

生理時鐘作用下，白素錦如常醒了過來，帳外紅燭燃盡，晨曦微光透過窗紙照進屋裡，屬於另一人的氣息近在咫尺。

白素錦偏過頭，映入眼簾的便是周慕寒恬適的睡顏。難得能這麼近距離、無壓迫感地打量他，白素錦細細看著這個已然是自己丈夫的男人，越看越想感慨，這男人長得也真夠正的，瞧瞧這眼睫毛，濃密微翹，時不時抖動一下，就跟撩過人心尖似的，微癢。

「為夫的皮相可還令夫人滿意？」

白素錦打量得正投入，忽而就聽到男人低沈中帶著些沙啞的聲音。

這是……被調戲了？

白素錦抿了抿嘴角，淡淡一笑，點頭道：「嗯，尚算滿意。」

隱隱聽到房內傳出低笑，想來主子們是醒了，雨眠輕緩地敲了敲門。「夫人，該起了。」

白素錦不再理會一大早就冒傻氣的男人，拽過中衣在被子裡囫圇套上後起身，喚雨眠等人進來伺候洗漱。

周慕寒的婚事多舛，恐怕全大曆的百姓都知道，這些年來，更是困擾林老將軍的一塊心病，這杯外孫媳婦茶等得望眼欲穿，如今一朝宿願終得償，老將軍心裡頭激動啊，一早天沒亮就起身了，僅是袍子就換了好幾身，直到其他房的兒孫陸續聚到他這院子後才甘休。

如今的林家，林老將軍雖已掛印，但府內林大爺林承允時任北軍都統，林三爺林承軒擔任京師禁軍萬柳營副將，孫輩中，林大少林謹行是行走御前的一等侍衛，林三少林謹識是萬柳營護軍參領，林五少林謹和乃北軍驍騎校尉，即便脫離林老將軍，林家如今在軍中的影響只增不減。與此同時，文官隊伍中林家也佔據一席之地，林二爺林承翰就職湖廣漕運總督，林二少林謹言任都察院給事中，而林四少林謹文乃京兆府治中。

京師林家，真正的滿門精英，文武雙貴。

可愈是如此，林家人行事愈是謹慎，對府內下人們也約束得緊。京中權貴哪家府上沒有個把紈袴子弟的，唯有林家。

林家的情況，林大總管在周慕寒的授意下早已和白素錦交代過，但聞名不如見面，白素錦心裡還是有些忐忑。

武將無特殊情況不得擅離職守，所以，這次林家的武官們無法親至，但後院的夫人們卻是都來了，白素錦一進正榮堂的門，第一印象就是滿屋子的人。

從林老將軍開始，再到各房的舅父、舅母，再到各房的表哥、表嫂、表姊、表姊夫，一溜兒敬下來，饒是白素錦一早就背下了林家人的名字，這一時半刻的還有些人名對不上臉。

臉盲症的人你傷不起！

林老將軍素來臉冷，即便是親兒子林二爺也極少見過老父露笑容，今兒卻算是破了例，從新婚小倆口進門開始，老爺子嘴邊的笑意就沒斷過，這會兒嘴角扯得是越來越大，讓人看得不禁汗毛直豎。

林二爺最後實在是看不下去了，偷偷在背後扯了扯老爹的袍子。林老將軍看外孫媳婦看得正滿意呢，冷不丁被人打擾，剛要發作，就看到一眾子孫俱面帶詫異地看著自己。

林老將軍一瞬間斂起神色，挺著脊背坐得異常端正。

旁觀這一場景的白素錦看到林老將軍微微泛紅的耳朵，用衣袖掩護著狠狠擰了自己大腿一把，生生把笑意給憋了回去。

因為林老將軍這一段小插曲，白素錦心裡原有的那點小忐忑盡數消散，很快就和林家幾位舅母、表姊熟絡起來。

「發現了吧，咱們給妳預備的見面禮都是一些個實物。」大舅母趙氏握著白素錦的手輕笑。「雖不是什麼珍貴的玩意兒，但這些個實實在在的物件到妳手裡還能剩下，若是換作銀票，怕是沒兩天就要被那混小子都倒騰到軍中去了！」

左右都是自家人，趙氏說話也不見外，一眾女眷聽了都掩嘴輕笑，白素錦也不扭捏，深以為然地點頭。「大舅母說得極是。」

周慕寒一早就把自己府上的帳冊給了未過門的媳婦看，這事兒眾人都聽林福說過，眼下聽白素錦這麼反應，知她是有感而發，越發忍不住笑成一團。

「寒小子，你這媳婦挑得好，眼光比你娘強！」林老將軍看著不遠處言笑晏晏的白素錦，拍著周慕寒的肩膀低聲說道，蒼老的眼底隱隱泛著紅。

歷朝歷代以來，皇子與朝臣之間的交往尺度一向敏感而難以把握，尤其是林家這種手握重兵的簪纓之家，稍有不慎便極容易被捲入大位之爭中。當年榮親王元王妃病逝，林老將軍跪請聖前，除了將周慕寒帶回林家教養之外，另一個請求，便是求得了皇上親筆手諭，林家永不結皇姻。作為回報，林老將軍首開將權先例，非戰時將印上交，戰時掛印出征。此先例一開，諸軍統帥皆仿效，由此，大曆軍權真真正正盡收入皇帝手中。

即便如此，林家面對現今數位皇子的態度，也是一概保持距離，由始至終，林家對外一貫秉承的原則就是：唯陛下馬首是瞻。

故而，就算同是參加周慕寒的婚宴，林家人也未與皇子們同行，就連白素錦這個新媳婦的認親茶，作為周慕寒的堂親，諸位皇子也是單獨面見的。

今上剛及知天命之年，膝下皇子十六位，前頭的三位皇子皆在一場天花之禍中夭折，四皇子雖在太醫卓易的搶救下逃過一劫，但因年紀太小，還是傷了身子的根本，即使這些年來小心翼翼將養，身體始終硬朗不起來。

大曆至今儲位虛懸，實際上與四皇子的身體狀況有著直接的關係。

皇后凌氏膝下只得兩子——大皇子與四皇子。大皇子乃今上嫡長子，出於穩定儲位的考慮，大皇子三歲上便被封為太子，誰料宮內一場天花，生生奪去了三位皇子的性命，四皇子雖倖免，但身體孱弱，即使如今占嫡占長，與長遠計，也非儲君良選。事實上，很多人都在懷疑，四皇子搞不好還活不過當今聖上。

這種情況下，四皇子下面的五皇子和六皇子便凸顯出來。五皇子善文，南書房讀書時便是皇子們中的佼佼者，而後領了差事在戶部歷練，數年來兢兢業業，著實取得了不錯的業績。而六皇子善武，師從京畿禁軍統領趙平，十八歲便憑自身實力晉升入御林軍中，深得御林軍統領器重。

論自身才能，五皇子、六皇子，一文一武，旗鼓相當；論出身，五皇子生母德妃、六皇子生母淑妃，皆是四宮之主，同樣不分伯仲。是以，大曆現今之朝堂，雖在文宣帝威懾下表面風平浪靜，實際上，私下裡卻因擁儲不同，大致分為五派：一派以凌家及數位老臣為首擁立四皇子，一派以八皇子、九皇子、十一皇子為首擁立五皇子，一派以七皇子、十皇子為首擁立六皇子，一派純屬牆頭草，還有一派便是以鎮北大將軍府林家和撫西大將軍周慕寒為代表的唯皇帝馬首是瞻的「唯皇派」，他們眼裡，只認坐在龍椅上的那位。

是以，周慕寒雖蒙受聖寵行入皇子之列，得了個十三爺的稱號，實際上卻與林家一樣，同諸位皇子並無過多交集。然這次大婚，除了身體不宜遠行的四皇子和六位公職在身不便離開的皇子之外，餘下的幾位皇子皆現身，儲位熱門候選人一位也沒現身。

按照慣例，白素錦給諸位皇子們敬過茶之後便離開了，午飯是和林家女眷一同用的，周慕寒和林家一眾男子與皇子們在前院開席。

皇子們雖天潢貴胄，可也沒一個是閒著的，就連最小的十七皇子如今也滿了十五歲，開始在議政院旁聽，所以，喝過白素錦的這杯新媳婦茶後，第二日就準備啟程回京。周慕寒未做挽留，不過和白素錦商量後，第二天一大早兩人便趕到了小荷莊，親自將一眾皇子們送離東城門後才調轉車頭，直奔白府。

今天，是白素錦回門的日子。

婚後的白素錦，親王世子妃兼二品誥命的身分，就算是臨西知府見了也要見禮，何況是民身的白家人，即便是親人長輩，在階級尊卑面前，還是要行半禮。

白老太太畢生最大的夢想便是獨尊白家後院，可惜，碰上了大兒媳許氏那個絆腳石。好不容易熬到許氏沒了，又把肖似許氏的三丫頭給嫁出去了，萬沒想到，最後卻落得個給嫁出去的孫女行半禮的下場！

日後每每思及此處，白老太太簡直如鯁在喉。當然，白家另兩房長輩心裡也不那麼好過就是了。

但這些統統不在白素錦關心的行列之中。

大曆習俗，新嫁娘三朝回門，要麼在日落前返回夫家，要麼就得在娘家小住三天。白素錦念及周慕寒戍邊在外，難得與林家人相聚，便在福林院一起用過午飯後不久就動身回了大將軍府。林家上下雖未說什麼，但心裡對白素錦越發滿意。

因為公職在身，林二爺和林家幾位少爺只多逗留了兩日便啟程離開，林老將軍和一眾女眷倒是多留了幾日，可始終放心不下家裡，任是白素錦再挽留也終是踏上了歸程。

送走了林老將軍他們，偌大的大將軍府登時冷清下來，白素錦一時間還有些不適應。可惜，大將軍並未給她過多的時間傷懷。

情之一事，未開竅時尚能節制，可一旦開了竅，食髓知味，便一發不可收拾。如今家中沒了長輩坐鎮，大將軍便是最大的家主，日子過得可謂風生水起。

夏收在即，周慕寒很快就要率軍開赴邊境，白素錦體諒他不日就要離家，便想稍微縱著他些，一時竟忘了大將軍是遞根竹竿就能往上爬的性子，後果可想而知，白素錦雖非英雄，卻也差點折了腰！

於是，送大將軍離府的時候，白素錦本來的那點不捨統統化為慶幸，在與周慕寒揮手告別時飄散無影蹤。

這些日子縱著周慕寒胡鬧，白素錦著實有些吃不消，足足緩了兩、三天才精神頭兒回歸，正想到莊子上欣賞、欣賞百畝棉田繁花競相開放的美景，許大管事就找上門來。

「莊主，出事了。」

白素錦趕到小荷莊的時候，一號院外院天井裡站滿了人，都是織造坊裡的雇工，見東家過來，自動讓了條路出來。白素錦目不斜視穿過人群，直接進了中廳。

「東家。」

「莊主。」

待客的廣蚨祥閣大掌櫃和織造坊關管事見白素錦進來，忙起身打招呼。

白素錦示意他們入座，自己轉身坐到上座，從容自然地接受了幾家織造坊東家的見禮。

儘管誥命在身，但對商場上行走的人來說，也不過是形式上多了層禮數而已，在他們的骨子裡，趨財逐利是根本。大曆初年太祖皇帝雖頒下賤商令，但實際上，朝廷對商人的態度向來是「賤而不限」，名義上商人地位比較低，可經商活動非但不受限制，從中央到地方，對商貿的秩序極為維護，所以，即便背靠周慕寒，白素錦也不能明著扯出這面大旗，在商言商，若想在商場中獲利，就只能按商場的規矩來，以軍政壓商，可能一時利好，卻絕非長遠計。

白素錦深諳此理，旁人自然也知道，是以，坐在堂下的幾位東家面色頗為沈穩。

來時路上，許大管事已經將這四位的身分背景大致描述過了，都是臨西府內小有名氣的織造坊，規模雖不及五福、榮生，但坊內織工均在千人左右，年產值在臨西乃至川省都占據一定份額。更重要的是，他們，追本溯源，都和臨西首富蘇家有著或金錢、或沾親的關係。

如今看他們一個個氣定神閒的模樣，白素錦心下了然。俗話說，強龍難壓地頭蛇，周慕寒雖手握軍政實權，卻是個地地道道的外來戶，至於白素錦，沒了白家做後盾，即便頂著白家人的出身，說到底也不過一介女流。而蘇家則完全不同，小四象之首，世代盤踞臨西，關係盤根錯節，如今更與白家結為姻親，無論是從眼前看，還是論長遠計，蘇家都具備籠絡人的資本。

趨強凌弱，商業資本運行的鐵律，自己勢弱，白素錦也不會去怪別人不道義。商人的道義，說到底，不過是披在利益之外的面紗而已，千破萬破，唯有利益是顛簸不破的。

四人之中，城南永源祥的郭東家顯然是發言人代表，一番藉口說得冠冕堂皇，總結下來無非兩點——一，幾家擴大了織造坊規模，織工奇缺，廣招熟練工，小荷莊織造坊原材料短缺，織工相對閒置，希望能尊重織工的個人意願解約；二，不管小荷莊願不願意，只要織工想走，幾家願代付違約金。

儘管這種情形事先預測會出現，但萬沒想到，臨時提出解約的織工人數會這麼多，白素錦接過關管事遞過來的名冊，到目前為止，統計人數為一百一十八人，幾乎占織工總數近七分之一。不過，竟然都是短工，長工無一人離開。

白素錦由始至終臉上的神情都是淡淡的，目光逐一打量了一番堂下四人，而後起身走到郭鴻澤近前，抬手拿起茶壺，將他手邊的茶盞斟了個十分滿，輕抿的嘴角微微一勾，淡聲道：「既如此，那便按規矩來吧。」

常言道，茶斟七分滿，日後好相見。白素錦當下之舉，無疑是變相的撕破臉面。以郭鴻澤為首的四位東家詫異之餘，臉面上難免有些不好看。

小荷莊織造坊短工每日工錢二十文，轉織花綀後提高到三十文，每月月底一結，因為涉及到紡織工藝的教授，所以契約書上規定，轉到別家織造坊做工，違約金十倍月錢，也就是每個織工需付違約金九兩銀子。

白素錦站在中廳門口的臺階上，看著院子裡的人群，四下寂靜無聲，她此時的表情卻不再是廳內時那般淡然，而是從未有過的端肅，眸光如炬，緩緩打量了一圈，再開口時，絲毫不掩飾言語中的凜然之氣。

「諸位是自由之身，何去何從自然全憑各自意願，但此時之舉意味著什麼，相信不必我明說。當下，我也沒什麼旁的要說，只一句話——但凡今日解約踏出我小荷莊的，日後無論何種情形，直系親屬在內我莊一概永不錄用。作何選擇，但憑大家心意。」

白素錦此話一出，院中的氣氛登時冷凝下來。

囑咐關管事和閣大掌櫃登記好解約名冊，白素錦同郭鴻澤幾人打過招呼後便一路出了院子回扶雲軒。

不想走的，白素錦出不出面也不會動搖，打定主意要走的，自然也不會因為白素錦的一番話而輕易改變決定。關管事和閣大掌櫃辦事向來俐落，當即指揮著幾個小管事桌開數個，開始登記名冊、清算違約金，水也沒顧得上喝一口，晌午剛過，統計整理好的名冊就交到了白素錦手上。

許大管事隨白素錦從大將軍府回來後，遵照她的吩咐將織造坊內的織工都聚到一起開了個會，只說一件事——有意離開的，盡可在晌午之前到一號院解約。

解約人數總計一百三十六人，皆為短工契，短短幾個時辰，織造坊的短工便少了三分之一，得解約賠償金一千二百二十四兩銀子。

「關管事，這筆銀子先掛在帳上，你再到帳房另支一筆添上，按每人二兩銀子的標準備著，當作給坊內未動織工們的額外花紅，端午的時候再發下去。」

關管事忙不迭應下，心裡的慚愧更甚幾分。不僅是他，就連許大管事和閻大掌櫃也是同樣。東家明明事先交代過會出現織工流失的現象，今天的情形卻大大超出了原先的預計，委實是他們辦事不力。

白素錦看著比自己年長一大截的三位老骨幹一臉凝重地默默罰站，忍不住抿嘴輕笑。「三位無須自責，今日的情形也不是你們能控制的，人心難測，最是不能計算的，不過這樣也好，此時為了看清人而付出的一些損失，算不得真正的損失，相反，我倒覺得是幸事。而且，莊上的長工一人也未流失，就這點上說，咱們還是成功的。」

東家向來是個明辨是非之人，不會怪罪他們早在意料之中，可正因如此，許大管事三位才更覺得慚愧。

「東家，這兩年甘陝兩地鬧災荒頻繁，我瞧著不少災民湧進府城乞討，半大的孩子不在少數，小人私想，咱們不若乘機收納一些進莊，死契或長契都可，從小教養著，用起來也靠得住，這次就是很好的例子。」

這個想法其實閻大掌櫃已經醞釀許久，也同許大掌櫃和莊上幾個管事商量過，今日短工聚眾解約一事爆發，這才讓他鼓起勇氣當著東家的面提出來。半大的孩子領進來，氣力小，開始的兩、三年非但不能替莊子上賺什麼錢，反而是莊子供吃、供喝、供住養著，幾乎要倒貼錢。

白素錦聽了閻大掌櫃的提議眼前一亮，不過，她想的可不僅僅是給莊子上弄一批家工、長工預備軍而已。

第十七章

這次織工集中大量流失事件，不僅給幾位主事，也給白素錦上了深切的一課。按她本來的打算，長短工保持半數比重，給附近村鎮閒散農戶勞動力更多的僱用機會，可以多少貼補一些家用、改善生活。可惜，事實給了她一記響亮的耳光，讓她更深刻明白到——自身實力不夠強悍的情況下，仁慈更大程度上等於風險。

這次解約事件，雖然在人數規模上超出預計，但意料之中的是，他們的住址比較集中，主要在雙橋、北槐、柳沅三個大村，之外零零散散的一些人，都是平日裡和來自這三個村子的人走得比較近的。

「東家，小人差人私下打探到，那三個村子今年田裡的原麻和稻穀等物已經全都預訂出去了，價格參照先前秋收時的市價高一成。另外，莊子上出去的那些短工並沒有被安排進蘇家的織造坊，而是大多被安排進了掛在五福、榮生兩家牌子下的小坊子裡。」閻大掌櫃經營廣蚨祥多年，自有獲得消息的渠道。

林大總管手裡握有一隊人馬，專門用來給周慕寒收集情報，這件事並沒有瞞著白素錦，小荷莊織造坊出事當天晌午，林大總管就親自趕來，詢問是否要派人查查背後的底細？但是白素錦拒絕了。

殺雞焉用宰牛刀。更重要的是，白素錦信任自己倚重的幾位主事，經驗就是要在這種時刻累積。這點損失和震盪，她目前還承受得起。

白素錦打定主意給幾位主事交學費，他們也很是給力，一下子少了一百三十多名織工，織造坊裡繼續工作的織工們卻被安撫得很好，情緒基本穩定，就連最讓人擔心的花練產量也波動不大，甚至在穩步上升。

目前，限制花練產量的因素還是在於原麻和生紗的庫存不足。

一來不借助許家商隊從外地購買原麻、生紗，二來不提價、不縮減每日花練供應量，面對先後遭遇的變故，白素錦的沈靜讓很多人難以理解，尤其是那些「有心人」。

月中，在關管事按慣例帶人盤點過庫房後，白素錦召來許大管事、關管事和閻大掌櫃商量了很久，他們回小荷莊後不久，織造坊開始實行新的休憩辦法。原先為了趕織花練而施行的三班倒改回兩班倒，工時從五個時辰減為四個時辰，每旬休一天變為做滿六天工休一天，月錢不變。

同時，這項規定即日起適用於白素錦名下所有產業，並且，同林大總管商量後，大將軍府及其名下產業同樣開始實行。一時間，引起整個臨西府內的下人和雇工們熱議。

其間不乏一些雇主起意仿效，但以「臨西四象」為首的大商賈們無一施行，所以，絕大部分商家便持觀望態度瞧著，也不急於下決定。

小荷莊內的四百畝棉田正在花鈴中期，花期正盛，一眼望去，綠葉點綴下姹紫嫣紅，美如畫境。夏收再有半月即將結束，邊線軍報明顯變得頻繁，城西大營的駐兵開拔在即，周慕寒擠出時間回府一趟，卻也只能待上一天而已。

「我不在家，遇到什麼為難的事儘管交給大總管或從峰去處理，我手下什麼人能用，他們最清楚。有時間的時候，讓大總管給妳唸叨、唸叨那些人，妳也好心裡有數。還有，之前給妳的那塊玉珮是我私人信物，我已吩咐下去，妳憑它可以進入城西大營調動一部分我留駐的親兵。」

兩人躺在床上，難得周慕寒沒有胡鬧，白素錦聽他在耳邊低聲絮絮唸叨，嗓音低沈而富有質感，聽著、聽著，忍不住有些失神。傳言中周大將軍的脾氣不好是出了名的，若是眼下這般躺在床榻上碎碎唸的模樣被人看去，不知要驚掉多少人的下巴？

白素錦正腦補得精彩，忽然，下巴就被一隻大手給捏住，臉被轉了過來，視線正對上大將軍濃墨漆黑的雙眸。大將軍帶著薄繭的拇指緩緩摩挲著輕捏住的小尖下巴，幽幽問道：「妳在走神？」

呃，不好，腦補太投入，惹得大將軍要炸毛了！

白素錦忙討好地往人跟前湊近，巴結地笑了笑。「沒有，只是有些……受寵若驚。」

調動親兵的特權都給了自己，白素錦委實意外。似乎從兩人訂下親事開始，周慕寒對自己就格外的信任，甚至是縱容。白素錦表面坦然接受，但心裡還是免不了惴惴難安。

四目靜靜相對，白素錦索性不再掩飾心底的那份不安。良久，周慕寒嘆了口氣，手指慢慢撫上白素錦的眼角。「從我懂事開始，就知道身邊的人都在笑我，說我雖是正室王妃所出的嫡子、堂堂鎮北大將軍府的親外孫，卻還不如一個庶出側室生的庶長子受父王寵愛。母妃再用心費神打理府中事務，還是要獨守空房，躲在人後偷偷掉淚，我再努力讀書、勤奮練武也得不到父王多一眼關注，他的眼裡、心裡，只有那個女人和他們的孩子。那時候起，我就告訴自己，偌大的王府，我的親人，就只有母妃而已。

「母妃病逝後不久，我便意外落水，險些喪命。雖知是有人故意為之，只因沒有證據，父王又無心追查，此事最後也只是草草了之，外祖心灰意冷，求到皇祖母與皇伯父面前，以傳授武藝為名，將我接到府上。可笑我那時心裡還存著一絲希望，只要父王開口將我留在王府，我便會按著母妃臨終前的意願，繼續當他是至親之人。可笑啊，外祖來接我那日，他竟然未曾露面。踏出王府大門的那一刻，我周慕寒……就再也沒有家了。」

只有經歷過同樣的痛楚，才能真正得到理解。白素錦兩世為人，父母都早早離世，雖然也有親人悉心照顧，但同父母相比，總是沒有真正的歸屬感。周慕寒所想，她感同身受。

手上來自另一個人的溫度讓周慕寒的臉色舒緩了兩分，他反手與白素錦十指相扣，將她攬在自己胸前。「太傅說，娶妻立室成家。現在有了妳，我就又有家了。我知道，咱們是一樣的人，我會對妳好，往後，咱們就一起好好過日子。」

一樣的人……

白素錦腦袋抵在周慕寒肩頭，一時百感交集。該誇獎大將軍慧眼如炬嗎？

「嗯。」在大將軍耐心即將耗盡之際，白素錦終於給了回應。

然後大將軍就高興了，大將軍心情一高興，就開始不老實了。

於是，第二天早上挺了好幾次身才從床上坐起來的白素錦咬牙反省，大將軍口中所說的「好好過日子」，對自己來說到底是好事還是苦事？

周慕寒也知道自己把人給折騰過分了，用早飯時屏退伺候的丫鬟，自己動手給白素錦舀粥、遞筷，臉色一如既往的繃著，手上的動作卻俐落周到得很。

昨兒晚上還沒來得及說，這會兒正好只有兩人在，說話也方便。

「將軍，還是讓劉侍衛長他們跟你去吧，有他們隨身保護更穩妥些。」劉從峰本是周穆寒的心腹親兵，接到世子冊封聖旨後，周穆寒就從親兵中抽調出一小隊充當府裡的侍衛隊，劉從峰擔任侍衛長。

「無礙，世子在外立府，按規定侍衛隊可有一等侍衛三人、二等侍衛三人、三等侍衛八人，咱們府中並無僭越。我身邊還有其他親兵可用，放心。」

周慕寒手下的親兵，個個都是經過戰場洗禮的，白素錦的本意是，人家兵哥在軍營裡有大好的立功前程，如今窩在大將軍府裡看守院子，簡直浪費。可看周慕寒的臉色，顯然心意已定，出征在即，白素錦覺得還是順著他的意思，保證大將軍心情暢快比較好。

林大總管早將周慕寒出征時隨身攜帶的包裹整理好，出府前，白素錦叮囑他，說稍後自己會派人送一批東西到軍營給他，讓他安排人接收。

周慕寒深深看了白素錦一眼，點了點頭，鄭而重之地道了句「安心等我回來」後翻身上馬，帶著幾名隨身侍衛打馬而去。

白素錦在大門口看著他們離開的方向靜靜站了好一會兒，心裡有些發空。

「夫人，進府吧，您別擔心，將軍定會平安歸來的。」林大總管站在白素錦身後輕聲提醒。

白素錦回過神，振作、振作精神，回小書房著手給知府段大人寫拜帖。

上次閻大掌櫃提出儲備長工的事白素錦很是重視，不過涉及災民安置，總要經過官府才穩妥，周慕寒如今位高權重、手握軍權，一言一行都備受關注，自己如今同他上了一條船，行事總要更加周全些才好，免得落人口實。

說到落人口實，白素錦就忍不住想到府中那本專門用來登記罰款的帳冊來。

此乃林大總管的傑作。

周慕寒常年領軍在外，但每兩年就要回京述職，每次回京，總要動手揍幾個人，小到酒樓裡不長眼惹到他的紈袴子弟，大到早朝上出口抨擊他的御史，出手從來不含糊，對方受傷程度完全取決於他當時的心情。

周慕寒臉寒、心冷、寡言，朝堂之上從不與人辯，能忍則忍，忍不了就直接動手，聖上屢屢訓斥，無果。於是，近些年來便多了罰金的懲罰。

每每繳納罰金之時，林大總管都要在那本單獨闢出來的帳冊裡詳細地記上一筆，何年何月何日，因何具體指示被罰了多少銀子，記錄得清清楚楚，白素錦推測，這可能是老總管發洩對大將軍不滿的一種獨特方式。

事後證明，白素錦的猜測完全正確。不過彼時，老總管發洩不滿的方式又豐富了不少。

白素錦的拜帖一送到府衙，片刻之後就得了回覆，當日下午，白素錦就帶著許大管事進了府衙拜見段大人。再出來時，許大管事手裡便多了一張蓋有知府大印的「辦學許可」。

開門順利，白素錦心情不錯，正琢磨著學堂的先生們從哪裡尋呢？剛進府，門房的夥計就稟報說，有白家的客人請見，如今正在前院外客廳裡候著。

候在外客廳的白家人，竟然是白二少白語元與白四少白宛和。

屏退左右，白家堂兄妹三人在廳內說了什麼，沒人知道。

白四少白宛和乃三房妾生子，生母曹氏在他七、八歲上時便沒了，三房太太余氏外人眼中溫和端秀，內裡卻涼薄得很，對妾室與庶子、庶女雖不曾打罵苛責，卻自有一套拿捏手段，曹氏在時還好，她沒了之後，白宛和的生活越發艱難，當時還是白大爺執掌白家，大太太許氏雖看不慣余氏做法，卻也不能過多插手三房內院家事，只能背地裡儘量周濟白宛和，如此一直持續到她過世。

外客廳內一時陷入沈寂，白素錦手裡握著茶盞不動，心裡卻在反覆尋思著白宛和剛才所說的那番話。

信息量太大了。

自己與蘇家的婚事告吹，白家三房在其中定然扮演了角色，這一點白素錦心中早有數，但沒想到的是，林瓏居然是白宛廷介紹給蘇榮認識的，其後又助她一步步博得蘇榮歡心，甚至還懷上了孩子，就連那日白府大門口的鬧劇，竟然也是他唆使林瓏鬧上門來的！那麼，想來促成蘇、白兩家再次結姻的白二姑娘醉酒事件也不是什麼意外了。

就說嘛，這世上哪來的那麼些意外。

「不瞞二哥和四弟，當日我在廣蚨祥實際上確是收到了兩封信，信紙、筆跡相同，那第二封信是約我在普濟寺見面，我正是因為赴約才途中出事的。」

白素錦此話一說，只見白語元的臉色越發陰沈，素來寡淡的眉宇間竟浮上淡淡的煞氣。

「什麼?!」白宛和是臉色發黑。

白宛和的臉色瞬間蒼白如紙，瞪大的眼睛裡滿是震驚和難以相信。「當時意外撞到大哥和二姊私下說及林瓏與蘇榮的事，我就是怕府裡耳多眼雜，才寫了信託人送到廣蚨祥。可我只送了這一封啊，那信乃我親筆所寫，怎的會冒出第二封筆跡相同的信來……」白宛和也不是傻的，說到後來似乎有所明瞭，心頭驀然湧上大片大片的寒意。

那信是自己在府裡寫的，筆墨紙硯均是由府中供應，平素讀書練字也都在大書房，想要弄到自己的筆墨也不是難事。而且，大哥行事向來謹慎周全，林瓏與蘇榮的事如此機密，真的那般巧合就被自己意外聽到嗎？

越想，白宛和越覺得周身發寒，如墜冰窖，喃喃自語道：「看來是我自作聰明，反倒被人利用了。原來是我，害得三姊差點喪命……」

白素錦起身給白宛和斟了盞茶，拍拍他的肩膀寬慰。「暗箭難防，既是存心設計，任你再小心謹慎，也不是那麼容易躲過的，你也不要一味自責，只是日後在家裡還需更加小心為好。」

說到自己，白宛和的臉色緩和了兩分。「三姊放心，如今我已被送到瓊州書院讀書，年節之日才會回府，正因為如此，才想著離開前將書信之事告知予妳，沒想到其中竟如此詭譎，三姊、二哥，你們……還是防著些吧！」

防著誰，不言而喻。

送走白家兩兄弟，白素錦越想這件事，眉頭鎖得越緊。

白宛廷與白宛靜籌劃這麼大的事，白三爺和余氏會不知？自己的親生女兒嫁入蘇家，那麼三房就是蘇家真正的親家，對白三爺來說，的確比繞著白素錦這道彎來得有意義。可他們的目的就僅是如此嗎？

反覆思量糾結近半個時辰，白素錦還是叫來了林大總管。不知為何，直覺上，白素錦覺得這件事需要深挖一挖。

眼下白素錦還有更重要的事要辦，索性就把查探底細的事拋給了林大總管，自己鑽回了小荷莊。

「莊主，這是按您吩咐準備的，能放心用的人手不多，眼下第一批就只能做出這麼多。」

十一號院的倉庫裡，放著四大箱打包好的藥品，從藥材選購到最後包裝，許大管事從頭盯到尾。

茲事體大，所以製藥所用的都是莊子裡的家工，人手有限，如今能做出這麼多，已經大大超出白素錦的預想。

彼世，甯城姜家的產業涉及藥品行業，白素錦雖接觸不深，但暢銷的幾款消炎止痛的藥方尚還記得，時間倉促，加之條件有限，便只能按現世能使用的草藥趕製了外用藥粉和口服藥丸。

在大曆，開設私人藥坊需要經過一系列嚴苛的審查和繁瑣的手續，非一年半載不可成。所以，十一號院裡的這批藥品，眼下可是實實在在的違禁品。

研製藥品的事，白素錦一開始就和周慕寒、林大總管打過招呼，當日她說要送批東西到軍營，周慕寒隻字未問，就是心知肚明她要送的是什麼東西。

白素錦覺得，蔫壞（注）這詞用在自家大將軍身上特別合適。

許經年在正晌午的時候匆匆從百越趕回來，取回了白素錦不久前特別訂購的東西，然後連口水也沒顧得上喝，直接將四箱藥品裝上車，趕往城西大營。

周慕寒率領大軍，明日一早便要開拔出征了。

城西大營。

都指揮趙恬、都指揮同知何煜之、尚華齊出現在物資臨時接收倉庫裡，倉庫主事哪裡見過這般陣仗，又不知自己做了什麼招惹來這三尊大佛，心裡正惴惴不安得厲害呢，誰料半掩著的庫門猛地被一把推開，大將軍凜然出現在門口。

倉庫主事忍不住腿肚子打顫，今兒這是什麼情況啊？竟然把大將軍也給招來了！

「將軍，這是莊主的親筆信，囑咐小人要親手交到您手裡。」見到周慕寒，許經年的任務算是完成，退下去後由一個兵哥引著出了大營。

周慕寒直接當人面拆開了信，厚厚好幾張紙，詳細列著兩種藥品的功效和使用方法，以及那個叫「紗布」的東西的用法和好處。

見大將軍看得認真仔細，趙恬三人心裡好奇得厲害，看樣子這幾箱東西都是將軍夫人送來的，憑喝過了奶茶的經驗來看，這回送來的東西定然也差不了。

周慕寒看完信，完全無視三個老兵痞打量的目光，讓倉庫主事找人撬開了封得密密實實的木箱。

木箱一打開，倉庫裡的人都傻眼了。

「這是……傷藥？」

何煜之蹲在箱子旁邊，看著箱子裡碼得整整齊齊的三寸高的小鐵盒子，打開一個看，裝

注：蔫壞，形容一個人外表忠厚、老實，卻常做調皮搗蛋的事或出壞主意。

的竟是細細的藥粉，藥香濃郁，聞著就知道用的都是上好的藥材。從旁邊的箱子裡再打開一個盒子瞧，滿滿的小指甲蓋般大小均勻的藥丸。

周慕寒挑了挑眉，將白素錦附在信後的那張清單遞給了趙恬。尚華和何煜之忙湊上去看，物品、數量、價錢列得清清楚楚。

「這……還要收錢？」趙恬瞪大眼睛問周慕寒。

周大將軍理所應當點頭。「拿了東西自然要付錢。這批東西先不要露白，到了前方陣地時再交給軍醫營。」

倉庫主事忙領命，待大將軍一出倉庫大門，就帶著人將木箱子一個個謹慎封釘，麻利地轉送進了密庫。

於是，當三位大人從將軍夫人的價目單中回過神來的時候，庫房裡只有一個面容嚴肅的倉庫主事束手看著他們，地上空空如也。

許經年出了軍營沒走多遠，就被急匆匆追出來的薛軍師喊住，遞了封信託他轉交給白素錦。

薛軍師在信中託白素錦幫忙安置一位名叫楚清的同門師兄，並言明此事已經稟報過大將軍。白素錦將楚清如今的落腳之地告訴許大管事，讓他派人將楚清直接接到小荷莊來。薛長卿深受周慕寒倚重，這點小忙白素錦自然不會推辭。

這時候，不管是白素錦，還是薛長卿，都沒有想到楚清的到來，能在日後產生那麼大的影響。

周慕寒率兵出征那天，白素錦和林大總管在大軍途經的一處半山腰上目送他離開。

七月盛夏，日光照在身上，白素錦卻絲毫也感覺不到暖意。

送走周慕寒，白素錦來不及傷感多久，就被手上的一堆事忙得無暇分神。夏茶茶季過半，第一批濮茶已經隨著商隊踏上北行之路，馬場管事蕭長信帶著馬場兩位經驗豐富的馬師親自跟隨商隊北上。

織造坊的情況已經穩定下來，自那天後，坊內再無一人解約，花練庫存相對比較足，按眼下的速度，完全能維持到白素錦預定的時間。

日前申辦下來的學堂，白素錦取名致用堂，招收的學生要同小荷莊簽訂長契。課上也不教授四書五經，而是些農耕稼穡、紡紗織布、算數做帳之類的實用手藝，但有一點卻讓人百思不得其解，那就是學堂裡無論學習哪一科，都要學習畫畫。

修建學舍、開堂招生等進行得都很順利，最後卻在聘請繪畫先生上犯了難。

沒人願意來！

白素錦正想著走誰的關係能招來一位繪畫先生呢，林大總管臉色凝重、步履匆匆地趕來稟告：「夫人，將軍那邊怕是要出大事！」

白素錦驀地心一驚，手上的茶盞直直掉到地上，摔得粉碎。

「沒事，你繼續說。」白素錦接過雨眠遞上來的帕子擦了擦手，示意林大總管繼續。

「老奴剛接到消息，前段時間幾位皇子來參加將軍和夫人的大婚，其間九皇子曾私下見過蘇家家主。循著蘇家查下去，才發現，這次承辦大軍被服的青格織造與五福織造私下往來密切，大半糧草來自錦陽縣治下的糧倉。」

五福當日若不是看在蘇家的面子，也不會同小荷莊簽下購麻契約，自己前腳退婚，五福後腳就解約，變相替蘇家出頭給自己立威，說他和蘇家沒關係，鬼也不信。而白家三房那邊，哼，處心積慮取而代之同蘇家攀上姻親，關係怕是比秦家還要近一層。

「都和蘇家有牽扯嗎……」白素錦不禁眉頭緊蹙。

「夫人有所不知，如今朝堂上暗地裡洶湧得很，五皇子和六皇子風頭正盛，大將軍手握西軍軍權，背後又有林家，自然被人惦記，那兩家都明裡暗裡派人來拉攏過，將軍的性子您也知道，沒給什麼好臉色。六皇子還好，五皇子卻非心寬之人，聯合近臣打壓其他朝臣的事不是沒做過。九皇子向來與五皇子走得近，所以……老奴一聽到消息就有些慌神，驚了夫人，老奴罪過！」

白素錦連忙止住屈膝欲跪的林大總管。「大總管為將軍著想，何罪之有。不過，我尚有一事不明，幾位皇子來臨西，咱們應該有人特別照顧的吧，為何當時沒發現九皇子與蘇家大少爺有所接觸？」

林大總管聞之面色稍露猶豫，欲言又止。

「和白家人有關？」白素錦觀他神色猜測。

「是。」林大總管微微頷首。「九皇子好結交擅長詩畫的學子，在臨西逗留時間雖短，卻時常參加士子們的聚會，私下會見蘇家家主那次，正是白家大少爺作東辦的賽詩會，蘇家家主一早候在臨江樓，事後又走得晚，若不是這次因為夫人的吩咐仔細盤查白大少，這事恐怕就錯過了。」

白素錦習慣性地微瞇眼睛。

「白家那邊，還查出其他東西了嗎？」

「目前為止只有這些，下面的人還在繼續追查，雖然暫時還沒查出什麼實際的不良證據，可老奴就是直覺不對頭，夫人，眼下該如何辦？」

暫時沒有嗎……

白素錦緊抿著嘴角浮上一絲冷笑。「茲事體大，雖然眼下沒有確鑿證據，但穩妥起見，只能寧可信其有。咱們現下兩手準備，一方面繼續抓緊調查，另一方面，煩勞大總管稍後擬封信，也不必隱晦，詳細如實說明現下情形便是，然後交給大營那邊快馬加鞭送到將軍手裡。」

「夫人，將軍必不會因為白家旁的人而對您有所想法。」林大總管躬身道。

白素錦擺了擺手。「大總管多慮了，調查回來的第一手資料最先彙集在你手裡，由你來寫才更詳細。另外，你和劉侍衛長還得馬上從大營借幾個信得過的人出來，讓他們馬上到小荷莊，一路將莊上的趙管事和關管事送到將軍那兒，那批被服和糧草我也有些不放心，他們都是行家裡手，去一趟親眼看看，咱們在家這邊也好放心。」

林福忙應下，退出門後直接奔前院總值房找劉從峰。兩人一個寫信、一個趕往大營調人，分頭忙碌。

第十八章

林大總管前腳出門，白素錦後腳也出了門，到了莊子上也沒多說什麼，將趙士程和關河請到跟前，慎重交代他們稍後立刻啟程跟幾個兵哥到大將軍那邊跑一趟，仔仔細細檢查一下軍中的被服和糧草。

白素錦臉色從未這般肅穆，兩人知道事情不簡單，二話不說領了命去簡單收拾幾件隨身衣物。

劉從峰的速度很快，不到半個時辰，一隊八人急行馬隊就到了小荷莊待命，林大總管也只比他們晚了一步，而趙士程和關河早在一刻鐘前就揹著包袱等著了，兩人都是會騎馬的，一路速度也能快些。

按白素錦的意思，是想讓劉從峰和他們一起去的，但林大總管和劉從峰當即表示不可，因為周慕寒臨出征時交代了，讓他們二人無論發生何種情況，都不可離開夫人左右。

白素錦也能理解周慕寒的心意，林大總管和劉從峰是他身旁信任的人，有他們護在自己身邊，他遠在疆界之地也能安心。

回到明玉堂，等在堂內的許唯良忙問道：「將人送走了？」

白素錦點了點頭，示意林大總管和許大管事一同坐下。

「稍後我就讓劉大掌櫃修書給商行在川黔兩湖所有的分號，著重儲備些被服和糧草，將軍那邊無事最好，若是有個萬一，川黔兩湖之間水道暢通，也好調度。」

「嗯，我正是想請四哥幫這個忙。」許唯良在籌備南川商路，故而一直沒離開臨西，也虧得他沒離開，白素錦之前從大將軍府出來，立即就著人去商行請了他到莊子上來，兩人一碰頭，白素錦絲毫不隱瞞將情況說與他和許大管事。應對眼下狀況少不了他們二人幫忙，一個在外幫自己統籌備用物資，另一個在內幫自己打理產業。

「四哥，各商行儲備來的被服和糧草，全部從我這邊走帳，稍後我先支給劉大掌櫃一筆款子，待時態明朗後再最後結帳，如何？」

許唯良一擺手。「放心，不會白給妳的，這筆採辦我會事先囑咐各分號單獨做帳，用得上，自然有軍中付帳，用不上，各分號坐地銷掉，持平或賺了則罷，若是虧了，妳再來給補差價。」

白素錦也不同許唯良見外，兩人就此說定。直到將許唯良送到扶雲軒門口，林大總管還有些思緒發飄。這一出一進，起碼十幾萬兩銀子，自家夫人和小舅爺就這麼給擺平了！再看向白素錦，林大總管的眼睛明顯亮了兩分，跟看一大錠明晃晃的、會自動行走的銀錠子似的。

「莊主，咱們現在就乾等著？」許大管事束著手幽幽問道。

有許唯良出手相助，白素錦心頭輕鬆不少，一直緊抿著的唇角扯出抹冷笑，眼底劃過一絲狠戾。「聖人有云：『君子不立於危牆之下。』君子尚如此，我不過是個女人，眼下牆要歪了，又豈能乾等著什麼也不幹呢？許大管事，著人將鋪子上的閻大掌櫃和江大掌櫃請來，咱們是時候要活動、活動了！」

「什麼？東家您要高價搶購市面上的原麻和生紗！」匆匆趕來的閻明和江海一頭熱汗還沒來得及抹一把，聽到白素錦的話登時又添了一層冷汗。

白素錦唇角一勾。「沒錯，不僅是臨西市面的，臨近的州府、甚至是臨近的省，你們放開手買就是了，銀子不是問題。」

有錢就是任性！

堂內四人不約而同心聲達成一致。

「呃，不知東家心裡可有價格上限？」江大掌櫃請示。

「沒有。」白素錦習慣性雙眼微眯。「閻大掌櫃，明日開始，廣蚨祥架上的花練從十疋增至二十疋，價格上調一成。另外，先從臨西府及周邊州府開始，市面上的原麻和生紗沒有現貨了，就從已經訂購出去的農戶手裡搶，咱們也給代付違約金。」

這是……以眼還眼、以牙還牙？

小荷莊三位主事不禁想到當日織造坊織工聚眾解約時的情形。呃，好吧，莊主東家這一舉動還真挺大快人心的！

白素錦不是意氣用事的人，若想解氣，也不會拖到今天。幾位主事不是沒有好奇心，但都是人精，深諳為僕之道，將主子交代的事穩妥完成才是最重要的。

按大婚前的約定，白二爺已經將第一筆股金轉給了白素錦，整整三十五萬兩銀子，每一張銀票都是匯通銀號的最大面額，五千兩一張，整整七十張。白素錦如今敢這般有底氣，也是託了這筆銀子的福。

天啟十一年七月下旬，一個略陰的早上，開鋪時間甫到，由小荷莊掀起的原麻、生紗搶購戰正式拉開，這場浩大的價格戰整整持續了兩月餘，臨西乃至整個川省織造商家皆牽涉在內，甚至有部分鄰近省的商家也參與其中。

當然，這對眼下的白素錦來說，還是後話。

小荷莊剛出手高價大量收購原麻、生紗的第二天，白素錦就接到消息——蘇家五少爺蘇榮喜獲麟兒。

「據說，那林姨娘熬了整整一天一夜才生下來，中間光是補氣的湯藥就灌了四次，還用了小半根的老參吊著，最後雖是母子兩個命都保住了，可大的傷了內裡，血沒少流，大夫診過脈，說是日後怕是再難有孕了，而小的在娘胎裡胎位不正，耗了太多時間，小身子也虛得很，需得花大力氣調養。」夏嬤嬤一邊帶著屋裡幾個丫頭們打絡子，一邊和白素錦形容著外面打聽來的消息。

白素錦拿著書卷的手臂垂下，心下算了算。「那孩子該是足月的吧？」

夏嬤嬤點頭。「可不是足月嘛，但蘇府傳出來的消息，說是林姨娘格外看重肚子裡的孩子，二小姐——哦，五少奶奶對她也格外照顧，每隔三、五日就要請仁福堂的大夫過府請脈，七個月上的時候，就診出了胎位不正，沒少想辦法，可一直沒什麼用。後來林姨娘不知從哪兒弄來的土方子，每日自己偷偷熏草，結果非但沒作用，反而胎位更偏了，這才釀成這般嚴重的後果。」

「是嗎？可惜了……」好一會兒後，白素錦才微微瞇著眼睛喃喃自語。白宛靜與蘇榮成婚後不過一個月，就鬆口將林瓏抬成姨娘接進了蘇家後院，因她此舉，白素錦免不了被舊帳新翻，私下裡沒少被拿來作比較，不過，只要舌根沒嚼到自己面前，白素錦隨他們便。

白家與蘇家再度結姻，白大少白宛廷「功不可沒」，但白素錦深信，如今的蘇家五少奶奶白宛靜也不會全無「功勞」。一個未出閣的姑娘敢做出那般「捨得一身剮」的置之死地而後生之舉，在蘇家後院這番讓步，不管是出於利益考慮的委曲求全，還是刻意經營名聲，白素錦直覺認為，她不會甘心於此。

若不知情則罷，如今已經知道白三姑娘的意外與白宛廷、白宛靜兩人有關，不管白家三房與蘇家、甚至蘇家背後的人是否有牽扯，牽扯多深，白素錦都不會輕易放過他們。白三姑娘魂消神隕的債，總是要還的。於是，白素錦特意交代林大總管著人將蘇榮後院摸摸清楚，以備後用。

接到洗三禮的請帖，白素錦委實意外。

「夫人，老奴私以為此行必不簡單，還是不露面穩當。」宋嬤嬤說道。夏嬤嬤和趙嬤嬤兩人也贊同宋嬤嬤的想法。

請帖是以白宛靜的名義送過來的，白素錦拿在手裡反覆打量，清婉瘦潔的簪花小楷，白宛靜親筆手書，端的是誠意拳拳。

現下原麻、生紗價格戰聲勢漸起，據閻大掌櫃昨日所報，市面上的價格短短數天便已抬高了近兩成。在白素錦授意下，花練的價格直接漲至一百五十文一尺，每疋足足漲了二兩銀子！即便如此，物以稀為貴，廣蚨祥每天的二十疋花練仍然開鋪不到半日便售罄。

增加供貨量、提高賣價的同時在市面上高價收購原麻、生紗，在同行看來，小荷莊織造坊的舉動無疑是要加大花練生產量。小荷莊織造坊的織工已經外流，意味著花練工藝也不再為她一家所有，相信不久之後便會在行業內流傳開來，是以，才會有這麼多織造商戶參與到這場原材料搶購大戰中來。

受原麻和生紗價格的上漲影響，恐怕現在臨西眾多織造坊和布坊的境地變得尷尬。漲價，可以彌補成本增加帶來的利潤折損，可卻面臨著外來麻布侵占市場份額的風險；不漲價，按現在原麻和生紗價格上漲的趨勢，利潤勢必要變薄，假以時日，同樣會給外埠布商可乘之機。

蘇家小少爺洗三，想來臨西「四象」另三家必會到場，秦、汪兩家不用說，蘇家雖以鹽行為主營，名下的織造坊規模也不算小，這時候不顧忌退婚之嫌給白素錦送帖子，所為何事，再清楚不過。

躲，是躲不過去的，況且，白素錦打從一開始就沒想過要躲。

洗三當日，白素錦著一襲淡色金絲月錦衫裙，青絲綰成髮髻，戴著整套的白玉墜南珠點翠頭面，清素淡雅間又處處彰顯著富貴不俗，站在一眾後院女眷中間，一顰一笑、舉手投足間流露出的從容自若甚為吸引人目光。

蘇榮遠遠看著夏日陽光裡一抹清風般的白三姑娘，恍惚間覺得異常陌生，彷彿從未真正看清楚過她似的。

午宴的菜式很是豐盛，可惜，一如既往的油膩，所幸主食還湊合，清雞湯手擀麵，麵條彈勁爽滑，湯頭也比較清淡，雖說比不得趙嬤嬤的手藝，可總算入得了口。

由儉入奢易、由奢入儉難。白素錦一邊吃麵條一邊反省，自己的胃口被趙嬤嬤她們養刁了，想當初可是吃碗熱呼呼的桶麵都心滿意足的呢。

用罷午宴，洗三儀式很快就正式開始，整個過程都是收生姥姥主持，白宛靜這個蘇家五房的正室太太反而落得清閒，露了個臉之後便一直同白素錦等站在一旁的僻靜處。

雖頂著蘇家五少爺長子的名頭，可說到底也不過是個妾生子，正房太太白宛靜面前，受邀觀禮的諸家女眷準備的「添盆」禮也都中規中矩。依白素錦如今的身分，莫說是非白宛靜所生的庶子，即便是她親生的，白素錦也不會親自給孩子添盆，是以，她只是露了個臉，實際上由夏嬤嬤代勞，在茶盤裡添了兩張紙幣銀票。若添的是金、銀錁子或桂圓、栗子之類的喜果，那是要直接添到水盆裡的，白素錦自然不會給隱患留下一絲半點溫床。

看到白素錦的添盆禮，蘇平眉宇間一抹隱隱的沈肅始終縈繞不退。直到洗三禮後，白素錦被請到正院的萬榮堂。

萬榮堂內「四象」聚齊的場面絲毫不出白素錦的意料，不過，這三堂會審的氣氛太讓人不舒服。

「幾位東家若無事，那我便先行一步了。」白素錦來一趟可不是為了看他們臉色的。

「世……世子妃請留步。」乍看到白素錦起身，蘇平一時情急，世妹差點衝口而出，匆忙間改口喊了世子妃，此時他才切實領悟到，眼前這個差點成為自己弟妹的女子已今時不同往日。

白二爺臉面上也有些掛不住，從進門開始，除了最初不冷不熱的一聲招呼，白素錦連個多餘的眼神都沒給他。念及之前四家私下商議時，蘇平所說的「歸根究柢她還是白家人，總會念及二爺的幾分情面」，現下看來簡直是赤裸裸的打臉。

「碰巧咱們幾家都來蘇府觀禮，這會兒請妳過來，就是想說說最近一段日子市面上原麻和生紗抬價的事。此事由錦丫頭妳名下的織造坊和廣蚨祥挑起來的，所以，二叔覺得妳該給個說法。」

白二爺說這話時臉色很是不好看，語氣也硬得很。

白素錦眉峰微挑，瞧了這個便宜二叔一眼，不緊不慢地呷了口茶，而後絲毫不掩飾地冷聲道：「二叔這話說的未免過於偏頗，私自抬高原麻和生紗訂購價以此來挖走小荷莊織工的人，可不是姪女我。」

沒料到白素錦上來就撕破臉，四家家主臉面頓時陰沈得滴水。

從決定來觀禮的那一刻，白素錦就沒準備和他們彎彎繞繞兜圈子，左右都是談不攏的事，何必浪費時間。

況且，他們不仁在先，還指望自己跟他們講道義？呵，可笑！

「這世上哪有不透風的牆，既然動了雙橋三個村子的手腳，相信也沒打算背著我們小荷莊，既如此，今日也不妨打開天窗說亮話。我白素錦雖不是什麼君子，但也不是是非不分之人。人不犯我，我不犯人，可若是欺到頭上，我也不是膽怯懦弱之人，這一點，二叔應該再瞭解不過。花練是怎麼弄出來的，相信秦東家和汪東家再清楚不過，這工藝本就是屬於我莊子裡織造坊的，有人用手段摳走，我為什麼就不能回手反擊？所以，二叔，您讓我給什麼說法？我沒必要給說法，只想說的是，誰輸誰贏，各憑本事。」

「妳——」白二爺被堵得險些一口老血噴出來。「妳知不知道這樣要牽涉多少同行跟著遭殃?!」

白素錦淡淡掃了白二爺一眼。「二叔高義，姪女不過一介女流，上無父母蔭庇，圖的不過是小聚家財傍身而已，偏偏天不遂人願，便也只能一搏，但求圖個痛快。」

堂裡坐著的四人臉色陰沈，心中百感交集，秦、汪兩位家主後悔當日一時功利，為了親近蘇家，廢了小荷莊的契約，蘇平後悔那時默認了秦、汪兩家的做法。

至於白二爺，卻隱隱有了心驚。這個姪女，自從大嫂去世後就一門心思打理著莊子和兩家鋪子，在府裡儼然是透明人，即便後來鬧出退婚、高嫁的事端，在自己心裡，也不過是個女娃子，還能折騰出大天來？

結果，今天就見識到了。

看看蘇平和秦、汪兩家家主的臉色，白二爺默默偃旗，悶聲喝茶，左右白家沒織造坊和布坊，這番折騰沒損失不說，還能借著原麻和生紗漲價，從田產和地租賺上一筆。

早知道白家沒人能挾住白素錦，可沒想到連維持臉面的對話都做不到。

蘇平心裡一沈，止住旁的想法，斂下臉上的鬱色，穩著嗓音問道：「那不知世子妃如何才願退一步？」

白素錦看了看他們三人，唇角淡淡一勾。「兩種情況。一，從我織造坊裡解約的所有織工，永不為任何一家織造坊所用。二，那些個織工，用可以，但是，從今日開始，哪家坊裡出了花練，第一年，我小荷莊要抽取花練純利的四成，從第二年起，每年減一成。」

「那妳能保證，短期內不會將花練工藝洩漏給外埠商家？」秦五爺沈著臉問。

白素錦唇角微抿，當即回應：「不能。」

某三位家主登時氣結，尤其是其中兩位，幾乎要一佛出世，二佛生天。

「如此，那容我們商量一番，總還要與行內其他家商量。」

汪四爺這話，真有意也好，拖延術也罷，白素錦根本不在乎，起身告辭離開。

「夫人，那小娃子，看著怕是要難將養。」回程的馬車上，夏嬤嬤低聲對白素錦說道。整個洗三禮，白素錦始終並未上前，遠遠瞧著，裹在襁褓裡小小的一個，脆弱得吹口氣都能傷到似的。

都說母憑子貴，可母弱，則子多艱。

「防不勝防。」白素錦幽幽感慨。「所以，最穩妥的法子，便是不必去防。」

想到府裡供放的金書，夏嬤嬤心下嘆息，這世上能做到如大將軍那般的，又有幾人？

稚子無辜，白素錦為他覺得惋惜，但也不會掛心。那一世起，白素錦就是個冷情冷心之人，僅有的溫情也只盡數用在自己在乎的人身上。值得自己在乎時，白素錦可以百般容忍遷就，可一觸及底線，被清出自己在乎人之列，白素錦可以徹底絕情，從她那時如何對待陸揚和關寧就知道了。

被說成自私也好，寡情也罷，白素錦自認做不得暖氣，去無差別溫暖人。

從蘇家回來，小荷莊的收購計劃絲毫未變，此後數天，蘇、秦、汪三家也沒有隻言片語的回覆，白素錦訕笑，重利在前，豈能輕易放棄。

有白素錦「不差錢」的豪言壯膽，許大管事領著兩位大掌櫃放開手腳搶原麻和生紗搶得舒爽，可幾家歡樂幾家愁，被臨時徵用到致用堂那邊的梁管事卻愁得大把掉頭髮。

沒有願意來書院教繪畫的先生啊！

梁管事該走的後門都走了，最後被逼得沒法，頂著被東家責備的壓力，三天兩頭到大將軍府報到，弄得白素錦現在是「望梁管事而還走」（注）。

就在這時，一個人的到來讓白素錦得以解脫。

此人不是旁人，正是當日奉命來臨西籌辦周慕寒與她大婚的禮部儀制司員外郎郭大人，郭焱。

這次他身負調令而來，擢任戶部川省清吏司倉科郎中。

前腳剛到衙門報了到，郭大人後腳就到大將軍府遞了拜帖。

「大人不怕被人背後議論攀附將軍？」前廳茶室裡白素錦招待他用茶，說話也不客氣。

郭焱絲毫不在意，這樣的白素錦反而讓他覺得相處起來更自在。

「古人云：『君子坦蕩蕩，小人長戚戚。』下官問心無愧，何懼無關之人口舌。」

白素錦啜了口茶，掩飾嘴角的弧度。

「自上次聽夫人一席話，下官受益匪淺，回京後得祖父提點，更是豁然開朗。如今下官調任至此，日後還少不得叨擾夫人。」

呵，一個月不見而已，刮目相看啊。

眼前的郭焱，眉宇間的清傲盡收，隱約透著股從容淡定，可看在白素錦眼裡，覺得他最大的變化，就是臉皮明顯厚了不少，也不知郭閣老究竟是怎麼提點的？

「郭大人過於自謙了，不過是尺有所短，寸有所長而已。眼下有一事，反倒還要請郭大人出手相助。」拚臉皮厚，白素錦自是不遑多讓。

世上之事，於一人來說撓頭不已，於另一個人來說，卻如探囊取物。這不，聽完白素錦說完困擾之事，郭焱這般持重之人，竟當即表示此事包在他身上。

果然，沒過三天，郭焱便派人送來消息，說是先生已經請到，待到了臨西後便引薦他與夫人見面。

白素錦當即派人將消息轉告給梁管事，當天終於沒再看到那張接連出現了數天的苦瓜臉。

自從趙士程和關河啟程離開臨西後，白素錦的心就沒安生下來過，就連往日裡最喜歡的胭脂燕窩粥和雞湯麵也提不起胃口，晚上輾轉反側烙人肉大餅，趙嬤嬤眼睜睜看著自己好不容易給餵出來的幾兩肉幾天就瘦沒了，急得嘴角都起了火泡。

明知沒有消息才是最好的消息，但事情一日未落定，白素錦心知，自己這焦慮的症狀是好不了的。

大將軍府東園小書房內，劉從峰詳細彙報著打探來的消息。

「林姨娘被接進蘇家後，五少奶奶為避嫌，免了她日常問安不說，還破例闢了小廚房給她，房裡、灶上的婆子、婢子們都是經蘇府大總管的手安排的。至於仁福堂定時上門問脈

注：出自《韓非子・喻老》「扁鵲望桓侯而還走」，原指有病不承認，害怕治療，用來比喻掩飾缺點過失，不願聽人規勸。

的大夫，是蘇家家主親自請來的，上一任老家主健在時便行走在蘇家看診，現今當家的大少奶奶身懷有孕時也是他給問的脈，所以，林姨娘所謂的胎位不正一說，蘇府上下，無人懷疑。」

白素錦眉梢微挑。「能買通這樣的人，我那個二姊也是好手段。」

買通問脈的大夫，顛倒黑白，好好的胎位愣給說成了不正的，誘著林瓏私下偷偷熏草熏偏了胎，得虧林瓏身體底子不錯，母子熬過一劫。

「不過是一句胎位不正的診斷，只要那個大夫不說，這件事如何查，都查不到五少奶奶頭上。這般膽大心細的行事作風，也的確是二姊的風格。」

老話說，不叫的狗最會咬人。白素錦這會兒覺得白家三房的人妥妥的就是這種性格。

「既然撬開了口，就不要讓人丟了。只要他們敢在背後捅刀，我也就不介意給他們內外院各放一把火！」

林大總管與劉侍衛長悄悄對視一眼，飛速低下頭去，心裡不約而同想，自家大將軍挑老婆的眼光果然毒辣！

第十九章

陣前那邊遲遲沒有回信，北上的茶馬商隊先一步傳回消息，濮茶終於打開銷路，在著手商談購馬。

大曆北疆以北鶻實力最強，蒙兀毗鄰甘、寧、陝三地北部，夾存於大曆與北鶻之間，大曆開國初期高祖曾兩次派重兵平復邊疆，自此蒙兀被默認為大曆、北鶻兩國之間的軍事緩衝地帶，多年下來反倒因免受戰亂而相對繁榮。

蒙兀同北鶻一樣，屬遊牧民族，馬匹既是軍事戰略物資，同時也是重要的商品，故而沒有大曆那麼嚴苛的政治限制，但就自由度上來講，蒙兀顯然比北鶻要優越許多，北上茶馬商隊這次的目標，就是蒙兀特產的蒙馬。

白記鹽行第一批支付的三十五萬兩股銀，白素錦當即就撥了十萬兩到御風馬場的帳上，想起馬場帳房田先生入帳時的呆愣反應，白素錦不禁替他心酸，明明是最賺錢的行當，偏生讓自家大將軍給敗成虧損，也是夠難為田先生了。

御風馬場內如今最好的馬匹來自川北、甘南交界處的河曲，品種名為喬科馬，當地人又稱之為河曲馬，耐力強、緩疲迅速、腳程較快。馬場內的喬科馬多用來配種，之前按照白素錦的吩咐，馬場購進了一匹品相不錯的公驢，與一批普通品相的母馬配種，馬場的師傅們險些驚掉下巴，將蕭長信團團圍住直呼胡鬧，現在那批母馬大部分已經懷崽，蕭長信和馬場師傅們對母馬肚子裡的雜交種品相如何惴惴不安，白素錦卻已經給這批還未落地的小馬騾們找好了下家——許唯良。

沒錯，如果不是許唯良，白素錦還真想不到雜交改良馬騾的點子。

滇北第二批夏茶已經運到普潤茶行入庫，得到濮茶在北面打開銷路的消息，白素錦當即聯繫許唯良，第二批夏茶全部轉給他的商隊。庫裡第一批夏茶還有一部分，頂多再過半個月，第三批夏茶就會頂上。

從滇中出發，途經滇南、川南、川西一片崇山峻嶺，最後抵達藏西南，將絲綢、濮茶販賣給當地的南突厥、西羌等夷族。

這條西南商道，許唯良準備了很長時間，並且不久前親自走了一趟，凶險是凶險，但主要來自於地勢環境惡劣，並無戰爭的潛在威脅，許唯良信心滿滿，接到白素錦的濮茶連夜配貨，第三天便帶著商隊浩浩蕩蕩出發了。

此後，為了節省運輸成本，白素錦將會在滇北濮族所在的商河縣開設普潤茶行的第一個貨棧，這樣，許唯良的絲茶商隊從滇中、滇南的五山一帶收購紅茶和一部分綠茶時，就可以派出一小隊人稍稍北上到商河縣貨棧提走濮茶，然後整個商隊直接西行。

也就是說，此番離別，兩人下次相見是什麼時候，就不好說了。

城西望山亭，白素錦手裡緊緊握著許唯良臨別前送給她的半塊玉符，心裡久久以來積澱的焦慮大大緩和。

但憑這半塊玉符便可調動許家商行旗下全國任何分號的銀錢、物資。有這樣的至親在背後支撐，白素錦覺得心神俱穩。

而大將軍那邊，白素錦覺得自己該更信任他一些，征戰沙場多年，他能年紀輕輕站在這個高位，自有一套手段。自己需要做的，就是盡可能在他背後保駕護航。

許唯良早已將暗令發了出去，川省及附近地區的商行分號已經在暗中著手籌備物資，白素錦現在每天最重要的任務，就是察看各地定時送過來的資料統計報告，以及閻大掌櫃閉店後的原麻、生紗價格每日一報。

川省苧麻田一年收割兩次，春收在二月初，夏收就在八月初，正值價錢被炒得厲害，臨西乃至川中的種麻農戶倒是實實在在於豐收年裡真正荷包豐收了一次。往年越是豐收，價格壓得越低，實際賺到手裡的銀子並沒比尋常年頭多，有時甚至還要少上一些，所以，很多種麻人越是豐收越憂慮，孰料今年趕上這般好行情！

由於小荷莊之前在現貨市場上抬價大量收購，發出了明顯的擴產資訊，以至於相當一部分比例的麻田在收割前就被訂購，閻大掌櫃出手以比最初高出三成的價格成功搶了幾家訂購麻田後，便在白素錦的示意下，轉戰更遠的州府。於是便出現了小荷莊在前面開拓新的原材料買進地區，屁股後面跟著一群圍追堵截的搶購商家，所過之處，種麻人笑逐顏開。

後來，待到夏麻收割季節結束，就連秦、汪兩家也摸不清小荷莊到底囤積了多少原麻。

真相如何，這便是後話。

忙忙碌碌收割夏麻的時候，正是小荷莊那四百畝棉田花期正盛之時，成為繪畫先生帶領學堂弟子們寫生的不二之選。

繪畫先生姓陳名郁，時年三十有二，黔北閒州人，與郭焱乃是同榜年兄，大考後外放魯南玉照縣任知縣，豈料一任未滿，便在當年鬧得沸沸揚揚的南三省賑災款貪墨案中被無辜牽連，大災中，陳先生全家皆死於飢餓、疫症，他反而因為被押解回京受審而逃過一劫，最後雖在郭閣老的援手下洗去冤屈、重獲清白，卻孑然一身，再無心仕途，便回了黔北老家做起了釀酒師傅。陳先生當年兩項絕技驚豔全京師，一項是品酒，再一項便是丹青。

當日白素錦提及繪畫先生難尋之事，郭焱腦中一下子就想到了陳郁，果不其然，自己修書一封送過去後，他甚至都沒回信，直接自己帶著包裹就過來了。

白素錦那一世雖因為專業和工作原因對文學、藝術方面的作品多有涉獵，但僅僅限於能辨認出自哪位大師的手筆而已，就算是極為擅長的工筆畫，最後也服務於工作需要了。真要讓她舞文弄墨、填詩作賦，抱歉，她真心做不到。

不過憑著閱盡無數大師名作的毒辣眼界和郭焱的力薦，陳先生次日便正式上崗。郭焱來臨西後一直住在府衙後院，陳郁身分不便，白素錦索性給他置辦了一個兩進的小院子，就在離致用堂不遠的南巷裡，遠離鬧市、優雅清淨，郭焱來過兩次後二話不說從府衙後院搬了過來。

白素錦再次確認，郭大人臉皮變厚，絕對不是自己的錯覺，儘管他一再強調迫不及待搬過來是因為和南巷裡的小院子有眼緣。

陳先生在棉田花期裡帶著弟子們采風寫生，白素錦就喜歡坐在蓮湖的水榭裡遠遠看著一群半大孩子們或嘰嘰喳喳或安靜作畫，風中的熱氣在吹過蓮湖時被過濾掉，拂在臉上帶著絲絲清涼。

在這個沒有化工產業、沒有汽車尾氣、沒有空調外箱的世界裡，白素錦覺得只要不被人算計死，自己一定能活到身體機能自然衰退致死，俗稱壽終正寢。

就在白素錦兀自感慨的時候，出乎所有人意料的，一陣震耳欲聾的爆炸聲轟然響起，白素錦先於其他人從震驚中回過神來，難以置信地四處張望尋找，然後，就看到西南角的偏僻花林中騰起一股濃濃的煙霧。

這是……火藥爆炸?!

顧不得雨眠和清曉的勸阻，白素錦急急往煙霧騰起的方向走，後來有些無法自抑地奔跑起來。待到了獨苑外，許大管事已經帶人將爆炸時燃起的火撲滅，但苑子整整三間房都炸塌了，奇跡的是，被小廝們扶著站在救火圈外的「始作俑者」除了面容邋遢，竟毫髮未傷。

果然，這個人就是薛軍師託自己照顧的同門師兄——楚清。

這段時間繁事纏身，白素錦囑咐許大管事安置下他後就將這個人完全拋諸腦後了。

火藥啊火藥，它可不就是修道之人煉丹伏火（注）時偶然發明出來的嗎！

「楚道長，如果方便的話，待您稍作梳洗後我們談談可好？」白素錦努力壓抑心裡的激動。

在白素錦全力克制自己情緒的同時，楚清也沒好到哪裡去。初來乍到就把人家的屋子給炸平了，這麼好的房子，也不知道師弟回來的時候夠不夠銀子把自己贖出去……

懷著忐忑的心情草草梳洗過後，楚清被許大管事親自引到了蓮湖邊的水榭。楚清看了看滿池的粉荷碧葉，再看看飛簷琉瓦、雕樑畫柱的精緻水榭臺，下意識狠狠嚥了口唾沫，牙一咬、心一橫，抬腳進了榭臺。

「承蒙莊主不棄援手收留，不料竟給您添了如此大的麻煩，貧道深表慚愧。」楚清屁股一坐上石凳便匆匆致歉，語意誠懇而忐忑地問道：「不知貧道損壞的那處苑子，重新修葺的話需多少銀子？」

這是……要賠錢？

白素錦一聽這話，再深深打量了一番坐姿有些僵硬的楚道長，心頭猛地湧上一陣狂喜。雖有些小人之徑，但便宜近在眼前，不占一占的話，感覺都對不起自己啊！

白素錦清了清嗓，並未直接回答楚清的問題，而是同樣誠懇嚴肅地同他說道：「道長方外之人，與您計較黃白之物委實怕唐突道長，若道長實在心中過意不去，我倒是有一個法子得以兩全，不知道長願意與否？」

楚清無聲怔怔看了白素錦足有好幾秒鐘，回過神來後偷偷嚥了口唾沫。

是點頭呢？還是……搖頭呢？眼前這個小莊主看著年紀小，可盯著自己時兩隻眼睛閃閃發亮，就跟狐狸盯著肥雞似的，讓人忍不住心裡發毛。

楚清直覺，這會兒只要一點頭，就把自己賣了。可想想那三間被自己炸平的屋子，以及癟癟的錢袋，可以搖頭嗎？不能吧……

「既然莊主有兩全之法，貧道願聞其詳。」

白素錦臉上的笑意愈甚，親手給楚清斟了盞茶，緩緩將自己的想法說給他聽。

耳邊的聲音分明和緩而動聽，可楚清越聽，額頭沁出的汗越密，待白素錦說完，他兩手手心都攥著兩把汗。

不過，不只是震驚和惶然，還有著幾乎無法壓制的興奮和雀躍，在胸膛裡不安分地鼓動著，若不是極力控制，楚清這會兒定然坐不住。

「莊主的意思……是讓我研究如何在伏火時能急劇燃燒的藥？」楚清確認一般問道。

白素錦點頭。「正是。」

「不瞞莊主說，貧道這次不遠百里投奔師弟，實際上是因為煉丹時再度燒毀了觀中的屋

注：伏火，是煉製丹藥時的一種方法，將礦石藥加熱處理，用以制伏藥石中的火毒。煉丹家對於硫磺、砒霜等具有猛毒的金石藥，在使用之前，常用燒灼的辦法「伏」一下，「伏」是降伏的意思，使毒性失去或減低。此為伏火。

舍，那已經是貧道第六回失手了，師父他老人家大怒，這才將我趕了出來。」楚清覺得這會兒還是實話實說比較好，若是這小莊主執意讓自己幹，下回再燒了屋子，自己也算事先打過招呼了。

「哦？可傷到過人？」

楚清聞言忙擺手。「沒有，絕對沒傷到過人，貧道所用的丹房都比較清僻。」

燒了六回還能全鬚全尾，這楚清是命好呢，還是反應靈敏？

白素錦剛趕過來時掃了一眼現場，這回發生爆炸，八成是楚清伏火時把丹爐的蓋子給蓋上了，材料在丹爐裡劇烈燃燒，產生的強大能量生生將丹爐炸開。乖乖的，這樣都沒傷到，白素錦覺得自己也算是見證了一回奇跡。

「道長敬請放心，此事操作起來多有風險，我心中清楚，道長儘管從旁指導，若有意外，自會有人出面處理。」

楚清鬆了口氣。「既如此，貧道就放心了。」

「好，那就請道長稍作休息，我這就尋負責此事的人過來，到時道長隨他去便好。事情一結束，我定會親自接道長返回莊子。」

楚清聽罷與白素錦作別，隨著許大管事先行離開。

白素錦疾步趕回扶雲軒內院書房，寫了帖子後著人火速送往城西大營，然後就開始滿腦子搜羅所有關於火藥的記憶。

與周慕寒正式訂親後，白素錦不是沒想過將火藥配方洩漏給他，拖到今時今日也沒說，並不是顧慮火藥的出現將會給戰爭帶來多大的傷亡，冷兵器時代的戰爭同樣慘烈。白素錦顧慮的是，一個商家女拿出火藥配方，來路說不清，估計自己就要被當成異類燒死了。

如今好了，楚清的出現給自己帶來了最完美的機會。

對白素錦來說，楚清的出現，彷彿就是那塊從天而降的大餅。

必須吃掉！

正在一號院客房中換衣袍的楚清驀地打了個冷顫。

「沒想到這次居然連丹爐也炸開了，好險！」楚清這會兒想到當時的情景還在心有餘悸，碎碎唸叨：「還好師尊保佑，我逃得快，不然這條小命今日怕是要交代了……」

楚清這邊吸取教訓，決心日後煉製的時候適當減少材料的分量。

白素錦這邊，許大管事回來的時候給她帶回了兩張單子。

一張是楚清日常煉丹時所用的材料，另一張，是他幾次失手燒掉丹房時所有材料的配比。

第一張單子交給許大管事，讓他照著上面的明細採買，並安排人立刻著手重建那處被炸毀的苑子。

許大管事領命退下去，白素錦才開始細細打量另一張單子。

密密麻麻的材料名稱和分量標注中，白素錦看到了要找的硫磺和硝石，但是從頭找到尾，反覆幾次，也沒看到炭。

白素錦又將所有的材料仔細過了一遍，還是沒有。

不過，她發現，楚清在每一個配方的最後都寫道：「並密燒之。」

莫非這個「密」實際上是「蜜」？

蜜的主要成分是碳水化合物，高溫加熱下會碳化。

這就可以解釋通了。

於是，這是楚清的錯別字？混蛋，通假字就是這麼來的吧？

白素錦回想了一下剛剛看過的第一張單子，似乎並沒有蜜，可能是他認為廚房裡一般都備著，用的時候要一些就行。

讓清曉到廚房打聽了一下趙嬤嬤，果不其然，楚清確實來要過兩大罐蜂蜜。

白素錦立馬又讓清曉跑去找許大管事，在採辦的單子上追加蜂蜜和炭粉。

現成的炭粉放在其中，至於什麼時候能派上用場，就要看楚清的悟性了。

白素錦把帖子送出去不到半個時辰，趙恬就趕來了。大軍開拔，他這個後勤老大壓力倍增，尤其是現在隱患未確定，越發寢食難安，收到白素錦要盡快見他的帖子也不敢耽擱，趕過來的路上心神不寧，緊怕是又出了什麼亂子。

「這……這是怎麼弄的？人抓到了嗎？您沒事吧？」趙恬進莊後被夥計直接帶到了偏苑，入眼滿目狼藉，趙恬不禁心頭咯噔一聲，一連串的問題就轟向了在此等他的白素錦。

「趙將軍少安勿躁，我沒事，這屋子損毀之際我並不在場，而且，這也不是被人故意破壞的，聽我給你細說。」

白素錦將趙恬請到不遠處的涼亭，雨眠上前遞了塊帕子給他，並倒了盞溫熱的茶，一路頂著大太陽急趕過來，趙恬額頭上密密一層汗。

不過，腦門上一層汗剛擦掉，帕子還沒撂下，聽完白素錦簡短的一番話，再度沁出一腦門子的汗。

「夫人的意思是讓我帶薛軍師的師兄回大營，並規劃出一片偏僻的地方，安排幾個信得過的兵器師跟他一起研究伏火之術？」

趙恬本就濃眉大眼，如今兩隻眼睛瞪圓，越發往黑貓警長方向靠攏了。

白素錦點了點頭，眼神示意性地瞥向狼藉遍地的偏苑。「你看到了嗎，不過是給丹藥材料伏火時蓋上了丹爐的蓋子，偌大的屋子頃刻間就被炸毀成這樣，若是加以控制，然後用到戰場上，將軍以為情況會如何？」

趙恬心頭湧過一陣戰慄，整個人定在當場。

大將軍啊，您娶的這哪裡只是個金娃娃啊！

趙恬再看過來時，白素錦也忍不住心頭打了個顫，乖乖的，這眼神也太犀利了，就跟幾天沒吃飯的人看到了大餅似的。

「夫人放心，您交代的事末將定會辦妥，明日一早便可將參與此事的將士名單呈交給您。另外，您憑身上這塊玉珮可自由出入大營，末將會安排好，您直接從東側的秘門進入大營即可。」

「趙將軍辦事，我自然放心。」白素錦又和他說了些研究場地必須要注意的安全措施問題，囑咐得差不多的時候，楚清就被許大管事請過來了。

將楚清和趙恬送到內園門口，白素錦再次囑咐道：「楚道長、趙將軍，此事成敗與否並不強求，萬事且以安全為上。」

楚清神色肅穆，拱手道：「莊主放心，貧道會將材料用量減到最小，定不會再出現今日之誤。」

要的就是你這句話啊！白素錦終於放心，目送兩人打馬離開。

「大管事，清理偏苑的人一定要可靠，參與的人記好名字備份，重修的工匠也要囑咐梁管事仔細選用，同樣備一份名單，丹房的圖紙我稍後畫好給你。」

幸好這處偏苑建在僻靜的花樹林中，爆炸時聲響雖大，但真正感知的人並不多，遠遠看著煙霧雖明顯，但藉口也好尋，且看到的也都是莊子上的夥計和致用堂的學生們，封口比較容易。

只要能熬過這次隱患，日後有火藥加持，白素錦覺得，周慕寒在上戰場，自己的憂慮就能大大緩解。

白素錦這邊剛稍稍寬心，遠在西邊疆界線的周大將軍正壓抑著暴怒之氣聽著關河的彙報。

「小人仔細查驗過了，其中一批被服所用的麻布，的確用百蓼草汁浸泡過。」關河也算是好膽色，面對怒氣繞身的周大將軍，面不改色心不跳地火上澆油。「百蓼草生於南疆深山之中，極少有人見過，所以即便是很有經驗的布坊師傅，能辨別出來的也不多，小人認得，是因為學徒時跟著的師傅祖籍在南疆一帶，故順口提過。百蓼草莖葉無害，但肥大的根部卻是劇毒，置於水中煮過後，毒素散於水中後降低，漿洗麻紗時摻入麵糊中，效果與涑蓼草功效極為相近，都可增強紗的韌性，使其挺闊。但是，摻用了百蓼草汁的麻紗會吸收其毒性，雖微弱，平時也不顯，但只要做成的衣物沾到水，毒素就會通過皮膚滲入體內。中毒後雖不會致命，但體乏無力，精神委頓，嚴重的話可能會起不了床，症狀與水土不服或風寒極似。」

啪的一聲，周慕寒生生將手裡的茶盞捏碎。

薛長卿見狀忙上前將他手指掰開，茶盞碎片掉在地上，帶著殷紅血跡。

大帳內一片死寂，只有薛長卿給周慕寒包紮傷口的聲音。帳中站著的數名心腹將領聽完關河的話大為憤怒的同時，也感到莫名的心驚。

他們都是跟隨周慕寒的老部下，依稀記得上次大將軍露出這般怒意時的情景。

不知這次，要用多少人的鮮血才能澆熄大將軍心頭的怒火。

「趙管事，那批稻米可還有補救之法？」周慕寒雖怒煞之氣繞身，對白素錦專程派來的兩位管事卻很是尊重。

趙士程整日在田間地頭與泥土、莊稼打交道，哪裡見過這般殺氣，忍不住腿肚子有些轉筋，強作鎮定回道：「稟大將軍，半夏米是生長在山陰之地的稻穀，因日照不足，秋上收割時並未完全成熟，即便當時晾曬乾，可一旦像現在這般同一般稻穀混合在一起，大袋裝存囤放，就極容易返潮，尤其是夏日裡，不出兩個月就會發酵，生出類似酒氣的味道。累及普通稻米變味不說，連續食用，對身體有害。眼下發現雖早，但半夏米混入難以再分離，這批糧……怕是要趕緊用掉。」

「現在給將士們吃不會有問題？」副將李蒙問道。

「無礙，只是口感上難免要差上許多。」說罷，感覺大將軍身上的殺氣更盛了兩分，趙管事後脊梁嗖的沁出一層冷汗。

「今次幸得兩位管事相助，救我西軍無數將士於生死之間，日後本將軍定會重謝。連日辛苦，還先請兩位回帳歇息，明日一早便會有人送兩位啟程回臨西。」

兩人躬身應下，臨退下前，關河從衣襟內謹慎取出一封信函呈給周慕寒。「臨行前莊主叮囑小人，若此行查有紕漏，定要將這封信親手呈給將軍當即過目。」

將多日來小心翼翼保存的信件親手呈給周慕寒後，關河立刻與趙士程退出大帳，這些人下面的談話，那可就是關係整個西軍動向的重大軍情了，還是離得越遠越好。

「老關，你快扶我一把！」一進帳門，趙士程立馬攙住關河的手臂，被他撐著蹭到床鋪上坐下。「哎呦喂，姑爺身上那殺氣重的，我光站在邊上，腿肚子就直抽筋，你說萬一他要是衝著咱們姑娘發火可怎麼得了喲！」

關河是白素錦見過許老太爺後挖牆腳挖來的，雖到小荷莊接管織造坊時間不久，但一段時日接觸下來，他可不認為自家莊主會被大將軍的所謂殺氣唬住。不知為何，關河總覺得，他們二人湊到一起，估計也就外人遭殃的分兒！

趙管事這邊心裡為自家姑娘嫁給這般煞脾氣的相公惋惜，周慕寒那邊的心腹謀臣卻依然處在大將軍盛怒之下的水深火熱之中。

「大將軍，還是先看看夫人特意給您的信吧。」抗「寒」能力最強的薛軍師及時出聲道。

周慕寒三兩下拆開封蠟，動作雖迅速，但卻十分小心。

只有薄薄的一張紙，獨屬於白素錦的俊秀字體，三行十二個字，周大將軍一眼掃上去就看完了。不敢相信似的再看一眼，眼睛沒花，果真就只有十二個字！

帳內各心腹謀臣驚詫地發現，自家大將軍的煞氣竟然坐地散了一大半，真是見鬼了……

「大將軍，都是末將沒有及時發現禍端，累及全軍將士，末將萬死難辭其咎，願求軍法處置！」隨軍出征的都指揮同知何煜之跪在大帳之中請罪。軍中糧草、被服、一干軍需物資皆由他負責，這回出了這麼大的紕漏，他自知難逃一死。

周慕寒雖怒氣壓去大半，但臉色依舊陰沉。「既知萬死無用，那便活著贖罪。」

此話一說，不光何煜之愣在當場，就是帳內其他人也大感意外。當然，他們也不敢在這個當口議論，只得紛紛盯著薛軍師。

薛長卿裝植物的功力深厚，任十來雙灼灼虎目緊盯，依然神色自若地眼觀鼻，鼻觀心。

「傳令下去，兩翼先鋒換裝後即刻出發前去接應疾行先鋒軍，何將軍，你親自帶一隊人攜帶急需物資跟後，本將軍命你們——能多帶一人回來就多帶一人。」周慕寒牙關緊咬，頓了一秒，視線迅速在帳內掃視一圈，嗓音低啞。「此戰救人為主，切勿戀戰。另，今日之事，隻言片語概不得對外洩漏，你們儘管專心禦敵，此事就交由本將軍處理。」

「得令！」

眾部將紛紛領命，有序地退出大帳，只留薛軍師一人。

周慕寒將手裡一直捏著的信紙遞給他。

薛長卿接過來一看，素淨的紙上赫然短短三個詞——術業專攻、寬於待己、秋後算帳。

好個蕙質蘭心的將軍夫人！

薛長卿將信遞還給周慕寒，思及關、趙兩位管事所說的話，心裡一沈到底。

「將軍，眼下迫在眉睫的是通知趙恬將軍調集新一批物資過來，口糧尚且可以拖上些時日，可被服方面，就只能讓新換裝的士兵們鎮守營地，並囑咐他們不得近水。幸得分發被服之時，何將軍命人詳細登記造冊，也可算是勉強補過。」

周慕寒掃視他一眼，哼了一聲。「軍師不必拐著彎為他求情，這些年來，本將軍自認從未妄殺過一人。此事都指揮使司上下難辭其罪，但誠如夫人所說，術業有專攻，處死自己人，不過是讓敵人痛快而已。血債，自然要用欠債人的血來償還！」

薛長卿再度眼觀鼻，鼻觀心裝植物，心下暗自冒苦水——大將軍說著、說著，身上的煞氣又起來了……

第二十章

撫西大將軍府後院的沁園養著兩隻異常珍貴的寶貝——灰羽信鴿。個頭較一般信鴿小很多，羽毛灰撲撲的，打眼一看簡直都不能用普通來形容。

可白素錦這回是真的眼拙了，不僅人不可貌相，同樣不能以貌取信鴿。這灰羽信鴿可是聖上親賜，專用以傳遞軍情，可日行兩千里，且目標不顯，性情機警、謹慎。據林大總管所說，這灰羽信鴿乃大曆皇帝專用，統計下來目前估計也不會超過十五隻。

撫西大將軍府裡這兩隻，平日裡都是林大總管伺候祖宗似的伺候著。

周慕寒臨行前帶走的那隻，此時正安安分分地站在白素錦手邊的桌子上。

該來的，還是來了。

儘管早有心理準備，但隱患終被證實，白素錦心裡依舊異常沈重。

戰場上哪怕再小紕漏，都是生命和血的代價。

常言說，一將功成萬骨枯。那一代君王，要用多少人來成就呢？

此時，白素錦才真正體會到，什麼叫紙上得來終覺淺。生活在和平年代的自己，即便看過再多書本資料上有關戰爭的慘烈與悲壯，也沒有此刻這般覺得心顫。

劉從峰得令後馬不停蹄趕往城西大營，趙恬等人接到軍令後自知難辭其罪，能做的只有盡力彌補贖罪。

且不提城西大營那邊如何調度，白素錦心裡著急，等不得讓林大總管傳叫，直接自己殺到了商行找到劉大掌櫃，用許家商行專用通信渠道給川北、川西六家分號發出指令，隱秘地將所囤被服、糧草和藥材、物資送至東溪鎮指定的莊子。

東溪鎮的那處莊子掛在一商鋪名下，實為周慕寒所有。從大軍駐地到莊子，車隊急行只需半日，白素錦當初讓各家分號囤積物資時就將此地作為物資中轉站。

從商行出來，白素錦一刻不敢耽擱，第一次憑著周慕寒當日給她的那塊玉珮從隱門進入城西大營，與趙恬會合。

聽聞白素錦已採取的動作，趙恬當即雙膝跪地，給白素錦重重行個了大禮。

「夫人今日之恩，末將永生不忘！」

白素錦上前拉他起身。「將軍不必如此，我這般做，也是本分之內。」

從決定嫁與周慕寒之日起，白素錦就知道日後將面臨什麼狀況——分享他榮耀與尊貴的同時，也必須分擔他的危機與責任。

這便是婚姻賦予的密不可分。

如今，白素錦只慶幸，慶幸在還不算太晚的時候將隱患揭開。結果雖算不得好，卻也總算不必再為未知而惴惴不安。

大軍駐地，周慕寒將手裡剛剛接到的飛鴿傳書轉手遞給薛長卿。

「夫人讓我們將摻了半夏米的糧草統一集中，送到莊子上？」薛長卿心有憂慮。「這樣的話，軍中的存糧……怕是只夠七天之用。」

周慕寒眉峰微蹙想了片刻，交代道：「按夫人所說的做。」

隨著周慕寒一聲令下，軍中第一批糧草幾乎三分之二被重新打包送上馬車，秘密送出駐地。

臨西府，白素錦將所有籌糧的手段列在一張紙上，深吸一口氣，對許大管事和林大總管說道：「開始行動吧！」

城西大營悄無聲息過濾掉近三分之一剩餘的摻了半夏米的糧草後，第二批物資火速送往大軍駐地。趙恬統計出糧草和被服的缺口後，第一時間送到了白素錦手裡。

情勢的發展也不算出乎意料，趙恬出面申請調用省倉、府倉儲糧，川省巡撫季大人與臨西知府段大人應得痛快，可實際上，卻打著倉儲有限的旗號拿出的實糧少得可憐。與白素錦彙報時，趙恬又急又恨，一雙虎目瞪得通紅。

上行下效，官倉一路下來，籌集到的糧食也不足大軍五日口糧。

白素錦纖纖手指緩緩扣著桌面，嘴邊浮上一絲冷笑。「先禮後兵，咱們也不必客氣了！」

郭焱初到任就碰上官倉調糧不力的棘手事，不少人等著看這位京官空降倉科郎中的熱鬧，沒承想，郭焱一派溫文儒雅的文臣之貌，卻出招便是雷霆手段，借用西軍都指揮使司之力，以勾結米商、盜賣倉糧、督餉不力為由，迅速羈押了倉科員外郎范奕與主事周遼，將倉科完全控制住，而後強行分配任務，五日後，將會給趙恬送去一萬石糧食。

得知此消息，白素錦倍感壓力減輕。沒想到，郭焱的到來竟會起到這般關鍵性的作用，看來，這次難關闖過去之後，得好好謝謝他。

郭焱與趙恬合作清理倉科衙門的同時，白素錦也開始了動作。臨西「四象」及六大米行的東家都收到了白素錦親筆書寫的「民商勤軍募糧帖」。

白素錦在元味樓席開一桌宴請十位東家，推杯置盞間一個個答應得異常痛快，白素錦也並未占便宜，說是募糧，實際上卻是低價購糧，十文錢一斤購買磨製中等米的稻穀，與行價相差五分錢。

兩日後，十家實際「募糧」的單子統計出來，也只有一千石。

不出所料。

「莊主，真的要這樣做？」許大管事難得對白素錦交代的事情有所質疑。「老奴實在覺得心疼，不然您考慮、考慮，價格再往上提提？」

白素錦完全能理解許大管事的心情，在他看來，自己似乎被逼到了不得已之地才會這般做。可他不知道的是，打從一開始，自己的目標就不在花綀。

「大管事莫心疼，花綀眼下獲利雖高，所占的不過是物以稀為貴，況且，謹慎小心如咱們，花綀工藝不還是同樣被人挖了去？既然他們費盡心思，那咱們不如索性廣而散之，有銀子大家賺。」

房內旁聽的林大總管垂首低眉，嘴角忍不住抽了抽，自家夫人這是要在暗處往挖牆腳的人身上捅兩刀啊！

挨人一拳就要還以兩刀，這風格，和大將軍還真是物以類聚，人以群分。

林福深感後生可畏的同時，心裡又暗暗為府上有這樣的主母而欣慰。

小荷莊公開售出花絿製造工藝，六千石中等米稻穀，不議價、不折銀錢。

此消息一經廣蚨祥發出，整個臨西府的布業為之沸騰，尤其是那些一直垂涎花絿而無從下手的中小型織造坊。

非獨家出售，六千石稻穀一份花絿織造工藝，有能力的自己一家籌集六千石，能力有限的，可以幾家織造坊合力。但不管如何，閻大掌櫃事先說明了，廣蚨祥只認交糧之人，一手交糧一手交工藝冊子，買賣完成，概不反悔。

一時間，清淨的小荷莊外園門口，滿載稻穀的馬車往來不絕。

元味樓四樓貴賓包廂。

秦五爺舉杯，與汪四爺一起，甚為客氣地敬了同桌而坐的另外兩名青年一杯。「花絿之事，還要多謝兩位世姪鼎力成全！」

蘇平舉杯與他們相碰。「憑咱們四家的情分，世叔這話說的便是見外了，是吧，世弟？」

被蘇平親近地喚為世弟的青年朗聲稱是，同樣舉著酒杯碰了上去，而後將盞中酒水一飲而盡。薄唇微抿，眉目端儒，不是白家大少白宛廷又能是哪個？

「只是可惜啊，沒想到那丫頭竟弄出這麼一招，這樣一來，怕是市面上很快就有很多家的花綀出來搶生意了。」汪四爺有些不甘。

白宛廷傾身給他續了盞酒，從容道：「汪世伯也無須多慮，莫說咱們先行一步，即便是同時起步，以五福和榮生的規模，也能占據半數以上的花綀市場，這筆盈利就很可觀了。」

汪四爺與秦五爺點了點頭，事已至此，也唯有這麼想來自我寬慰了。

「世叔，之前說好的囤糧，兩位可有進展？」蘇平邊挾著小菜邊問道。

秦五爺暢快地飲了一盅，壓低聲音道：「世姪儘管放心，那新來的倉科郎中雖下手黑，但折騰的也不過是清吏司衙門下邊的幾個糧倉，還管不到外邊的來。而且，府城裡那六家糧行的老東西可都精著呢，跟上邊掛鈎搭線也不是一、兩天了，想短期內弄到幾萬石糧食，門都沒有！」

「那就好。」蘇平表面上波瀾不驚，心裡卻由始至終沒有安穩下來過。「多虧兩位世叔從中周旋，否則憑我與世弟的面子，實在難以這般順利成事，來，敬兩位世叔一杯！」

秦五爺與汪四爺樂陶陶地受下這杯酒，轉而思及到小荷莊的動作，傾身上前沈著聲音問白宛廷。「世姪，前腳城西大營出兵幫著倉科頭頭整頓糧倉，這後腳府上三姑娘就賣花綀的織造工藝換糧，該不會是軍糧出了問題吧？若是跟咱們囤糧頂牛，那麻煩可就要大了……」

兩個來月前，蘇平出面聯繫著府城裡幾家有頭有臉的大戶商量著囤一批糧食，這兩年青河水患，滇中地區旱災也連年發生，囤糧外銷的確是好賺錢的買賣。

可這銀子啊，有命賺也得有命花，雖說與官倉私下往來不是一、兩天了，但若真的趕上大軍糧草有問題，一個調度不力引得大將軍暴怒，到時候一查到底，那勾結官倉、囤積居奇的罪名扣下來，可就真的要吃不了兜著走了！

顯然，汪四爺也有如斯顧慮。

白宛廷淡淡一笑，再次給兩人滿上酒。「兩位世叔放寬心，若真是大將軍那邊出了問題，她第一時間就會回府找二伯和二弟解燃眉之急，現下拿花練作文章，小姪私以為，一來是為了一解當日織工解約之氣，二來嘛，怕也是動了販糧的念頭，打著大將軍的名義便於行事而已。不然，往日勸軍，募捐的只是磨製下等米的稻穀，為何她這次點名要中等米的稻穀呢？」

「她是打著移花接木的算盤？」汪四爺恍然。「府上的三姑娘可真是好膽色啊！」

白宛廷堪堪一笑。「三妹性情向來如此。」

在座另外三位都與白素錦打過交道，自然深有感觸，為此舉杯浮了一大白。

六千石中等米稻穀，折算成行價是白銀一萬零八百兩，單看數目不小，但若幾家織造坊合股，不少中小型織造坊也能籌夠，可麻煩就麻煩在，廣蚨祥只要稻穀。臨西府在內的川中地區近些年雖風調雨順、糧食豐收，但要在市面上短期內籌到這麼一大批稻穀，委實有些難辦。更要命的是，也不知為何，今年的稻穀似乎特別緊俏，就算是府城的六大糧行也為了長遠計，紛紛限制大額購糧。

但事兒是死的，人是活的。

無奈之下，臨西府的十數家中小織造坊成立了一個所謂的「織造聯盟」，合眾家之力籌糧，然後分享花練工藝。短短數天，聯盟的成員就壯大到了幾十家。

白素錦聽到這個消息的時候冷不丁有些意外，須臾後，唇邊浮起的笑意愈甚。

聯盟好啊，眾人拾柴火焰高。人越多，後面的那招更大的才能接得住、才能拉更多的人進來一起玩！

「這……」剛才還是白宛廷話中的主角之一站在門口，看著茶室裡斜靠在禪椅上兀自竊喜的白素錦，一臉詫異地偏過頭看向林大總管。「可是今日憂思過慮，病了？」

林福嘴角抽了抽，微微傾身做了個請進的手勢，並出聲提醒道：「夫人，二舅爺到了。」

抬眸對上白語元深意考究的目光，白素錦臉上飛速掠過一絲窘意，忙起身招呼他入座。

白素錦如今看白語元，越發覺得他隱藏得極深。當日清吏司倉科衙門一出事，消息甫傳出，不消兩刻鐘，他就找上了門，出手就給了兩千石稻穀應急，錢的事，只說有時再論。白素錦當時覺得，自己就算一文錢也不給，這批稻穀他也會照給不誤。也是那次白素錦才知道，白家糧行的糧倉下備有暗道，直通西城郊的小廟山偏僻半山腰。

古人的智慧啊……

從那次開始，白素錦看白語元就多了層「高手」色彩。

白語元也發現白素錦如今看自己時眼神「人性化」了不少，面對這種轉變，他冷不丁還有些不大適應，回府時在屋裡同娘子蕭氏提及，被狠狠取笑了一番。

「妳那個花練的工藝真的要賣掉？」心思剔透如白語元，即便當日給出兩千石稻穀時也隻字未提及白素錦大批籌糧的緣由。

「蕭家乃山陝地界有名的大地主，手中存糧應是不少，妳二嫂已經派人日夜兼程送了信過去，多的不行，給妳湊出一萬石應該還是可以，妳這邊但得能緩上一旬半月，就將那花練的工藝留著吧，難得是能立住門庭的好東西。」

白素錦心頭又驚又喜，然後漫上的是濃濃的暖意。

錦上添花易，雪中送炭難，只有攤上事兒了，才能檢驗出身邊到底哪些人是靠得住的。

白大爺與許氏相繼去世後，白三姑娘雖過得孤單，但卻也並未真的遭遇什麼坎兒，最大的一個坎兒就是被蘇家的婚事所累，遭人算計。就這麼個坎兒，她還沒挺過去，最後自己來接棒了。

想及三番兩次白語元對自己的照拂，白素錦覺得眼下這次風波過後，得私下和這個二哥好好溝通一下了。

「二哥放心，花練的事本就在我計劃之中，並非情勢逼迫下的無奈之舉，二哥儘管從旁看熱鬧便好。只是，二嫂那邊的借糧小妹還是需要，還請二哥費心，囑人運到這個莊子上……」

西北邊線，大軍駐地。

當日派出兩翼前鋒前去接應，結果只帶回了五十三人，且個個浴血重傷。兩翼前鋒抵達時，先鋒將軍已戰亡，只剩下一員副將指揮兵士做最後的突圍。

三千精兵出營，只回來五十三人，且日後怕也再上不了戰場，相當於一支先鋒軍整個折損！

轅門外，周慕寒親率一眾將領重甲而立，迎倖存將士回營。右臂殘斷的先鋒副將尚存一絲清醒，在看到周慕寒的那一刻，連死亡也不曾畏懼的兵漢子咬著牙、雙眼赤紅，乾裂的嘴唇翕動，卻只能發出氣聲。

周慕寒暫時屏退左右，傾身靠近他的臉。片刻的沈默恍若在積蓄體內僅剩的力氣，須臾後，周慕寒耳邊響起斷斷續續虛弱低啞的聲音。「大將軍……小心……有問題……」

周慕寒心頭洶湧翻騰著濃濃悲愴，重重點了點頭，起身著人立刻將他送往醫帳。

這一天午後，周慕寒抱著一罈烈酒獨自坐在營帳附近的矮山頂上。酒盡半罈，薛長卿與李蒙便尋了來。

「見你不在帳中，一猜就是躲起來自己喝悶酒了。」李蒙長腿邁開，幾步跨上來坐到周慕寒身邊，奪過他手裡的酒罈連喝了兩大口，一抹嘴。「好酒！」

周慕寒不冷不淡地掃了兩人一眼，伸手奪回酒罈。「多事。」

李蒙係當今魯豫總兵李開年次子，長周慕寒兩歲，兩人同年投在林老將軍麾下，多年來行伍中同生共死，早將對方視為過命的兄弟。如今同薛長卿一起，是軍中赫赫有名的唯二抗「寒」能人。

「大戰在即，還請大將軍注意身體。」薛長卿撩起衣襬坐在李蒙另一側，雖說裝植物的功力高深，但周慕寒此時身邊寒氣太重，還是有道人牆擋一擋最好。薛長卿初識周慕寒時，他還在北軍任副將，於一場與北鶻的交戰中重傷，薛長卿遊歷北疆冒頓山採集草藥，機緣巧合之下救了他一命，從此便結下了不解之緣。薛長卿這個軍師名頭，只不過是周慕寒私封的，雖無官階品級，但因為周慕寒對他的態度，西軍上下對他莫不尊敬非常。

去年冬上，疆西、疆北之地都遭遇了數十年不遇的酷寒侵襲，牲畜牛馬損失嚴重，自開春以來，大曆北線和西線的形勢就異常緊張，但北軍、西軍大軍壓境防禦，北鶻與北突厥也不敢貿然發動大規模戰事，只是小隊人馬突襲，意不在開疆擴土，只為搶奪糧食。

自六月末、七月初，川省西北之地便開始屢現北突厥騎兵，幾番交手下來，雖有傷亡，但卻一次也沒有讓敵人得逞，可沒想到啊，明槍易躲，暗箭難防，擋住了敵人的金戈鐵馬，卻被自己人從背後插了一刀。

前鋒營是由西軍中千挑萬選出來的輕騎兵組成，堪稱當今大曆最精銳的騎兵之一，平日裡有什麼好東西都是緊著前鋒營先來，換裝自然如此。可偏偏如此，千防萬防還是著了道，不過一戰，近三千人折損殆盡！若是真不敵敵軍便也罷了，可折在小人暗算之手，怎能讓周慕寒不憋屈、窩火、心痛。

李蒙與薛長卿怎會不瞭解他的心情，安慰的話連自己都聽不進去，又怎會說與周慕寒聽？能做的，唯有陪著他痛快喝一場而已。

逝者已矣，唯有不讓亡者白死才是真正的告慰。

本來，周慕寒這次率大軍奔赴邊境只為防禦，可經此一事，他決定改變初衷，全面迎戰。

決心一定，他便連夜寫了封正式的陳情摺子，八百里加急送往京城。

三日後的早朝上，文宣帝命人當庭宣讀周慕寒的奏摺。

北突厥公然出兵侵犯大曆川北疆土，西軍前鋒營力抗敵軍，近三千將士為國捐軀，請封軍功的同時，奏請皇上下令，對北突厥宣戰。

個中實情周慕寒早在第一時間便密報給皇上，這道請戰的摺子，不過是替皇上下旨宣戰走個必要的過場而已。

鑑於文宣帝毫不掩飾的怒氣，對北突厥正式宣戰一事，滿朝上下無一人提出異議。

自從周慕寒宣佈對敵宣戰的決定後，全軍上下士氣高漲，薛長卿和何煜之卻思慮重重。

由於白素錦的意思，隨大軍押送而來的三萬石糧草只留下了沒有摻雜半夏米的那一萬石，加上駐地原有的，滿打滿算也只能夠大軍六、七日之用，而臨西大營補送的第一批糧草，日夜急行最少也要十天。薛軍師報請周慕寒，補送糧草未到之際適量減少米飯供應量，卻被周慕寒當即否決。先鋒軍失利，北突厥騎兵很快就會再度突襲試探，戰爭一觸即發，這時候絕對不能讓將士們吃不飽。

初接到白素錦的消息，周慕寒不是沒有猶豫，但是，他信她。白素錦不是會空口說大話的人，尤其是在這等狀況下。

果不其然，何煜之只煎熬了不到一天一夜，東溪鎮的莊子上就派人送來消息，說是小荷莊莊主託人送了些東西過來，讓大將軍派人去拿。

此後幾乎每隔一天，暮色四合後，何煜之都會親自帶人到莊子上走一趟，帶回一千石的白米和數車被服。

沒錯，是白米！許家商行川西、川北那六家分號遵照白素錦的囑咐，事先籌備的不是稻穀，而是舂好後白花花的大米，還是一水兒的中等米！

現下，一斤稻穀舂六兩白米，白素錦託商行送過來的六千石白米，幾乎是兩倍量的稻穀。

將最後一批白米押送回來後入庫，臨西大營補發的第一批四萬石糧草和換裝被服也到了，由都指揮同知尚華親自押送而來。

兩人屏退士兵，站在倉庫裡，看著數囤白花花的大米，心頭百感交集。在老搭檔面前，何煜之實在沒忍住，紅了眼眶。「請尚華兄轉告夫人，託她的福，我何煜之現在死也能瞑目了！」

尚華臉無血色，無聲拍了拍他的肩膀。

主帳內，周慕寒正在同心腹將領們商討排兵布陣的策略，出兵的聖旨幾日前便已經到了軍中，探子陸續送回敵軍蹤跡等相關情報，周慕寒已經派兵試探了兩次，基本確定了大軍最後的合圍地點。

北突厥國十一月開始便要進入寒季，在此之前，他們必然會將騎兵散放到大曆邊境，突襲掠奪，以戰養戰，最後在進入寒季前集中兵力合攻下一城，搶光、殺光、燒光後絕塵而去，跑回老窩貓冬（注）。

商討完畢，將領們陸續退出大帳後，周慕寒看著鋪在眼前的地形圖，雙眼緊緊盯著塞外某深處，嘴角浮上一抹嗜血的冷笑。

想在老窩安穩貓冬，哼，且看你們有沒有那個命回去！

尚華將押送的糧草和被服入庫後便來面見周慕寒，詳細稟明了後續糧草的準備情況，並將兵器營秘密研製火藥之事事無鉅細的上報了。

前頭聽到郭焱的從天而降和白素錦的手段時，周慕寒難得有些意外，等聽到白素錦弄了個道士到自己的兵器營，還在秘密搗鼓什麼火藥，周慕寒生平第一次在人前失了冷靜。

薛長卿一聽白素錦把自己師兄給弄到兵器營了，登時沁了一身汗。師尊在上，可一定要保佑師兄千萬別把城西大營給燒著了啊！

李蒙身上的冷汗也沒比薛長卿少，不過，他是被尚華描述的那個叫火藥的東西的威力給驚的。乖乖啊，能著火、能炸山，這是什麼么蛾子的東西啊?!

偷偷瞥了眼同樣一臉震驚的周慕寒，李蒙暗自叨咕——大將軍娶的那個媳婦，原來不只是個金娃娃，還是個火爆娃娃啊……

「因為那藥粉點燃後能著火，所以楚道長和兵器營的老師傅們就叫它火藥。夫人說，她不方便常進出大營，對火藥知之不詳，而且事關重大，故而還是讓末將當面稟告大將軍為妥。這是夫人的親筆書信。」

「好，你且退下吧，好好歇息一夜，明日一早再動身返回即可。」

尚華領命退出大帳，李蒙和薛長卿眼巴巴盯著周慕寒手裡的信，無聲催促他趕緊拆開看。

白素錦在信中詳細說明了火藥的偶然發現，及她處理的方法和用意。周慕寒仔細看過一遍後，實在受不了那四道灼熱的視線，轉手將信遞給了薛長卿。

令全師門上下夜不能安枕的禍頭子師兄，一到大將軍夫人手下就成了開創不世之功的先

注：躲在家過冬，泛指躲在家裡不出門。有時也用來形容經濟形勢不好時企業為平穩度過而採取的不冒進或停止發展策略，一般常發生在中小企業。

驅人物，薛長卿看到白素錦在信中所述的火藥發現契機，覺得整個世界都顛倒了。

燙手山芋也能變成香餑餑，大將軍夫人簡直生就了一雙點金之手。

李蒙深有感觸。

已然成為周慕寒兩大心腹仰視對象的白素錦對此全然不知，她此時正躍躍欲試著，準備掀起布業更大一波震動！

——未完，待續，請看文創風389《商女高嫁》下

2016年3月出版

商女高嫁

文創風 388～389

這位大將軍，工作危險係數高，獎金雖多但一毛沒攢下，
爹不親、娘已逝，小媽鳩占鵲巢，同父異母的大哥對世子之位虎視眈眈。
名聲比她差，家底沒她厚，家裡糟心事比她多……
成親，還真難說是誰高攀誰！

娶妻單刀直入．甜的喲！／輕舟已過

世人都道她白素錦不是一般的好命，
一個退過婚的商戶女竟能高嫁撫西大將軍，山雞一朝變鳳凰！
可惜世人看不穿，撫西大將軍府就是個虛名在外的空殼子，窮的喲！
他說：「數日前，偶然經過令府門前，有幸一睹姑娘風采，再難思遷。」
哼，與其說他會提親是對她「一見鍾情」，倒不如說是「一見中意」更恰當，
想他堂堂一方封疆大吏、榮親王府世子爺，帳面上就只有三百多兩的現銀，
這……拮据得讓人難以置信，遇見她這麼會理財又有錢的當然再難思遷了。
不過，看在他拿金書鐵券以死保證他只會有她一個女人的分上，嫁了！
唉，她原是考古學女博士，穿越成了平民女土豪，
這一嫁，怕是要與皇家窮親王互相抱大腿過一輩子了……

文創風 388

商女高嫁 上

國家圖書館出版品預行編目資料

商女高嫁 / 輕舟已過著. --
初版. -- 臺北市 : 狗屋, 2016.03
冊 ; 公分. --（文創風）
ISBN 978-986-328-565-6（上冊 : 平裝）. --

857.7　　105000274

著作者　輕舟已過
編輯　王佳薇
校對　林安祺　沈怡君
發行所　狗屋出版社有限公司
地址　台北市104中山區龍江路71巷15號1樓
電話　02-2776-5889～0
發行字號　局版台業字845號
法律顧問　蕭雄淋律師
總經銷　知遠文化事業有限公司
電話　02-2664-8800
初版　2016年3月
國際書碼　ISBN-13　978-986-328-565-6
原著書名　《重生之锦书难托》，由北京晉江原創網絡科技有限公司授權出版

定價250元
狗屋劃撥帳號：19001626
網址：love.doghouse.com.tw　E-mail：love@doghouse.com.tw